Lisa Graf-Riemann, geboren 1958 in Passau, ist freie Lektorin und Redakteurin. Sie hat lange in der Nähe von Ingolstadt gelebt und war als Dolmetscherin für die örtliche Polizei und die Bundespolizei am Flughafen München tätig. Sie ist Autorin von Sachbüchern und Kurzkrimis. Im Emons Verlag erschienen ihre Kriminalromane »Eine schöne Leich«, »Donaugrab«, »Hirschgulasch« und »Eisprinzessin« sowie der Entdeckungsführer »111 Orte in Berchtesgaden, die man gesehen haben muss«.

Dieses Buch ist ein Roman. Handlungen und Personen sind frei erfunden. Ähnlichkeiten mit lebenden oder toten Personen sind nicht gewollt und rein zufällig.

LISA GRAF-RIEMANN

Donaugrab

OBERBAYERN KRIMI

emons:

Bibliografische Information der Deutschen Nationalbibliothek
Die Deutsche Nationalbibliothek verzeichnet diese Publikation in der Deutschen Nationalbibliografie; detaillierte bibliografische Daten sind im Internet über http://dnb.d-nb.de abrufbar.

FSC
www.fsc.org
MIX
Papier aus verantwortungsvollen Quellen
FSC® C083411

Umschlagmotiv: Heribert Stragholz
Umschlaggestaltung: Tobias Doetsch
Druck und Bindung: CPI – Clausen & Bosse, Leck
Printed in Germany 2013
Erstausgabe 2011
ISBN 978-3-89705-820-0
Oberbayern Krimi
Originalausgabe

Nötiger als Brot hat der Mensch,
in der Gesellschaft erwünscht zu sein.
Mutter Teresa

Ich möchte jemanden einsingen,
bei jemandem sitzen und sein.
Ich möchte dich wiegen und kleinsingen
und begleiten schlafaus und schlafein.
Ich möchte der Einzige sein im Haus,
der wüßte: die Nacht war kalt.
Und möchte horchen herein und hinaus
in dich, in die Welt, in den Wald.
Die Uhren rufen sich schlagend an,
und man sieht der Zeit auf den Grund.
Und unten geht noch ein fremder Mann
und stört einen fremden Hund.
Dahinter wird Stille. Ich habe groß
die Augen auf dich gelegt;
und sie halten dich sanft und lassen dich los,
wenn ein Ding sich im Dunkel bewegt.

Rainer Maria Rilke (1875–1926)
»Zum Einschlafen zu sagen«

EINS

Stefan Meißner kam gut voran. In nicht ganz vier Stunden war er von Istrien bis Salzburg durchgefahren. Sogar an Triest mit seinen ewigen Baustellen war er gut vorbeigekommen. Sobald man von der Stadtumfahrung auf die Autobahn Richtung Udine traf, hatte man einen grandiosen Blick auf den Golf von Triest hinunter, auf die Stadt und den Hafen. Dort könnte er sich gut vorstellen zu leben. Er mochte die Piazza dell'Unità mit ihren Zuckerbäckerbauten und den Gründerzeit-Straßenlaternen, die Hafenmole und den Canal Grande. Der Blick auf Triest war zugleich der letzte Blick aufs Meer für alle, die sich so wie er Richtung Norden bewegen mussten.

Er hatte eine Woche bei seiner jüngeren Schwester Friederike Urlaub gemacht. Sie führte mit ihrem Mann Ivan ein kleines Hotel in Istrien, in einer Bucht einige Kilometer hinter der slowenisch-kroatischen Grenze. Eine Woche Meer, Wein, Fische, unter freiem Himmel essen, mit den Kindern spielen, am Familienleben teilnehmen. Drei Kinder hatten die beiden, von denen Meißner den kleinen Mateo besonders ins Herz geschlossen hatte. Schwer war ihm die Abreise dieses Mal gefallen. Aber Montagfrüh um acht Uhr war Dienstbeginn bei der Kripo Ingolstadt. Stefan Meißner war Kriminalhauptkommissar und bald wieder im Dienst.

Doch, es wäre schon schön, am Meer zu leben und das Aufwachsen der Kinder nicht nur aus der Ferne mitzuerleben. Nicht bis zum nächsten Urlaub warten zu müssen. Aber so würde es wohl bleiben. Warum sollte sich daran etwas ändern? Er war Beamter und würde die Jahre bis zur Pensionierung im Dienst verbringen. Das war ziemlich sicher, und Sicherheit hatte auch etwas Gutes. Alles war planbar. Dienst und bezahlter Urlaub, Gehaltssteigerungen, Pensionsansprüche. Nein, darüber konnte man sich weiß Gott nicht beschweren. Und doch: Was war Ingolstadt im Vergleich zu Triest? Und das Meer war so weit weg.

Vor Salzburg wurde der Verkehr dichter. Meißner fuhr am Hochkönig vorbei, dessen Gletscher bestimmt auch schon dramatisch geschrumpft war. Aber jetzt, Ende Oktober, war bis auf tausendfünfhundert Meter hinunter alles weiß von frischem Schnee. Links ragte eine Burg auf einem Felsen auf. In der Salzachebene vor ihm leuchtete die weiße Festung der Hohensalzburg. Auf der zweispurigen Autobahn Salzburg-München reihte er sich in den normalen Reiseverkehr ein, der ihn in gut eineinhalb Stunden am Chiemsee und dann an München vorbei auf die A 9 Richtung Nürnberg brachte. Zwischen Eching und Allershausen ging plötzlich nichts mehr. Eine Baustelle und dazu ein Auffahrunfall. Stau auf zwei umgeleiteten Spuren. In einer guten halben Stunde wäre er daheim gewesen. Entnervt bog Meißner auf die Ausfahrt zur Raststätte Fürholzen. Im Rückspiegel konnte er die Skyline von München mit BMW- Hochhaus und Fernsehturm erkennen, dahinter die Alpenkette mit ihren wie auf einer Schnur aufgezogenen weiß bemalten Gipfeln.

Er stellte seinen A4 ab und ging zur Toilette. Den Fünfzig-Cent-Toiletten-Gutschein wollte er nicht mitnehmen und irgendwo im Auto lagern, wo er ihn sowieso nie wiederfinden würde. Er holte sich an der Cafétheke einen doppelten Espresso, der ihm trotz Gutschein immer noch unverschämt teuer vorkam. Aber gut, er war wieder in Deutschland.

Er setzte sich an einen der Minitische. Eine Frau kam auf ihn zu und sah ihn an, als würde sie ihn kennen. Der Milchschaum ihres Cappuccinos schwappte über den Tassenrand. Er hatte die Frau noch nie gesehen. Aber Gesichter konnte Meißner sich fast genauso schlecht merken wie Namen. Die Frau blieb jedenfalls vor seinem Tisch stehen und streckte ihm die Hand entgegen.

»Hallo, Herr Meißner«, sagte sie und strahlte ihn an. Es schien sie zu amüsieren, dass er sie offensichtlich nirgendwo zuordnen konnte und unbeholfen grinsend aufstand.

»Sylvia García«, half sie ihm auf die Sprünge. »Sie sind doch Kommissar bei der Kripo in Ingolstadt?«

Er nickte, auch wenn es bei ihm immer noch nicht klick machte.

»Ich bin Dolmetscherin. Drei Kolumbianer mit falschen Pässen, erinnern Sie sich? Ist schon eine Weile her.«

Ja, jetzt erinnerte sich Meißner. Das war gewesen, als auch der

Krawattenmord in der Beckerstraße passiert war. Rechtsmediziner Kern hatte die Tote eine »schöne Leich« genannt. Und richtig, um die Kolumbianer, bei deren Vernehmung Frau García übersetzt hatte, hatte sich dann sein Kollege Winter kümmern müssen.

Stefan Meißner bat Sylvia García endlich, sich zu setzen, wenn sie ihren Cappuccino nicht aus der Untertasse trinken wollte.

»Sie sehen unverschämt erholt aus«, sagte sie. »Als kämen Sie direkt aus Italien.«

Wunderbar, dass man ihm die eine Woche am Meer ansah. Dann hatte sich der Urlaub schon gelohnt.

»Und Sie?«, fragte er.

»Vom Münchner Flughafen, aber rein beruflich.«

»Bundespolizei?«

Sie nickte.

»Schengen? Wer wollte denn das Bollwerk Europa jetzt schon wieder stürmen?«

»Drei Indios vom Amazonas. So klein, dass sie beim Sitzen nicht einmal den Boden mit den Füßen berührten. Sie hatten eine in Styropor verpackte Kiste bei sich. Ein Heilmittel, das sie in Italien bei einer Ökogruppe vorstellen wollten. Ansonsten noch einen Notizzettel mit einer Telefonnummer in Mailand und fünfzig Euro Bargeld.«

»Oh«, sagte Meißner.

»Unter der Telefonnummer war niemand zu erreichen.«

»Sie werden also zurückgeschickt?«

»Ja, nach São Paulo. Die Stadt liegt ungefähr viertausend Kilometer vom Amazonas entfernt.«

»Scheißjob«, sagte Meißner.

»Meiner nicht«, sagte sie. »Aber der von Ihren Kollegen.«

»Für die Gesetze sind wir nicht zuständig«, sagte Meißner.

»Vielleicht geht der Menschheit jetzt ein unbezahlbares Heilmittel gegen Krebs, gegen eine seltene Erbkrankheit oder was weiß ich verloren.«

»Und wer ist Schuld daran? Die Beamten der Bundespolizei am Franz-Josef-Strauß-Flughafen.«

Sylvia García drückte Meißner draußen auf dem Parkplatz ihre Visitenkarte in die Hand und stieg in ihren schwarzen Mini mit weißem Dach und zwei weißen Rennstreifen auf der Motorhaube. Beim Start ließ sie den Motor aufheulen.

Meißner hob kurz die Hand und stapfte dann zu seinem Audi, der ganz dunkelblaue Eleganz war. Rennstreifen? Nie im Leben! Auf nach Ingolstadt, dachte er, durch das die Donau bestimmt noch genauso träge floss wie vor einer Woche, als er seine Heimat Richtung Süden verlassen hatte.

Der Verkehr rollte jetzt wieder, wenn auch zäh. Die Landschaft wurde hügeliger, links und rechts der Autobahn lagen Hopfengärten, dann passierte er den Rasthof Holledau. Je näher Stefan Meißner Ingolstadt kam, desto unruhiger wurde er. Aber warum? Hatte er ein schlechtes Gewissen? Er war doch nur eine Woche lang weg gewesen. Da musste er sich doch nicht täglich zu Hause melden. Na gut, er hatte sich überhaupt nicht gemeldet, weder bei Marlu noch bei Carola. Carola war es gut gegangen, als er losfuhr. Ihr Baby würde Ende November geboren werden, und die Namensfrage war noch immer nicht entschieden. Er, Meißner, plädierte nach wie vor für Alexander, Carola und ihr Partner tendierten zu Konstantin. Und Marlu hatte ja gewusst, wo er war und dass er Familienurlaub machte. Vielleicht war sie ja ganz froh gewesen, eine Woche Ruhe vor ihm zu haben.

Beim ersten Ausfahrtschild »Ingolstadt-Süd« spürte er ein Kribbeln auf der Haut. Sein Magen flatterte vor Aufregung. Die nächsten Abläufe spulte er nach einem festen Programm ab: nach Hause kommen, den Briefkasten leeren und den Inhalt in die Altpapierkiste stapeln, die Tür zu einer muffig riechenden Wohnung aufschließen, in der niemand auf ihn wartete, die Fenster aufreißen und die Reisetasche ungeöffnet abstellen, zum Telefon gehen und die Mailbox abhören. Mehrere Anrufe von Marlu, ohne dass sie eine Nachricht hinterlassen hatte. Stefan Meißner wählte ihre Nummer.

»Na, wieder da? Wie war's denn?«

Hörte er da einen schnippischen Ton heraus, oder bildete er sich das nur ein?

»Was war denn mit deinem Handy los? Kein Empfang in Kroatien?«, fragte sie weiter.

»Ich hatte mein Ladegerät zu Hause vergessen.«

»Ach. Und dort hat dir keiner eins leihen können?«

»Kennst du vielleicht noch jemanden außer mir, der ein acht Jahre altes Handy von einer Firma besitzt, die schon ewig keine Handys mehr herstellt?«

»Du hättest ja auch mal von deiner Schwester oder von einer Telefonzelle aus anrufen können.«

»Ja, hätte ich.«

»Und warum hast du nicht?«

»Ich wollte dich mal eine Woche in Ruhe lassen.«

»Ach so, danke, das ist ganz sicher das, was sich jede Frau wünscht: einen Mann, der sie mal eine Woche lang in Ruhe lässt. Eine riesige Marktlücke, alle Frauen suchen nach so einem, und ich hab einen erwischt! Na, herzlichen Dank.«

»Gibt's sonst was Neues? Wie geht's dir?«

»Mir ginge es besser, wenn du dich mal gerührt hättest. Also ehrlich, Stefan. Heißt Urlaub für dich auch Urlaub von uns?«

»Quatsch. Jetzt hör schon auf damit, Marlu. Urlaub heißt, an tausend Dinge zu denken. Und ich hab tatsächlich an vieles gedacht, was ich nicht vergessen durfte: an meine Badehose zum Beispiel, an die Badesandalen, alles sehr wichtig, an die Geschenke für die Kinder und an was weiß ich noch alles. Aber das Ladegerät ist eben auf der Strecke geblieben. Jetzt komm schon, Marlu, sei mir nicht mehr böse.«

»Sobald wir uns näher kommen, baust du ganz gern mal ein paar Hindernisse auf, um mich auf Distanz zu halten, stimmt's? Dazu musst du nicht mal wegfahren. Das schaffst du sogar hier zu Hause, wo wir uns fast täglich im Präsidium sehen.«

»Marlu ...«

»Ja, ja, ich weiß, dass du das nicht gern hörst. Wie hat es dir denn bei deiner Schwester gefallen, mit Familienanschluss, Kindergeplärr und Gezänk?«

»Nicht alle Kinder sind Schreihälse und Nervensägen. Du hast eine falsche Vorstellung davon, Marlu. Der Kleinste, er heißt Mateo ...«

»Ach, und wie alt ist er?«

»Fünf.«

»Süß, da hat der kleine Mateo gleich Vatergefühle in Onkel Stefan geweckt, was?«

»Und du?«

»Ich hab mich darüber geärgert, dass du dich nicht gemeldet hast. Oder hab ich das gerade eben schon gesagt? Aber verguckt habe ich mich noch in keinen anderen.«

»Also gut. Tut mir leid, Marlu. Wirklich. Können wir jetzt wieder normal miteinander reden?«

»Natürlich. Ich bin ja nicht beleidigt, warum denn auch?«

»Und sonst? Im Präsidium?«

»Morgen früh um acht, in neuer Frische, oder?«

»Ich meine, ist da irgendwas?«

»Mensch, Stefan, die Arbeit geht für dich erst morgen früh los.«

»Jetzt raus mit der Sprache, da ist doch irgendwas. Ich spüre das. Was ist los?«

»Na, du willst es ja nicht anders. Kaum zurück, schon wieder Polizeibeamter. Also gut, Stefan. Ein Junge wird vermisst.«

»Seit wann?«

»Seit heute Abend, so gegen neunzehn Uhr.«

»Wie alt?«

»Zwölf. Kellner hofft, dass er nur über Nacht ausgebüxt ist und morgen früh wieder auftaucht. Aber jetzt pack erst einmal deine Koffer aus und erhol dich von der Fahrt. Morgen früh geht's dann wieder los. Und Kellner weiß, wie lange dein Urlaub geht. Er erwartet dich nicht vor morgen früh.«

»Verstehe.« Daher kam also seine innere Unruhe. »Sehen wir uns heute noch?«, fragte er unsicher.

»Oh, sorry, aber ich komm gerade vom Squash. Bin total k.o. und will einfach nur noch ins Bett. Außerdem kann ich mir vorstellen, dass du nach der langen Fahrt vielleicht auch ganz froh bist, ein bisschen Ruhe von mir zu haben.«

War das nun die Retourkutsche für sein kroatisches Schweigen? Meißner hütete sich, ein Wort über seine Reisebekanntschaft in der Autobahnraststätte zu verlieren. Also blieb es dabei, dass jeder von ihnen den restlichen Abend und die Nacht in seiner eigenen Wohnung verbringen würde.

Er duschte, schaltete seine Saeco an, füllte den Wasserbehälter auf und brühte sich einen starken Kaffee. Dann setzte er sich an den Computer und kopierte die Bilder von der Kamera auf seine Festplatte. Mateo und seine beiden Geschwister, die Eltern Ivan und Friederike. Das Meer, der helle Stein der Hafenmole. Meißner schloss die Fenster wieder. Die Luft war kälter als in Kroatien, feucht, und das Meer weit weg. Hoffentlich war es morgens nicht schon neblig. Der Sommer war vorbei, ja, aber ein paar Tage goldenen Oktober ohne Nebel, die wünschte Meißner sich auch in Ingolstadt noch. Vor allem aber wünschte er sich, dass der zwölfjährige Junge bald wieder auftauchte. Er hatte Marlu gar nicht nach seinem Namen gefragt.

ZWEI

»Dienstag, 28. Oktober, acht Uhr, schönen guten Morgen!«

Hauptkommissar Stefan Meißner saß in seinem Audi und sah auf die Felder hinaus, über denen der Morgennebel hing. Den Nachrichten auf Radio IN hörte er nur mit halbem Ohr zu. Verkehrsmeldungen. Keine Behinderungen auf der A 9 im Bereich Ingolstadt.

»Und hier noch eine Meldung der Polizei: Vermisst wird seit gestern Abend der zwölfjährige Gabriel Tanner aus Haunwöhr. Der Junge ist knapp einen Meter sechzig groß, hat kinnlanges dunkles Haar, trägt eine Jeans, ein graues Sweatshirt mit Kapuze und eine dunkelblaue Regenjacke. Hinweise nimmt die Polizeiinspektion Ingolstadt oder jede andere Polizeidienststelle entgegen.«

Meißner bog auf den Parkplatz des Präsidiums ein.

Polizeihauptmeister Ernst Kellner, Ingolstädter Urgestein, der dieses Jahr sein dreißigjähriges Berufsjubiläum feiern würde, hatte die Einsatzleitung übernommen. Meißner kam fast noch rechtzeitig zur Besprechung. In der Runde erkannte er den Kommandanten der Feuerwehr, den Leiter des THW, außerdem Kollegen aus Kellners Team und von der Kripo. Natürlich war auch Marlu in Jeansrock und weißer Bluse da. Sie sahen sich nur kurz an und nickten zur Begrüßung, spielten »das ganz normale Kollegenspiel«, wie sie es nannten, immer noch ziemlich gut. Ein paar andere Gesichter konnte Meißner nicht gleich zuordnen. Wie üblich wusste er nicht, ob er sie tatsächlich nicht kannte oder sein Gedächtnis ihn nur wieder im Stich ließ.

»Seit wann seid ihr in die Ermittlungen eingeschaltet?«, fragte Meißner den Kollegen Elmar Fischer, der einen türkisen, ausgesprochen figurbetonten Pulli trug, dessen neongelbe Aufschrift Meißner wegen Augenflimmerns nicht entziffern konnte. Dezente Kleidung war noch nie Fischers Ding gewesen.

»Seit heute morgen«, antwortete Fischer. »Du hast noch nichts verpasst, Urlauber. Sag mal, hast du dich in Kroatien eigentlich vor der Sonne versteckt?«

»Dachtest du vielleicht, ich knalle mich jeden Tag in die Sonne, damit ich dir hinterher mein verbranntes Feriengesicht als Trophäe präsentieren kann?« Er beugte sich zu Marlu, während er sich zwischen die beiden setzte. »*Ciao, bella*«, flüstert er ihr ins Ohr. »Kannst du mir sagen, wer die beiden Damen da drüben sind?«

»Die mit den roten Haaren ist die Psychologin. Sie betreut die Angehörigen. Die andere ist vom Roten Kreuz und leitet die Sanitätseinheit.«

»So wie Kellner aussieht, hat er eine lange Nacht hinter sich.«

»Du hingegen schaust gut aus. Nicht gerade tiefbraun, aber immerhin erholt.«

»Viel frische Luft, gutes Essen, Wein, eine große Familie.«

»Du und große Familie. Ich kann mir immer noch nicht so richtig vorstellen, wie das zusammenpassen soll.«

»Du kennst eben noch nicht alle Seiten von mir.«

»Guten Morgen zusammen«, eröffnete Kellner die Besprechung. »Wie Sie wissen und uns vielleicht ansehen, ist die gestrige erste Suchaktion ohne Erfolg verlaufen. Vermisst gemeldet wurde Gabriel Tanner um neunzehn Uhr von seiner Mutter, die gegen achtzehn Uhr dreißig aus der Arbeit nach Hause kam. Gabriel war nicht da und hatte auch keine Nachricht hinterlassen. Die Mutter hat daraufhin bei Freunden und Klassenkameraden des Buben angerufen, ebenso bei den Großeltern …«

Meißner rutschte nervös auf seinem Stuhl herum. Entweder war Kellner, der in seinem Beamtendeutsch die Fakten herunterleierte, an seiner Unruhe schuld oder die Umstellung von Freizeit auf Dienst, das frühe Aufstehen oder – letzte Möglichkeit – Marlus übereinandergeschlagene Beine, von denen wegen des kurzen Jeansrocks gute zehn Zentimeter vom Knie aufwärts zu sehen waren.

Meißner konzentrierte sich auf Kellners Bericht. Der vermisste Junge war gestern noch in der Schule gewesen und mittags wahrscheinlich wie immer nach Hause gefahren. Seine Schultasche hatte in seinem Zimmer gestanden, als die Mutter nach Hause gekommen war. Was er am Nachmittag gemacht hatte, wusste sie nicht.

Von Schulproblemen seit dem Wechsel aufs Gymnasium war die Rede. Gabriel besuchte die sechste Klasse des Tilly-Gymnasiums. Seine Mutter sagte, er habe sich in letzter Zeit sehr zurückgezogen und immer häufiger in seiner eigenen Welt gelebt.

Tun wir das nicht alle mehr oder weniger?, dachte Meißner. Irgendwie war doch jeder seine eigene Insel.

»Er ist das einzige Kind der Eheleute Tanner«, hörte er den Beamten Kellner gerade vortragen. Fehlte nur ein »war« anstelle von »ist«, und der Kollege hätte sich angehört wie auf einer Beerdigung.

»Beamte haben ab zwanzig Uhr dreißig zu Fuß und in Einsatzfahrzeugen das Wohnviertel des Jungen durchkämmt. Sie waren auf dem Bolzplatz am Baggerweg, am Fußballplatz an der Hagauerstraße und an weiteren Orten, die ihnen die Eltern und Freunde des Jungen als Treffpunkte im Viertel genannt haben. Ab einundzwanzig Uhr wurde mit Unterstützung von je zwei Einheiten der Feuerwehr und des THW der Suchradius in Richtung Luitpoldpark, Bahnhof und hinunter zum Donauufer ausgeweitet. Nach Einschätzung von Frau Dr. Klausmann, der Leiterin der psychosozialen Beratungsstelle beim Gesundheitsamt«, Kellner machte eine Handbewegung zu der rothaarigen Fünfzigjährigen im karierten Blazer hinüber, »ist eine Suizidabsicht des Jungen nicht auszuschließen.«

Aber vielleicht war er auch im Affekt, nach einem Streit oder wegen einer akuten seelischen Notlage ausgerissen und würde nach einer Nacht im Freien im Laufe des Tages wieder nach Hause kommen. Weil er Hunger hatte, weil er müde war oder sein Fluchtplan nicht funktioniert hatte. Meißner wollte auch das denken können, aber Kellner blieb bei seinem Worst-Case-Szenario.

»Auch ein Verbrechen ist nach mehr als zwölf Stunden Abwesenheit nicht mehr auszuschließen. Ab sofort ist die Kripo in die Ermittlungen eingeschaltet.« Er deutete in Meißners Richtung. »Der erweiterte Sucheinsatz wird kreisförmig um den Wohnort des Jungen herum fortgesetzt, solange wir keine neuen Informationen über andere mögliche Aufenthalts- oder Zielorte haben. Die Einsatzabschnitte werden wir im Laufe des Vormittags festlegen und entsprechend aufteilen. Eine Liste mit den Telefonnummern aller Mitglieder der Einsatzleitung wird Ihnen zugeschickt. Die Einsatzleitung wird bis zum Mittag um ein Team der Wasserrettung und eventuell auch um eine Tauchergruppe verstärkt. Ein Hubschraubereinsatz ist angefordert. Für Versorgung und Personalrotation ist der Innendienst zuständig, Leiterin ist die Kollegin Braun. Auch ihre Nummer finden Sie auf der Liste.«

Kellner trat kurz ans Fenster und rieb sich die Augen. »Frau Klausmann, Sie kümmern sich bitte weiter um die Betreuung der Angehörigen. Die Einsatzleiter von Feuerwehr und THW sowie Frau Nitzky vom BRK folgen mir bitte gleich im Anschluss nach oben in die Einsatzleitstelle. Ich danke euch.« Mit seinem Tross verließ Kellner den Besprechungsraum.

DREI

»Die Tanners, Gabriels Eltern, was sind das für Leute?«, fragte Meißner den Kollegen Holler auf der Fahrt zum Tilly-Gymnasium.

»Der Vater ist gelernter Spengler. Hat die letzten zehn Jahre bei einem Zulieferbetrieb gearbeitet, wurde aber vor einem Jahr gekündigt. Seitdem ist er arbeitslos. Gabriels Mutter ist Angestellte bei der Stadtverwaltung.«

»Die Eltern gehören also zu dem, was Sozialwissenschaftler ›Bildungsferne Schicht‹ nennen?«

Holler nickte. »Die Mutter ist stolz darauf, dass der Bub den Übertritt ins Gymnasium geschafft hat. Aber seitdem hat er keine guten Noten mehr und kaum neue Freunde gefunden. Er hängt meistens mit Hauptschülern rum, seiner ehemaligen Clique.«

»Und was sagt der Vater?«

»Der Vater? Ich glaube, der hat bis jetzt noch gar nichts gesagt.«

Sie bogen in den Hof des Gymnasiums ein und parkten den Wagen auf einem der freien Plätze für die Lehrer. Das Tilly war das jüngste der fünf Ingolstädter Gymnasien und lag am Rande der Altstadt, schon im Grüngürtel der ehemaligen Festungsstadt, dem Glacis. Für die Schule war von den Architekten in den sechziger Jahren fast ebenso viel Beton verbaut worden wie für das Stadttheater. Das Tilly wirkte im Vergleich zu den historischen Bauten der Altstadt moderner, aber auch nicht mehr wirklich neu. Heute, fünfzig Jahre später, hätte man anders gebaut. Gewagter, luftiger, farbiger, wer weiß, vielleicht sogar fröhlicher.

Die Sekretärin meldete sie beim Direktor an. Dr. Vogt war ein schwerer, etwa fünfundfünfzigjähriger Mann im grauen Trachtenanzug. Er hatte volles graues Haar, einen gepflegten Vollbart und feuchte Hände mit kurzen dicken Fingern.

»Die ganze Schule macht sich natürlich Sorgen um den Buben. Gabriel ist ein ruhiger, ordentlicher Schüler. Aber ich weiß nicht, wie ich Ihnen helfen kann. Die Schule kann ja nicht wissen, was in den Familien passiert. Ob der Junge Sorgen hat, oder ob im häuslichen Umfeld etwas nicht stimmt. Darauf haben wir keinen Einfluss.«

»Vielleicht haben seine Sorgen ja auch etwas mit der Schule zu tun, wenn wir davon ausgehen, dass er ausgerissen ist. Er hat im letzten Jahr nur schlechte Noten gehabt.«

»Ach, wissen Sie, der Anfang am Gymnasium ist oft ein bisschen schwer. Die Kinder müssen sich erst an die neue Umgebung und die höheren Anforderungen gewöhnen, die bei uns an sie gestellt werden.«

»Sind Gabriels Leistungen denn mittlerweile besser geworden?«

»Wenn es um Noten geht, müssen Sie mit seinem Klassenlehrer, Herrn Dr. Körner, reden. Ich bin nicht über den Stand jedes einzelnen Schülers informiert.«

»Wo finden wir Dr. Körner?«

Vogt erkundigte sich bei seinen Sekretärinnen.

»Er hat Unterricht im Physiksaal I. Frau Bergmann wird Sie hinbringen.«

Frau Bergmann hatte eine blaue Haarsträhne, die ihr aus dem kurz geschnittenen blonden Haar in die Stirn hing, und trug ein Kleidchen über der Jeans, das bei jedem Schritt gegen die Rückseite ihrer Oberschenkel wippte. Meißner und Holler liefen wie hypnotisiert hinter ihr her. Von hinten sah Frau Bergmann aus wie achtzehn, von vorn wie einundfünfzig und keinen Tag jünger.

Dr. Körner war ihnen keine große Hilfe. Er sagte, dass Gabriel Tanner ein stiller Schüler sei, der nicht viele Freunde in der Klasse habe. Eher der Typ Einzelgänger, der sich nicht aktiv einbringe. Auf die schlechten Noten seines Schülers angesprochen, meinte er, das Gymnasium sei eben nicht für jeden Schüler die beste Schulform. Ehrgeiz und ein gewisser Leistungswille seien schon nötig, um hier erfolgreich zu sein. Aber beides könne ja noch kommen. Gabriel müsse einfach mehr aus sich herausgehen, Ziele erkennen und sie dann auch verfolgen.

Die beiden Polizisten kamen sich vor wie bei einem Elternsprechtag. So viele gute Ratschläge auf einmal.

»Hast du damals in der sechsten Klasse auch schon Ziele erkannt und verfolgt, Horst?«, fragte Meißner seinen Kollegen auf dem Weg zum Klassenzimmer der 6 b.

»Sowieso! Meine Ziele waren: Stürmer im Fußballverein zu werden und mit der Roitner Kathrin aus der Parallelklasse ins Schwimmbad zu gehen.«

Die 6 b hatte gerade Englischunterricht bei Frau Taubner. Schon vom Gang aus hörten die Beamten die Kinder singen. Beim zweiten Klopfen ging die Tür auf, und die Kinderstimmen tröpfelten dahin und brachen dann nacheinander ab wie ein Dudelsack, aus dem die restliche Luft unkontrolliert entweicht.

Stefan Meißner stellte sich und seinen Kollegen vor. Einige Kinder hatten den Mund noch vom Singen geöffnet. Die Stimmung war angespannt. Zwei Mädchen tuschelten miteinander, und als Frau Taubner nachfragte, worum es denn ginge, sagte das Mädchen mit dem T-Shirt, auf dem eine dicke Hummel saß: »Die Polizisten haben ja gar keine Mütze und keine Uniform.«

»Das sind doch die Kommissare!«, rief ein Junge mit blonder Igelfrisur und runder Brille, der vorn am Fenster saß. Als Meißner sich auf dem Lehrerpult niederließ und seinen Dienstausweis hervorholte, stürmten die Kinder zu ihm an den Tisch, um sich das grüne, in Plastik verschweißte Kärtchen anzusehen. Meißner forderte das Hummel-Mädchen auf vorzulesen.

»Kriminalhauptkommissar Stefan Meißner«, las sie. »Polizei Dienstausweis.«

»Ist das Ihr Sheriffstern?«, fragte der Junge mit der Brille und zeigte mit dem Finger auf den Stern auf dem Dienstausweis.

»Mein Polizeistern«, sagte Meißner. »Und weil ich zur bayerischen Polizei gehöre, ist in der Mitte des Sterns das Wappen mit den blau-weißen Rauten abgebildet.«

Der rothaarige Junge aus der vorletzten Bank, der als Einziger allein saß, erzählte, dass er und Gabriel sich auch nachmittags manchmal getroffen hätten. Aber gestern seien sie zusammen aus dem Schulbus gestiegen, und dann sei jeder von ihnen allein nach Hause gegangen.

Meißner notierte sich ein paar Treffpunkte der Jungs im Viertel, die Kellner am Vormittag nicht aufgezählt hatte: den Bolzplatz hinter der Kirche, den Netto-Parkplatz und ein Stück Brachland draußen an der Bonhoefferstraße.

Er sah den Kindern die Fragen in ihre Gesichter geschrieben.

Was ist mit Gabriel passiert? Wann kommt er zurück? Kommt er überhaupt zurück? Meißner hütete sich davor, optimistische Parolen zu verbreiten. Es würde sowieso nichts nützen, ihnen zu erklären, dass die allermeisten verschwundenen Menschen von selbst zurückkamen oder lebendig und gesund gefunden wurden. Die Bilder, die sie sich von den Fällen eingeprägt hatten, die nicht so glimpflich ausgegangen waren, waren stärker als jede Kriminalstatistik.

Frau Taubner, die Lehrerin, erzählte ihnen vor dem Klassenraum, dass sie sich große Sorgen um den Jungen mache. Er sei in letzter Zeit immer stiller geworden. Sie habe mit ihm zu reden versucht, aber er habe immer abgeblockt. Seine Mutter sei einmal bei ihr gewesen, hatte aber auch nicht gewusst, was Gabriel so bedrückte.

»Haben Sie mit anderen Lehrern darüber gesprochen? Haben auch andere bemerkt, dass Gabriel immer verschlossener wurde?«, fragte Meißner.

Sie schüttelte den Kopf. »Nein. Das ist erst mein zweites Jahr als Lehrerin an dieser Schule. Als Neuling hat man keinen leichten Stand im Kollegium. Vielleicht hätte ich hartnäckiger sein müssen.«

Meißner konnte nachvollziehen, dass sie sich Vorwürfe machte. »Wir wissen ja noch gar nicht, was mit Gabriel passiert ist«, versuchte er sie zu beruhigen.

Sie ging zurück in die Klasse, in der es auch in ihrer Abwesenheit mucksmäuschenstill geblieben war.

Stefan Meißner ließ sich von Holler in der Nähe des Stadtcafés absetzen. In der Kupferstraße standen noch Tische im Freien. Bunte Wolldecken in den Herbstfarben Orange, Hellbraun und Hellgrün waren über die Stuhllehnen gehängt worden. Er hatte nicht unbedingt damit gerechnet, Kirsti anzutreffen, aber sowie er das Café betrat und sich an einen der Fenstertische setzte, stand sie auch schon vor ihm. Schwarzer Rock mit langer weißer Kellnerschürze darüber, ein weißes Wickel-T-Shirt mit üppigem Ausschnitt und braune Ledersandalen, deren Riemchen ihr über die Knöchel reichten.

»Was darf's denn sein, Herr Kommissar?«, fragte sie. »Warst du weg, oder bist du mir aus dem Weg gegangen?«

Er erzählte ihr von Kroatien.

»Und sonst?«, fragte sie. »Läuft da gerade irgendwas bei dir?«

Wäre Meißner jetzt so ein cooler Hund wie der Monaco Franze gewesen, dann hätte er gesagt: »Irgendwas läuft immer.« Aber er fühlte sich überrumpelt und zögerte zu lang, um noch eine halbwegs schlagfertige Antwort zustande zu bringen.

»Aha«, sagte Kirsti. »Verstehe.«

»Nicht, was du denkst«, antwortete er schwach. Die Beziehung zu seiner Kollegin Marlu war ja schließlich noch nicht ausgereift genug, als dass man bereits von ihr erzählen konnte. Kirsti war zwar keine Klatschtante im klassischen Sinn, aber sie kannte sehr viele Leute, alles Stammkunden in der Tagesbar mitten in der Altstadt.

»Kriegt deine Carola jetzt nicht bald ihr Kind? Was wird es denn?«

»Wie, was wird es denn?«

»Na, Bub oder Mädchen, weiß sie das schon?«

»Ach so, ja, ein Bub.«

»Und wer ist nun der Vater? Ihr neuer Freund?«

Von dem Problem hatte er Kirsti einmal in einer schwachen Stunde erzählt.

»Nichts Neues«, sagte er vage.

»Die macht's aber wirklich spannend, oder? Und ihr Freund, ist der auch so brav wie du und spielt das Spielchen ohne zu murren mit? Ich bin ja mal gespannt, wie lange das gut geht.«

Dazu hatte Meißner keine Meinung. War er vielleicht Hellseher? Kirsti verspritzte halt einfach gern ein bisschen Gift, aber eigentlich war Carolas Schwangerschaft kein Reizthema für sie. In der Beziehung war sie ganz anders als Marlu. Sein Schweigen, das an diesem Punkt normalerweise einsetzte, konnte Marlu so richtig auf die Palme bringen. Er wusste das, und obwohl er ihr immer wieder versichert hatte, er tue es nicht, um sie zu ärgern, war sie immer noch angefressen, wenn das Thema zur Sprache kam. Mit anderen Frauen wollte er nicht auch noch darüber reden. Mit Carola, okay, aber die wiederum wollte nicht wirklich mit ihm darüber reden. Irgendwann würde sich schon alles aufklären, und dann wäre immer noch Zeit, den Tatsachen ins Auge zu sehen. Er fand seine Einstellung vernünftig und pragmatisch. Marlu fand das nicht.

»Ich hätte heute Abend schon um acht Schluss. Was ist, holst du mich ab?«, riss Kirsti ihn aus seinen Gedanken.

»Hörst du gar kein Radio?«

»Wieso? Ach so, Mensch, klar! Ist der Bub noch nicht wieder aufgetaucht?«

Meißner schüttelte den Kopf.

»Und an dem Fall bist du jetzt dran? Ist es schon so schlimm?«

»Bei Kindern wird die Kripo immer ganz schnell eingeschaltet. Das muss noch gar nichts heißen.«

»Wahrscheinlich ist er abgehauen, weil die Schüler heute mit dem G8 und dem ganzen Krampf so einen Stress haben, oder? Und alle müssen sie aufs Gymnasium. Ich mit meinem Hauptschulabschluss bin ja heute praktisch schon unten durch. Mit mir haben die Leute Mitleid, und ich tu mir ja auch selbst leid, wenn ich am Zweiten meinen Kontoauszug ausdrucken lasse, aber, ach, scheiß drauf! Dann kommst du heute also nicht?«

Meißner schüttelte den Kopf und versuchte ein zerknirschtes Gesicht zu machen. Dann bestellte er ein Nudelgericht und aß es schnell, bevor es kalt wurde.

Als er bezahlte, war Kirsti nett wie immer und wünschte ihm Glück für seinen Fall.

»Scheißschule«, sagte sie. »Das Leben ist doch viel wichtiger. Aber das weiß man nicht, solange man noch mittendrin steckt.«

»Ich ruf dich an!«, rief Meißner Kirsti nach, als sie schon zum nächsten Tisch ging.

»So? Das wäre aber eine tolle Überraschung! Kommt ja höchstens zweimal im Jahr vor.«

Im Präsidium gab Meißner die Örtlichkeiten durch, die Gabriels Banknachbar ihm genannt hatte.

»Haben wir mittlerweile schon alle abgeklappert«, sagte Pfister, ein Kollege aus der Einsatzgruppe.

»Dann schaut eben noch einmal nach. Das sind wichtige Hinweise.«

»Wir können nicht überall zur gleichen Zeit sein. Kellner hat schon Verstärkung angefordert, aber die kommt erst im Laufe des Nachmittags. Bereitschaftspolizei, Grenzschutz, alles, was geht.«

»Wohin wird die Suchaktion denn jetzt ausgeweitet? In welchem Radius seid ihr gerade unterwegs?«

»Wir sind noch auf der rechten Donauseite und bewegen uns jetzt ostwärts in Richtung Luitpoldpark, Klenzepark und westwärts in Richtung Samholz und Donauauen. Die Wasserwacht ist schon im Einsatz, und am Nachmittag kommt eine Tauchergruppe dazu, wenn wir den Buben bis dahin nicht gefunden haben.«

»*Eine* Tauchergruppe?«, fragte Meißner. »Wo wollt ihr mit denen denn bei den vielen Flusskilometern, dem Stausee, den Baggerseen und den Altwassern ansetzen?«

»Ist noch nicht entschieden«, sagte Kollege Pfister.

»Ihr habt euch doch schon im Zimmer von Gabriel umgesehen. Seid ihr da auf irgendetwas Besonderes gestoßen?«

»Bei dem hängt alles voll mit Plakaten und Postern aus Zeitschriften: Ritter, Schwerter, Pferde, Elfen, Zauberer und solche Sachen.«

Familie Tanner wohnte im Erdgeschoss eines Mehrfamilienhauses aus den siebziger Jahren in Haunwöhr. Gabriels Mutter öffnete Meißner mit roten Augen. Während er noch im Flur stand, kam die rothaarige Psychologin, die er schon in der morgendlichen Besprechung gesehen hatte, aus der Küche.

»Ich muss meine Tochter jetzt von der Schule abholen«, sagte sie. »Nachmittagsunterricht. Dann überlasse ich Sie jetzt dem Herrn Kommissar, Frau Tanner. Sie können mich natürlich jederzeit anrufen, wenn Sie Hilfe brauchen.« Damit quetschte sie sich an Meißner vorbei zur Wohnungstür hinaus.

Gabriels Zimmer sah einigermaßen ordentlich aus, aber alle freien Wandflächen waren mit Postern beklebt: Herr der Ringe, WarCraft, das meiste kannte Meißner nicht.

Unter dem Hochbett aus hellem Holz hatte der Junge sich mit

Decken eine Höhle gebaut. Bücher waren dort gestapelt, DVDs und Computerspiele, dazwischen lag ein Kompass. Seine Mutter meinte, dass außer einem kleinen Rucksack und dem Federmäppchen nichts fehlen würde. Gabriels grüner Eastpak-Rucksack stand unter dem Schreibtisch. Auf der Tischplatte lagen ein paar Hefte und Stifte herum. Nicht ein Einziger war nicht angekaut. Meißner schaute in die Hefte. Gabriels Handschrift war klein und eckig, schwer leserlich. Offenbar neigte er dazu, ganze Sätze auszustreichen und darüberzuschreiben. Seine Hefteinträge wiesen Spuren eines langen Kampfes um die äußere Form auf. Meistens hatte der Sechstklässler ihn verloren.

»Er ist nie zufrieden mit sich.« Gabriels Mutter stand hinter Meißner. »Immer meint er, was er macht, ist nicht gut genug, und er müsste es verbessern. Am Ende kann er selbst nicht mehr entziffern, was da steht. Und weil seine Lehrer es auch nicht können, bekommt er schlechte Noten.«

»So stark setzt er sich unter Druck?«

»Die in der Schule sehen nicht, wie sehr er sich bemüht. Sie schauen nur auf das Ergebnis.«

»Sprechen Sie mit Gabriel darüber?«

»Das hilft nichts.« Sie zuckte mit den Achseln. »Er denkt, ich würde ihn nicht verstehen, weil ich ja selbst nie auf einem Gymnasium war. Er sagt immer, im Gymnasium ist alles anders. Da ist es auch wichtig, wie etwas aussieht, nicht nur, was drinsteht.«

»Wie steht Ihr Mann dazu?«

»Er glaubt, dass Gabriel auf dem Gymnasium überfordert ist. Aber der Bub will nicht auf die Hauptschule zurück. Das wäre für ihn eine Blamage. Er denkt, dass er dann unten durch wäre, bei den wenigen neuen Freunden genauso wie bei den alten.«

»Frau Tanner, wo könnte Gabriel hingegangen sein? Haben Sie keine Idee?«

»Ich denke doch an nichts anderes mehr.« Ihr Blick war starr auf den Ärmel von Meißners Lederjacke gerichtet.

»Gibt es irgendein Versteck, eine Hütte, ein Baumhaus, ein leer stehendes Haus, das Gabriel vielleicht einmal erwähnt hat?«

Meißner war sich nicht sicher, ob das Orte waren, an denen sich Kinder heutzutage genauso gern aufhielten wie er damals. Er dachte an seine Datscha draußen im Auwald. Er musste unbedingt bald einmal nach dem Rechten schauen und die Hütte winterfest machen.

»Die Großeltern?«, fragte er.

»Sie wohnen in Rohrbach. Aber dort ist er nicht.«

Meißner überlegte, welche Träume der Bub haben könnte, welche Abenteuer er gern erleben würde.

»Gabriel ist manchmal aus seinem Zimmer wie aus einer anderen Welt gekommen. Aber von dieser anderen Welt hat er uns nichts erzählt. Früher haben wir beim Mittagessen immer viel geredet, doch jetzt bin ich mittags nicht mehr daheim.«

»Aber Ihr Mann ist doch da?«

»Ja, schon, aber der fragt Gabriel nicht. Am Nachmittag geht er ganz gern vor«, sie machte eine Kopfbewegung, »ins Stüberl, zur Kathi. Für ihn ist die Situation auch nicht leicht.«

Meißner hatte eine ungefähre Vorstellung davon, was sie mit Stüberl meinte. Ein schmaler Raum mit langer Theke und einem blinkenden Spielautomaten an der Wand. Dazu eine nicht mehr junge Blondine am Zapfhahn und zwei Männer in schlecht sitzenden Jeans auf ihren Barhockern, die mit glasigen Blicken das Bier vor sich auf dem Tresen zu fixieren versuchten.

»Es wird ihm doch nichts passiert sein?« Frau Tanner hatte jetzt den Arm des Hauptkommissars gepackt. »Gabriel ist doch kein kleiner Bub mehr.«

Meißner schwieg. Er wusste nicht, wie er sie hätte trösten können.

Sie verließ das Zimmer, und der Kommissar setzte sich an Gabriels Schreibtisch. Er stellte den Stuhl so ein, dass er den Blick hatte, den auch der Junge haben musste, wenn er seine Schularbeiten machte. Der Grünstreifen zwischen den Häuserzeilen war aus dieser Perspektive schon nicht mehr zu sehen. Nur die nächste Reihe von braunen Mietshäusern, mit Eternit verkleidet und quadratischen Fenstern, die stumpf in die Stadtlandschaft hinausstarrten. Was wünschte sich ein Junge, der in der Schule keinen Fuß auf den Boden bekam und keine neuen Freunde fand? Vielleicht träumte er davon, die eintönigen Fassaden zu verlassen, die nur von Fensterflächen, die wie große abweisende Löcher erschienen, unterbrochen wurden. Vielleicht ging es ihm wie den Bremer Stadtmusikanten, die sich gedacht hatten, dass es überall besser sein müsste als dort, wo sie gestrandet waren. Gabriel als verträumter Ausreißer, das war ein gut vorstellbares Szenario. Es würde bedeuten, dass der Junge irgendwo unterwegs war oder sich versteckt hielt und dass er irgendwann wieder auftauchen oder entdeckt werden würde.

Gabriels Mutter stand wieder in der Tür.

»Ich muss Sie das jetzt leider fragen, Frau Tanner: Hat Gabriel je angedeutet, dass er sich etwas antun will?«

»Nein«, sagte sie. »Nie.«

»Haben Sie ein Haustier?«

»Einen Zwerghamster. Er hieß Klitschko und ist vor vier Wochen gestorben.«

»Schlimm?«

»Wir haben ihn draußen auf der Wiese begraben. Hinterher hat Gabriel den Käfig sauber gemacht, hat ihn in den Keller getragen und gesagt, dass er nie wieder ein Tier haben will.«

Ein Mann von der psychologischen Betreuungsmannschaft klingelte, und Meißner verabschiedete sich. Während er ins Auto stieg, fiel ihm Charly ein, ein Mischling aus Cockerspaniel und Schäferhund mit zu langen Beinen und struppig braunem Fell. Charly gab es längst nicht mehr, zumindest konnte man ihn nicht mehr sehen.

Als der Kommissar das Fenster öffnete, hörte er den aufgeregten Flügelschlag eines Helikopters. Das hektische Geräusch passte zu seiner eigenen Unruhe. Sorge, Furcht und vor allem die Angst, zu spät zu kommen, konnte er jetzt nicht mehr unterdrücken. Dieselben Gefühle trieben auch die Suchmannschaften an, die oft bis zur Erschöpfung arbeiteten. In dem Moment, in dem eine Suchaktion glücklich endete, war die vorherige Anstrengung wie weggewischt. Wie bei einer Geburt, dachte Meißner, obwohl er noch nie bei einer dabei gewesen war. Das war es jedenfalls, was die, die damit Erfahrung hatten, immer erzählten. Schmerz und Tränen, alles wie weggeblasen, wenn das Kind da war und den ersten Atemzug tat.

Als der Kommissar im Präsidium eintraf, schien sogar Kollege und Sonnyboy Elmar Fischer aus dem Tritt gekommen zu sein.

»Habt ihr etwas von Gabriels Freunden aus der Hauptschule erfahren?«, fragte Meißner.

»Sie hatten mal so eine Art Bande«, sagte Fischer. »Nannten sich ›Die Gefährten‹. Sie sagen, seit Gabriel aufs Gymnasium gehe, habe er kaum noch Zeit für sie. Aber auf dem Gymnasium müssten die Schüler eben mehr tun als auf der Hauptschule, dafür könnten sie auch mehr erreichen.«

»Das haben wir doch heute schon mal gehört«, sagte Meißner.

»Ziele setzen und entsprechende Leistungen zeigen, und schon klappt's«, bestätigte Holler. »Ein Problem hast du nur, wenn's nicht klappt.«

»Seine Freunde vermuten, dass, wenn Gabriel denn weggelaufen oder ihm etwas passiert ist, es etwas mit der Schule zu tun haben muss.«

Einsatzbesprechung um fünfzehn Uhr. Kellners Optimismus hatte deutlich Schlagseite bekommen. Am nächsten Tag sollte ein Foto von Gabriel im »Donaukurier« abgedruckt und am selben Abend noch eine Vermisstenmeldung im Regionalfernsehen gesendet werden. Alles wurde natürlich mit der Einschränkung geplant, »falls wir ihn bis dahin noch nicht gefunden haben«.

Sämtliche Polizeidienststellen in Bayern waren informiert worden, auch die Busbahnhöfe und Bahnhöfe, soweit es auf ihnen noch Personal gab. Den Fahrkartenautomaten waren Kinder eher egal, und die Videokameras konnten bislang auch noch nicht mit Ausreißern sprechen.

»Wie viele Stunden ist der Junge jetzt weg?«, wollte der Einsatzleiter des THW wissen.

»Das können wir immer noch nicht genau sagen, weil niemand zu Hause war, als er von der Schule kam. Gesehen wurde er zuletzt im Schulbus, gegen dreizehn Uhr dreißig.«

Also vielleicht schon vierundzwanzig Stunden.

»Gibt es Hinweise aus der Bevölkerung?«

»Einige Leute wollen den Jungen am Nachmittag gesehen haben, einige am Vormittag, während er definitiv noch in der Schule war. Keine wirklich heiße Spur also.«

Meißner musste sich zwingen, nicht ständig auf die Uhr zu sehen. In seinem Kopf lief ein Band mit einer automatischen Zeitansage und der Stimme seines Navis ab. Schon komisch, wie wenig man sich sonst um anderer Leute Kinder kümmerte. Sie wurden im Alltag schnell mal zum Ärgernis, aber kaum verschwand eins von ihnen, war plötzlich jeder betroffen.

Bis achtzehn Uhr gab es keine weiteren Erkenntnisse. Meißner hatte nichts mehr zu tun. Er hätte nach Hause fahren, sich um seine Wäsche kümmern können. Schließlich war es sein erster Arbeitstag nach dem Urlaub, aber das hatte er schon fast vergessen. Es war wieder einmal so weit. Er kam nicht mehr los von einem Fall, und er kannte nur einen Weg, damit umzugehen: bis zur Erschöpfung arbeiten und dann hundemüde ins Bett fallen. Die Wohnung nur mehr zum Schlafen und Duschen aufsuchen und statt Cappuccino doppelten Espresso trinken, um die Zeit zu sparen, die nötig gewesen wäre, um Milch aufzuschäumen. Erst dann fühlte sich alles für ihn richtig an.

Carola hatte ihn in diesem Zustand höchster Anspannung nicht mehr ertragen. Aber statt ihm aus dem Weg zu gehen, hatte sie ihn immer wieder zu bekehren versucht, wollte ihn davon überzeugen, dass es ihrer Beziehung schadete, wenn er so drauf war. Sie hatte darauf bestanden, dass er lernte, anders mit seinen Fällen umzugehen, und ihn gefragt, ob sie ihm das nicht während der Ausbildung beigebracht hätten. In diesen Situationen war er froh gewesen, wenn er einen Grund fand, eine Tür hinter sich zuzumachen, egal ob vom Büro, Bad oder sogar vom Klo. Ob Marlu in solchen Situationen genauso empfand wie er? Er musste sie danach fragen.

Auf dem Weg zum Parkplatz hatte er sich bereits entschieden, noch einmal zum Einsatzort hinauszufahren. Eigentlich hatte er ja daran gedacht, seine Datscha zu inspizieren, aber das konnte er auch in den nächsten Tagen noch in Angriff nehmen. Wenn er sowieso nicht abschalten konnte, konnte er sich auch gleich ins Zentrum des Hurrikans begeben, natürlich nur als Zaungast, denn dort war er nicht mehr als ein gewöhnlicher Gaffer.

Der Einsatzort hatte etwas Gespenstisches an sich. Und die Dämmerung ließ die Szenerie noch unwirklicher erscheinen. Meißner kam sich vor wie an einem Drehort. »Tatort Ingolstadt«. Das Buch war von einem Vorgänger Czernys, einem pensionierten Ingolstädter Polizeidirektor, schon geschrieben, nur verfilmt war es bisher noch nicht. Die Scheinwerfer eines Hubschraubers kreisten über den Baumkronen des Auwaldes. Eine Karawane von Einsatzfahrzeugen der Polizei, der Feuerwehr und des THW stand auf der Hagauer Straße, während die Suchmannschaften das offene Gelände durchkämmten. Die Lichtkegel der Handscheinwerfer huschten über den Waldboden. Meißner ging zur Donau hinunter, die an der Staustufe breit wie ein See war. Einziges Gebäude am nördlichen Ufer war das Vereinsheim eines Ruderclubs, rechts an der Staustufe befand sich eine vier Meter breite Bootsschleuse. Schiffsverkehr gab es im Stadtbereich von Ingolstadt keinen, denn schiffbar war die Donau erst nach dem Durchbruch bei Kehlheim. Die Staustufe Ingolstadt lag bei Flusskilometer 2.459,2, wenn man von der Mündung aufwärts zählte. Was machte er eigentlich hier?

Auch eine Hundestaffel war im Einsatz. Die Auwälder an beiden Donauufern erstreckten sich mehr als zwanzig Kilometer nach Westen, bis nach Neuburg. Haunwöhr und die anderen südlichen Stadtgebiete gehörten zu den sieben Dörfern der Au, die früher von den Altarmen und Flutmulden von Donau und Sandrach wie Adern durchzogen worden waren. Die Waldgebiete und Wasserflächen in den Donauauen waren riesig. Die Kollegen, die hier herumstocherten, konnten einem wirklich leidtun. Ihm war kalt.

Meißner ging zurück zu seinem Wagen und fuhr nach Hause. Im Flur stolperte er über seine Reisetasche, die noch genau an der Stelle stand, an der er sie am Vortag abgestellt hatte. Er nahm eine der Weinflaschen heraus, die sein Schwager ihm vor seiner Abreise noch mitgegeben hatte, öffnete sie und schenkte sich ein. Ivan hatte wie immer übertrieben, was die Qualität des Weins betraf. Den Geschmack nach Meer wünschte sich Meißner mehr, als dass er ihn tatsächlich wahrnahm. Er dachte an die drei Kormorane, die er beim Strandspaziergang auf einem weißen Felsen überrascht hatte. Sie hatten ihr metallisch glänzendes Gefieder in der Sonne getrocknet und doch wachsam jede Bewegung am Strand beobachtet. Meißner stand am Küchenfenster, als das Telefon klingelte.

»Zurück vom Einsatz, Herr Kriminalhauptkommissar?«

Immer locker-flockig, sein jüngerer Bruder, der als Banker in Frankfurt lebte. Er hatte wenig Interesse für die Arbeit eines Polizisten und noch weniger Verständnis dafür, dass sein Bruder Beamter geworden war und es immer noch in Ingolstadt aushielt, wo er in seinen Augen kleben geblieben und dabei grau geworden war – so wie ein alter Kaugummi unter der Schulbank.

»Wir suchen einen zwölfjährigen Jungen, der seit gestern vermisst wird. Und bei dir?«

Die Antwort war keine Überraschung. Alles bestens, seine Bank würde ihn bald nach New York schicken.

»Und wie soll es mit Katja weitergehen, wenn du so weit weg bist?«

»Ach, die ist doch selbst dauernd unterwegs. Sogar wenn wir beide in Frankfurt sind, sehen wir uns nicht viel öfter, als wir es tun werden, wenn ich in New York bin. Außerdem können Beziehungen auch kaputtgehen, wenn beide in der gleichen Stadt wohnen, wie man am Beispiel von dir und Carola gesehen hat. Habt ihr eigentlich noch Kontakt?«

»Doch, ja. Wir haben uns mal im Sommer gesehen.«

»Und?«

»Hm, ja, schön sah sie aus.« Schön schwanger, aber das sagte er seinem Bruder nicht. Zu kompliziert.

»Hast du schon was Neues laufen?«

»Du wirst es rechtzeitig erfahren.«

»Lass dir nicht zu viel Zeit, Stefan, du wirst auch nicht jünger.«

»Danke, Brüderchen, aber bis zur Pensionierung sind es noch ein paar Jährchen. Und wenn es stimmt, dass es bei sechzig Prozent der deutschen Banken keine Mitarbeiter über fünfzig mehr gibt, dann wirst du auch bald dran sein. Also beeil dich mit deiner Karriere.«

»Mit fünfzig bin ich längst Privatier und lebe auf den Bahamas oder Caymans, während du dich bis siebenundsechzig ins Präsidium schleppen darfst. Stefan Meißner: am Krückstock auf Verbrecherjagd.«

»Auf den Bahamas wirst du die nächsten zehn Jahre nicht überleben, weil du ersäufst, oder du wirst von einem Wirbelsturm in eine Palme gefädelt. Pass auf dich auf, Andi, und auf Katja. Halt sie fest.«

»Den möchte ich sehen, der das schafft«, sagte Andreas und seufzte.

Meißner legte auf und öffnete die Kühlschranktür: schrumpeliges Gemüse und ein offener Joghurt. Also zog er noch einmal los. Als er auf der Straße stand, fing es leicht an zu regnen. Bei dem Wetter mussten die Kollegen im Gelände wohl bald Schluss machen.

Er fuhr hinüber in die Altstadt. Als er in die Kupferstraße einbog, wurde der Regen stärker. Neben dem Geburtshaus der Schriftstellerin Marieluise Fleißer lag die Havanna-Bar. Meißner überwand die Scheu, die ihn überfiel, als er die Außentür aufdrückte, und sah über die hölzerne Schwingtür in einen Saloon. Die großen Deckenventilatoren über dem langen Holztresen sahen aus wie getrocknete Insektenflügel. Karibische Rhythmen aus den Lautsprechern verbanden sich mit gesprochenen oberbayrischen Satzfetzen zu einer seltsamen Mischung. Wenigstens war es hier warm und trocken. Der Kommissar hatte noch immer den Mantelkragen hochgestellt und die Schultern hochgezogen. Er kannte niemanden von den jüngeren Leuten mit schwarz gefärbten Haaren, vorn lang, hinten kurz – Manga-Frisuren, dachte Meißner –, und silbernen Ringen in der Unterlippe. Ins Büro konnten sie so bestimmt nicht gehen.

Er bestellte ein Pils – der Appetit war ihm vergangen –, und als der an der Augenbraue gepiercte Kellner, das Haar rabenschwarz und glänzend wie das Gefieder eines der Kormorane in Kroatien, das Glas vor ihm abstellte und er den ersten Schluck getrunken hatte, hatte er Havanna geistig bereits wieder verlassen. Mit den Gedanken war er draußen in der Botanik und suchte mit den anderen nach dem Jungen. Immer im Dienst, ja, das stimmte. In den Zeiten des intensiven Ermittelns hatte er das Gefühl, als schrumpfe sein Leben mit jedem Tag stärker zusammen. Als wäre er selbst die Aufgabe, die ihm gestellt worden war. Die Zeit schipperte dann dahin wie ein Lastkahn auf einem trägen braunen Fluss. Ein Tag war in diesen Phasen so lang wie im normalen Leben drei.

Meißner bemerkte gar nicht, dass die Tür aufging. Plötzlich stand jemand neben ihm, den er kannte.

»Mensch, Stefan, und ich dachte, du sitzt abends vor dem Fernseher und guckst dir die dreiundzwanzigste Schimanski-Wiederholung an.«

Es war Elmar Fischer, sein junger Kripo-Kollege, in schwarzer Lederhose und einem seiner pinkfarbenen Hemden mit Prilblumen und Spiralen, von denen Meißner schon beim Hinsehen schwindlig wurde. Meißner sah sich nach Fischers Begleitung um. Zwei junge Männer und eine Frau – und alle drei sahen völlig normal aus.

Verdammter Spießer, dachte Meißner und meinte damit sich selbst. Was hast *du* denn gedacht? Dass Fischer abends mit Tunten oder Transvestiten herumzieht?

»Das ist Stefan, mein Chef«, stellte sein Kollege ihn vor.

Fischer hatte noch nie ein Problem mit Autoritäten gehabt, seine Freunde offenbar auch nicht. Sie setzten sich zu ihm, unterhielten sich, und irgendwann redeten sie auch über den Fall. Der Hauptkommissar fingerte eine von Fischers Gauloises aus der roten Packung, und nach dem ersten Zug, der ihm nicht schmeckte, fing er endlich an, sich zu entspannen.

Gegen elf Uhr machte er sich auf den Heimweg. Der Regen hatte sich zu einem Monsun ausgewachsen. Das Pflaster glänzte. Auf ihm spiegelten sich die Fassaden der Altstadt, und jeder Wassertropfen erschütterte sie und brachte sie gefährlich ins Wanken.

VIER

Die Stimmung während der ersten Einsatzbesprechung am Morgen war wechselhaft bis schlecht. Gabriel Tanner war seit vierzig Stunden verschwunden.

Kellner teilte die neu hinzukommenden Einheiten der Bereitschaftspolizei ein und steckte auf einer Übersichtskarte den erweiterten Suchradius ab. Inmitten der angespannten Atmosphäre spürte Meißner wieder dieses träge Flussband dahinfließen. Ein Bild, eine Vision fast, mit der er aber so gar nichts anfangen konnte.

Da platzte die Meldung herein, ein Spaziergänger, der seinen Hund an der Donau ausgeführt hatte, habe am Stauwehr eine Leiche im Wasser entdeckt. Alle Geschäftigkeit erlahmte noch im selben Augenblick. Kellner rieb sich in einem fort die Augen, die Enttäuschung war ihm ins Gesicht geschrieben.

Ein Notarztwagen wurde zum Fundort geschickt und die Rechtsmedizin in München verständigt. Es würde einige Zeit dauern, bis Dr. Kern oder einer seiner Kollegen auftauchte. Kellner telefonierte während der gesamten Fahrt. Meißner war es nur recht. Was gab es jetzt auch noch zu reden?

»Schon mal eine Wasserleiche gesehen?«, fragte er Fischer, der nervös auf seinem Daumennagel herumkaute. Der schüttelte den Kopf und nahm den Daumen aus dem Mund.

»Kein schöner Anblick. Schau auf keinen Fall zuerst ins Gesicht. Lass dir Zeit damit. Denk dran, okay?«

Fischer nickte und schaute hinaus in den Nieselregen. Als Meißner sich wegdrehte, steckte er den Daumen wieder in den Mund.

Mehrere Flüsse und Bäche und achtundzwanzig kleinere Seen gab es im Stadtgebiet von Ingolstadt. Überall Wasser. Die Suchmannschaften waren bereits am Vortag am Stausee gewesen und hatten das Auffangbecken am Wehr durchsucht, aber nichts gefunden.

Sie fuhren das Wehr aus nördlicher Richtung an. Für Fußgänger und Radfahrer war es auch aus südlicher Richtung, von Haunwöhr her, erreichbar. Von der Westlichen Ringstraße bogen die Beamten in den Brodmühlweg ein und erreichten von dort den Baggersee.

Mit den weißen Birkenstämmen am Ufer und den hölzernen Stegen hätte der Badesee auch in Schweden liegen können, nur herrschte in Ingolstadt meistens keine skandinavische Einsamkeit. Auf dem Stauwehr standen bereits die ersten Schaulustigen, machten jedoch den eintreffenden Einsatzfahrzeugen fast ehrfürchtig Platz. Es waren Jogger, Spaziergänger und Anwohner, deren Hunde sich neugierig beschnupperten. Auf dem ungeteerten Kiesweg am Ende der Zufahrt hatten sich in der Regennacht große Pfützen gebildet.

Das letzte Stück hinauf zum Wehr gingen sie zu Fuß. Fischer rutschte auf dem Weg fast aus und hielt sich instinktiv an Meißners Arm fest, um nicht zu fallen. Es musste ihnen niemand zeigen, wo sich das Becken vor dem Maschinenhaus befand. Kommissar Meißner war schon oft hier gewesen. Wenn er an dieser Stelle den Fluss querte, blieb er oft am Becken stehen und sah auf die im Wasser wirbelnden Äste und Baumstämme hinunter. Manchmal waren auch bunte Plastikabfälle dabei. Je mehr Wasser die Donau nach einem Unwetter führte, desto mehr Gegenstände trieben mit ihr durchs Flussbett, gegen die die Turbinen des Kraftwerks geschützt werden mussten. Vor dem Turbineneinlauf fing ein Rechen die Äste, Stühle, Plastikteile und andere Flussfracht auf. Wenn man die dicken Baumstämme sah, die das Wasser hierhergetrieben hatte, dann begriff man, welche Kraft die Donau besaß, die hier vor der Staumauer noch kein Strom war, aber mit fünfhundert Metern Breite doch schon ein mächtiger Fluss. Wie kleine Stöckchen drehten sich die Stämme im Becken um einen Wirbel und wurden gegen die Metallzähne des Rechens gedrückt.

Nun trieb also auch ein toter Körper in diesem Becken, mit dem Rücken nach oben. Obwohl niemand das Gesicht sehen konnte, wussten doch alle, dass es sich bei der Leiche um Gabriel handelte. Sie hatten die stündlich auf Radio IN wiederholte Personenbeschreibung im Kopf: circa ein Meter sechzig groß, mittellanges braunes Haar, Jeans, graues Kapuzensweatshirt, blaue Jacke, Turnschuhe. Alles passte. Und doch blieb immer noch ein letzter Rest Zweifel, der eigentlich Hoffnung war.

Kommissar Meißner wollte schon den Arm um Fischer legen, der wieder seinen Daumen in den Mund gesteckt hatte wie ein

Kind, klopfte ihm dann aber nur leicht auf die Schulter, bevor er hinüber zu Kellner ging, der an der Beckenabsperrung stand und auf den Körper im Wasser starrte.

Kellner stellte die Suchaktion ein und informierte alle Beteiligten über Funk über die neueste Entwicklung. Meißner sah dem enttäuschten Kollegen an, was der eigentlich am liebsten getan hätte, denn er selbst spürte den gleichen Impuls: wenn nötig auch in Klamotten in das Becken zu springen und den Jungen so schnell wie möglich herauszuholen. Ihn aus dem kalten Wasser zu ziehen, ihn aus seiner erbärmlichen Lage, mit dem Gesicht nach unten treibend, zu befreien. Ihn an Land zu bringen. Ihn wenigstens zu bergen, wenn sie ihn schon nicht mehr retten konnten. Doch sie durften nichts davon tun und fühlten sich so hilflos wie ein Rollstuhlfahrer vor einem Treppenaufgang, zu dem es keine Alternative gibt. Sie mussten dort, wo sie waren, stehen bleiben und warten, bis Hilfe kam. Bis die Spurensicherung eintraf, die Fotos gemacht waren und jemand von der Rechtsmedizin auftauchte. Die Spurensicherung würde nicht viel ausrichten können. Das Wasser hatte wahrscheinlich schon alle wichtigen Hinweise und Spuren ausgewaschen und abgeschliffen. Für den Moment blieb ihnen nichts anderes übrig, als dazustehen und auf die Hände des toten Jungen zu starren. Sie sahen aus, als steckten sie in wattierten Topfhandschuhen.

»Genau wie meine Frau es geträumt hat«, murmelte Kellner und starrte weiter ins Becken.

»Habt ihr gestern nicht schon mal hier gesucht?«, fragte Meißner.

»Doch. Ich war selbst dreimal hier, aber da war nichts. Oder der Junge war eben noch nicht an der Oberfläche.«

Meißner hatte sofort das Bild eines am Flussboden dahintreibenden Körpers vor Augen, der an Steinen und anderen Hindernissen im Wasser hängen blieb.

»Hat deine Frau öfter solche Träume?«

Kellner schüttelte den Kopf. »Das war das erste Mal. Dabei macht sie den ganzen Zirkus schon dreißig Jahre lang mit. Wird Zeit, dass ich aufhöre.«

»Wahrscheinlich hat sie der Ort daran erinnert, dass wir hier vor zwei Jahren einen toten Säugling gefunden haben.«

Kellner dachte an den Fall zurück. Er sah erschöpft aus. Und traurig. Er sah seinen Kollegen fragend an, aber Meißner schüttelte den Kopf.

»Schau mich nicht so an, Ernst. Es ist noch viel zu früh. Ich habe keine Ahnung, was da passiert ist, und wir können ihn jetzt auch noch nicht herausholen. Wir müssen mit der Bergung warten, das weißt du genauso gut wie ich. Mehr können wir nicht tun.«

Das alles musste er Kellner nicht erzählen, aber was sonst sollte er mit ihm reden? Sie konnten doch nicht nur stumm herumstehen. Natürlich brannte Kellner die Frage auf den Nägeln, ob der Junge ertrunken oder bereits tot gewesen war, als er ins Wasser fiel, geworfen wurde oder wie auch immer dort hineingelangt war. Für Kellner war jetzt der Punkt gekommen, den Fall an die Kripo abzugeben. Er zog sein Handy aus der Tasche und entfernte sich ein paar Schritte vom Becken.

»Ist er ertrunken?«, fragte Fischer, der mit dem Rücken zum Becken auf den Stausee hinaussah, als könnte er dort draußen, hinter dem Absperrungsseil mit den eingeknüpften roten Bällen, die Antwort finden.

»Woher soll ich das wissen? Wir warten jetzt einfach auf Kern.«

»Wer verständigt die Eltern des Jungen?«, fragte Marlu.

»Kellner. Er wird seinen Fall anständig zu Ende bringen wollen.«

»Ist doch gut, oder?«, fragte Fischer verunsichert.

»Klar«, sagte Meißner, klopfte ihm noch einmal auf die Schulter und schob ihn dabei ein Stück vom Beckenrand weg. »Ist jemand von den Kraftwerkbetreibern wegen der Bergung unterwegs?«

»Sind verständigt. Der Staatsanwalt ist auch im Anmarsch.«

»Brauchen wir die Wasserwacht, Feuerwehr? Wer ist da verfügbar, klärt ihr das?«

Die Kollegen gingen zurück zum Wagen. Kommissar Meißner sah ihnen nach und wartete darauf, dass Marlu sich noch einmal zu ihm umdrehte. Als sie es tat, zwinkerte er ihr kurz aufmunternd zu. Dann durchquerte er den Pulk aus Einsatzkräften und Schaulustigen und ging allein ein paar Schritte auf dem Weg am Uferdamm flussaufwärts. Er betrachtete die glatte dunkle Oberfläche des Flusses, dachte an die zähen braunen Fluten des großen Pfingsthochwassers. Wie lange war das jetzt her? Zehn, elf Jahre? Trotz der vielen Bändigungsversuche, Flussbegradigungen, Umleitungen, Befestigungen, Schleusen und Wasserkraftanlagen gelang es der Donau in manchen Jahren noch immer auszubrechen, die Deiche zu unterspülen und Keller und Erdgeschosse der am Südufer liegenden Stadtviertel zu fluten.

Von der Kraft des Flusses war im Moment nicht viel zu ahnen. Der Tiger schlief. Die kleine bewaldete Insel, ein fast kreisrundes Eiland, lag mitten im glatten Stausee. Als Meißner sich zum Kraftwerk umdrehte, sah er Rossberg aus dem Auto steigen. Die Spurensicherung, endlich. Rossberg blieb hinter der Absperrung stehen und unterhielt sich mit einem Mann in Laufklamotten und Turnschuhen. Sein Gesicht war so blass, dass es fast leuchtete. Rossberg nickte Meißner zu, als er auf ihn zukam. In seinen grünen Gummistiefeln sah er aus wie auf einer Angeltour. Was er sich dabei gedacht hatte, Gummistiefel anzuziehen?, wunderte sich Meißner. Dass sie das Wasser im Becken ablassen würden, damit er hineinsteigen und seine Bilder machen konnte? Rossberg erfasste augenblicklich die Lage, ging zurück zum Wagen und kam kurz darauf in den schwarzen Sneakers wieder, die er das ganze Jahr über trug. Meißner sah sich nach dem Jogger um, aber er war verschwunden.

»Mit wem hast du dich da gerade unterhalten?«, fragte er Rossberg.

Der Mann von der Spusi sah sich um. »Du meinst den Läufer? Der ist nur zufällig vorbeigekommen.«

»Du kanntest ihn?«

»Ja, das war Dr. Kuttner. Er ist Arzt an der Von-Andert-Klinik in Neuburg. Hat erst vor Kurzem meine Tochter behandelt.«

»Was Schlimmes?«, fragte Meißner.

»Sie hat sich beim Handball die Hand gebrochen. Aber Dr. Kuttner meint, der Bruch wird gut verheilen.«

»Wie alt ist sie denn?«, rief Meißner Rossberg hinterher, der schon Richtung Fundort unterwegs war.

»Zwölf«, murmelte Rossberg kaum hörbar und stieg über die Absperrung. Er ging um das Becken herum und kletterte dann, kritisch beobachtet von einem Kraftwerksmitarbeiter, auf die Rechenhebevorrichtung, um von dort aus zu fotografieren.

»Ist Kern unterwegs?«, fragte er, als er fertig war. Meißner nickte. Als Rossberg sich eine Zigarette anzündete, bezwang der Kommissar nur mit Mühe seinen Wunsch, ihn auf der Stelle anzuschnorren.

Marlu kam von den Einsatzfahrzeugen zu ihnen herüber. »Kern ist im Anflug«, sagte sie. »Er hat gesagt, er käme mit dem Schnellzug.«

»Der bringt das tatsächlich fertig«, sagte Rossberg.

Aus einer A6-Limousine in Silbermetallic stieg in diesem Moment Steiner, der Staatsanwalt, wie immer im Maßanzug. Die gelbe Krawatte trug er wie ein Abzeichen der Partei, die Meißner für genauso überflüssig wie einen Kropf hielt. Kurz darauf stieß der Betriebsleiter des Kraftwerks zu ihnen, und Meißner besprach mit ihm, wie sie die Leiche bergen wollten. Der Staatsanwalt hörte stumm zu, nachdem er einen kurzen Blick ins Becken geworfen hatte, versicherte beiden Männern dann sein vollstes Vertrauen und rauschte anschließend wieder zu seinem Panzer der oberen Mittelklasse. Das Geräusch der zufallenden Fahrertür hörte sich an wie ein wohliges Schmatzen zwischen Vorspeise und erstem Hauptgang eines Gourmetmenüs.

Wissen Sie, wie ich zur Schule gekommen bin, Schwester Izabela? Ich wurde von einem Chauffeur in einem großen schwarzen Wagen morgens hingefahren und mittags wieder abgeholt, obwohl es nur ein Kilometer bis zur Schule war und alle Schüler, wirklich alle, zu Fuß gingen. Können Sie sich vorstellen, wie die anderen Kinder mich angestarrt haben? Anfangs dachten sie, ich wäre behindert. Als sie keine Behinderung an mir feststellen konnten, wurde ich als arroganter Sonderling abgestempelt. Etwas Besseres zu sein, Schwester, das ist so ziemlich das Schlimmste, was einem passieren kann. Das einzig Gute daran war, dass sie mich so auf dem Schulweg nicht verprügeln konnten. Auch in der Pause blieb ich allein. Niemand legte sich mit mir an, denn ich hatte ja einen mächtigen uniformierten Beschützer. Er musste nicht einmal aus dem Wagen steigen, um den anderen Respekt einzuflößen. Ich war ein Unberührbarer, verstehen Sie? Einer aus einer besonderen Kaste. Dabei waren meine Eltern nicht einmal reich. Sie waren nicht arm, natürlich nicht, mein Vater besaß eine kleine Fabrik. Aber der Tod meines älteren Bruders war schuld daran, dass sie mich auch auf der Straße keinen Schritt mehr allein tun ließen. Adrian war an Leukämie gestorben, und meine Eltern hatten panische Angst, sie könnten auch ihren zweiten Sohn verlieren. Wodurch auch immer.

Damals war ich sechs und in der ersten Klasse. Mein Leben wurde nie mehr so, wie es gewesen war, als Adrian noch lebte. Mein Bruder war tot, und je länger er tot war, desto größer, schöner und besser wurde er in unserer Erinnerung.

Ja, ja, gehen Sie nur, Schwester. Zimmer 12, ich weiß. Geben Sie der Patientin noch eine von den Schmerztabletten, damit sie schlafen kann.

Sie erkannten den Münchner Pathologen sofort an seinem wehenden Mantel. Den beigefarbenen Trenchcoat trug er wie immer offen. Bei jedem Schritt schwang die baumelnde Gürtelschnalle wie ein Pendel vor und zurück. Otto Kern löste sich wie ein flackernder Lichtpunkt aus der Menge von Einsatzkräften und Schaulustigen, die den Fußweg über das Stauwehr säumte, und kam auf sie zu.

»Jetzt machen wir der Show hier mal ein Ende«, sagte Kommissar Meißner zu den Kollegen. »Lasst die Brücke und die Zugänge räumen und gebt den Tauchern Bescheid, dass wir mit der Bergung beginnen.« Die Kollegen waren froh, jetzt eine Aufgabe zu haben.

»Ein Sauwetter habt ihr hier draußen.« Der Pathologe gab Meißner zur Begrüßung die Hand. Sie kannten sich seit zwanzig Jahren. »Feucht wie im Dschungel, nur nicht so warm.«

»Bist du wirklich mit der Bahn gekommen, Otto?«

»Siebenunddreißig Minuten, Stefan, und keine länger. Ein Glück, dass der ICE jetzt auch über Ingolstadt fährt. Siebenunddreißig Minuten vom Münchner Hauptbahnhof! Die brauch ich sonst vom Sendlinger Tor bis nach Pasing.«

Kern sah auf den Stausee hinaus. Die roten Bälle der Absperrleine vor dem Wehr schaukelten wie Bojen auf dem braungrünen Wasser. »Und hier geht ihr im Sommer baden?«, fragte er. »Schaut nicht gerade aus wie der Starnberger See.«

»Berge haben wir auch keine«, sagte Rossberg. »Dafür aber die Türme der Erdölraffinerien, und die werden nachts sogar beleuchtet.«

Kern wandte sich dem Auffangbecken zu. Der Wind bauschte seinen Mantel wie einen Ballon. Er betrachtete die im Wasser treibende Leiche.

»Also, Herr Hauptkommissar«, legte er los, »nicht nur, dass du nach deiner Statistik gar keine Leiche um diese Jahreszeit haben dürftest, aber muss es ausgerechnet eine Wasserleiche sein? Und noch dazu so ein junger Mensch, der noch gar nichts vom Leben gehabt hat? Nicht einmal die Chance, aus diesem Feuchtgebiet zu entkommen.«

Kern kannte die Statistiken. Bei durchschnittlich zwei Morden in Ingolstadt jährlich hätten sie in diesem Jahr keine Leiche mehr finden dürfen. Aber Meißner ging nicht auf Kern ein. Eine andere Frage brannte ihm auf den Nägeln.

»Der Junge wird seit rund vierzig Stunden vermisst. Kann es sein, dass er schon so lange im Wasser liegt?«

»Kann sein, Stefan. Auf jeden Fall aber länger als vierundzwanzig Stunden, du siehst es ja selbst an seinen Händen. Wie kriegen wir ihn da nur raus, ohne dass ihm noch mehr passiert?« Der orange lackierte Fahrkran mit dem Greifer, der normalerweise zur Bergung von Treibgut eingesetzt wurde, erweckte offenbar nicht Kerns Vertrauen. Ein Arbeiter hockte bereits auf dem Fahrersitz und wartete auf seinen Einsatz.

»Wenn du einverstanden bist, befestigen wir eine Plattform am Kran, auf der zwei angeseilte Rettungskräfte ins Becken gelassen werden. Sie werden den Jungen dann mit den Händen bergen.«

»Okay. Sag ihnen aber, sie sollen ihn auf den Rücken legen, damit das Gesicht nicht verletzt wird.« Kern steckte die Hände in die Manteltaschen und zog die Schultern hoch.

Die Räumung der Brücke war fast abgeschlossen, als Meißner das Zeichen zum Einsatz gab. Die Plattform wurde befestigt, und die Rettungskräfte machten sich bereit. Der Fahrkran setzte sich summend in Bewegung und fuhr über das Auffangbecken. Die Männer wurden hinuntergelassen.

Meißner sah sich nach Marlu um. Sie stand mit Elmar Fischer ein ganzes Stück entfernt vom Becken. Mit den anderen sah sie bei der Bergung zu, die ohne Zwischenfall gelang. Als die Plattform mit den Männern und dem Jungen wieder hochgezogen wurde, war Kern schon unterwegs, Meißner und Rossberg von der Spurensicherung folgten dicht hinter ihm. Meißners erster Blick auf das Gesicht des Jungen, der nun auf dem Rücken lag, war lang genug, um festzustellen, dass es sich bei ihm tatsächlich um Gabriel Tanner handelte, auch wenn die Haut in seinem Gesicht genauso aufgeworfen und runzlig war wie an seinen Händen. Kern hatte Handschuhe übergezogen und griff zuerst in den Mund der Leiche.

»Na, schau her«, sagte er, als wären Rossberg oder der Kommissar seine Assistenten, »ertrunken ist er jedenfalls nicht. Sonst müssten wir jetzt Schaum sehen. Er bildet sich beim Ertrinken durch das eindringende Wasser und durch ein Reizsekret in den Atemwegen. Der Schaum bleibt in den oberen Atemwegen und tritt erst nach der Bergung, wenn der Wasserdruck nachlässt, aus Mund und Nase aus.«

»Wie sicher ist diese Diagnose?«, fragte Meißner.

»Ziemlich sicher.«

»Dann war er also schon tot, bevor er ins Wasser kam?«

»Oder er hatte einen Unfall. Man kann im Wasser ja nicht nur durch Ertrinken sterben. Denk an die Badeunfälle, bei denen jemand mit dem Kopf am Grund aufschlägt oder beim Einspringen mit einem anderen Badenden zusammenstößt.«

»Spricht in diesem Fall irgendetwas für einen Unfall?«

»Siehst du etwas, was dafür spräche?«

Meißner schüttelte den Kopf.

»Und die Flecken hier, diese Verfärbungen, die er im Gesicht hat?«

»Die könnten post mortem entstanden sein. Vielleicht Treibverletzungen. Du weißt schon, Meißner, wenn die Leiche in der Strömung über den Gewässergrund treibt.«

Rossberg verdrehte die Augen, aber Kern war in seinem Element.

»Durch die schweren Extremitäten und die Gase im Darm drehen sich Leichen im Wasser irgendwann auf den Bauch. Treiben sie in Fließgewässern, entstehen bei einem Kontakt mit dem Grund, mit Steinen, Gebüsch oder womit auch immer Hautverletzungen, und zwar an charakteristischen Stellen. Im Gesicht zum Beispiel. Und an Händen oder Fußrücken, wenn die frei liegen. Das sind die sogenannten Treibverletzungen.« Er sah seine beiden Zuhörer an. »Sagt bloß, ihr wolltet das jetzt gar nicht so genau wissen?«

»Kannst du schon sagen, wie lange der Bub im Wasser lag?«

»Wie viel Grad wird das Wasser haben, sechzehn, siebzehn Grad vielleicht? Auf jeden Fall ist es kühler als die Luft. Das heißt, dass die Verwesung langsamer voranschreitet als an Land oder in der warmen Badewanne. Die Waschhaut-Bildung kann schon nach Stunden einsetzen und Tage dauern. Sie ist bei dem Jungen ziemlich ausgeprägt, deshalb muss ich mich auch mit der Untersuchung beeilen. Erst danach kann ich dir sagen, wie lange er im Wasser lag.«

Kern zog sich an Meißners Arm hoch und klopfte seinen Mantel aus.

»Scheußlich, Stefan.« Er schüttelte den Kopf. »Nach der letzten Leiche hier draußen hab ich ja gedacht, Ingolstadt würde kriminaltechnisch ein bisschen attraktiver werden. Und jetzt das. So ein junger Mensch.«

Meißner nickte den Rettungskräften zu, die schon bereitstanden, um die Leiche abzutransportieren. Sie nahmen sie nach München in die Rechtsmedizin mit.

»Bei der letzten war's auch Sommer, Kern.«

»Du meinst, die Herbstleichen sind einfach nicht so schön? Na ja, ich nehm den Buben jetzt mit nach Haus, und du rufst mich morgen an. Schaun wir mal, was ich dann für dich hab.«

Kern warf noch einen Blick über den See donauaufwärts und tippte sich leicht an die Schläfe, bevor er Richtung Rettungswagen davonging. Seinen Trenchcoat zog er hinter sich her wie ein Komet seinen Schweif.

Meißner sah sich nach den Kollegen um. Elmar Fischer stand in seinem modischen Kapuzenpulli mit den vielen unleserlichen Aufschriften nahe bei Marlu. Es sah aus, als lehnte er seinen Kopf an ihre Schulter.

Ich habe ihn doch noch gewarnt, dachte Meißner. Die Wassereinlagerungen unter der Haut machten das Gesicht einer Wasserleiche unnatürlich groß. Die Bezeichnung Mondgesicht passte dafür ziemlich gut. Die Gesichtszüge waren entstellt. Alles in allem wurde das Gesicht, das man von Fotos kannte, zu dem eines fremden Wesens, das irgendwie menschlich war, aber eben doch nicht mehr ganz. Natürlich ging das auch seinen Kollegen an die Nieren.

Als der Kommissar sich der kleinen Pietà-Gruppe näherte – Marlu, die ihren Kollegen Fischer tröstete –, wimmelte sie Meißner mit ihrer freien Hand ab, signalisierte ihm, sie in Ruhe zu lassen. Meißner gehorchte und schlug eine andere Richtung ein.

Die Journalisten, Pressefotografen und Fernsehleute waren bereits anwesend, als Meißner ins Präsidium kam. Czerny, der Chef der Ingolstädter Kripo, hatte ad hoc eine Pressekonferenz einberufen. Auch IN-TV, das Regionalfernsehen, war in Person eines jungen Mannes mit verwuscheltem Haar vertreten, der eine Filmkamera auf seiner Schulter balancierte. Ein dunkelhäutiger Fotograf wechselte gerade das Objektiv seiner Spiegelreflexkamera. Stefan Meißner kannte ihn. Er arbeitete für den »Donaukurier«. Genau wie die Journalistin in Jeans, weißer Bluse und einer Nadelstreifenweste, in der Al Pacino in »Der Pate« super ausgesehen hätte. Die Nachricht vom Auffinden des toten Kindes hatte sich wie ein Lauffeuer verbreitet. Die Stimmung war gedrückt. Meißner hatte nicht die geringste Lust, sich jetzt den Kameras und Mikrofonen zu stellen, aber die Öffentlichkeit hatte ein Recht darauf, informiert zu werden. Die Polizei hatte die Menschen um ihre Mithilfe gebeten, also mussten sie nun auch erfahren, was geschehen war.

Kommissar Meißner war kein Entertainer, aber er hatte sprachlich mehr drauf als das stockende Amtsdeutsch, das man sonst von Polizeibeamten gewohnt war und in ihren Berichten lesen konnte. Da wimmelte es zumeist von umständlich verschachtelten Sätzen und einem Bürokratendeutsch, bei dem man vergessen konnte, dass über Menschen gesprochen wurde, nicht über Gegenstände, die verwaltet wurden. Meißner jedoch verstand man, und man hatte als Zuhörer immerhin das Gefühl, dass hier ein Mensch mit menschlichen Regungen sprach, kein Aktensortierer. Der Hauptkommissar berichtete also, was sie bislang wussten. Rückfragen kamen nur zaghaft und ungewohnt leise.

Als er den Raum verließ, spürte Meißner, wie sehr die Ereignisse bereits an seinen Kräften zehrten. Er hatte Kopfschmerzen. Die nächste Besprechung setzte er für sechzehn Uhr an, dann ging er in sein Büro zurück und stellte das Telefon um. Er zwang sich dazu, nicht zu grübeln, und es gelang ihm tatsächlich, für eine Viertelstunde in einen leichten Schlaf zu fallen.

»Was haben wir?«, eröffnete Meißner die nachmittägliche Besprechung. »Eine Wasserleiche, die nicht ertrunken ist und wahrscheinlich schon längere Zeit, mindestens aber zwanzig Stunden, im Wasser gelegen hat. Was ist geschehen? Wie ist Gabriel in das Becken gelangt, in dem wir ihn gefunden haben?«

»Er ist von zu Hause weggelaufen«, sagte Fischer. »Er läuft weg und stromert herum. Geht von Haunwöhr aus Richtung Westen, am Fluss entlang. Vielleicht hat er sich mit einem Freund gestritten, oder er hat eine Schulaufgabe versaut und jetzt Angst vor einer weiteren schlechten Note. Er weiß nicht, was er tun soll, nähert sich an irgendeiner Stelle dem Fluss, tritt zu nahe ans Ufer, rutscht ab, verletzt sich beim Fallen und schlägt mit dem Kopf auf einen Felsen.«

»Das glaube ich nicht. Gabriel war kein kleines Kind mehr«, meinte Marlu.

»Hast du eine andere Idee?«, fragte sie der Kommissar.

»Er war nicht allein. Er hat jemanden getroffen. Oder jemand hat ihn gesehen und ist hinter ihm hergelaufen. Gabriel hatte Angst vor dieser Person, ist geflüchtet, hat die Orientierung verloren, ist gestolpert und hat sich dann den Kopf angeschlagen.«

»Und dieser Mensch hat ihm dabei zugesehen und ist anschließend seelenruhig nach Hause gegangen?«, fragte Fischer zweifelnd.

»Aber wie war es dann?«, fragte Kommissar Meißner ihn.

»Gabriel hat sich mit diesem Menschen getroffen. Er ist zu ihm gegangen, nachdem er von zu Hause weggelaufen war. Sie sind zusammen in den Auwald gegangen oder gefahren, irgendwo da im Westen, zwischen Ingolstadt und Bergheim, wo die nächste Staustufe flussaufwärts liegt. Die Person hat ihn bedroht. Gabriel ist geflohen, der andere hinter ihm her. Er hat ihn erwischt, hat ihn festgehalten. Hat ihm den Mund zugehalten, ihm einen Handkantenschlag versetzt, damit er Ruhe gibt, und ihn dann liegen lassen. Nein, er hat ihn ans Ufer gezogen und dann ins Wasser gestoßen.«

»Und woran ist Gabriel gestorben?«

»An dem Schlag. Genickbruch.«

»War es ein Unbekannter? Oder ein älterer Freund?«, fragte Meißner.

»Von wem sprecht ihr da?«, wunderte sich Marlu. »Von einem Pädophilen?«

»Was seht ihr mich plötzlich so komisch an?«, fragte Fischer. »Ich habe mir dieses Szenario gerade eben ausgedacht, aber es hätte auch jedes andere sein können. Bin ich hier vielleicht der Pädophilenexperte?«

Meißner ging zum Fenster, stemmte die Hände auf die kalte Fensterbank und sah hinaus auf den Hof, den Volksfestplatz und eine Reihe hoher Pappeln.

Fischer stützte die Ellbogen auf den Tisch und legte seine Stirn in die offenen Handflächen.

»Wenn mich jetzt einer fragt, ob ich solche Typen kenne, dann ...«

»Was dann?« Meißner drehte sich nicht zu Elmar Fischer um.

»Dann habt ihr da was nicht kapiert.«

Draußen auf dem Gang wurde eine Tür geöffnet, ein Telefon klingelte, und die Tür wurde wieder geschlossen. Schritte entfernten sich Richtung Treppe. Der Aufzug surrte.

Meißner sah weiter zum Fenster hinaus. »Wir haben einen Fall zu lösen, von dem wir noch nicht wissen, ob ein Unfall dahintersteckt, eine Selbsttötung oder ein Verbrechen. Keine Vermutung, die wir geäußert haben, hat mit dir persönlich zu tun.«

»Ach ja?«, sagte Fischer und schlug mit der flachen Hand auf die Tischplatte. »Und wieso wartet ihr jetzt darauf, dass gerade ich euch etwas über Pädophile erzähle, was ihr noch nicht wisst?«

Kollege Holler, der bis jetzt geschwiegen hatte, stierte vor sich hin, als ginge ihn das alles nichts an. Als wäre er rein zufällig hier und würde von den hin- und herschwirrenden Emotionen im Raum nicht berührt.

Meißner stand jetzt mit dem Rücken zum Fenster und wartete.

»Unter den Schwulen gibt es auch Päderasten, oder etwa nicht?«, fragte er schließlich. Seine Stimme war kühl und emotional unbeteiligt, aber gerade das schien Fischer noch mehr auf die Palme zu bringen.

»Ungefähr so viele, wie es Pädophile unter den Heterosexuellen gibt.« Er verlor allmählich die Nerven. »Und unter den Typen, die Kinder f…, die Kinder missbrauchen, gibt es genauso viele Hetero- wie Homosexuelle. Muss ich dir das wirklich verklickern, Stefan, oder tust du nur so ahnungslos? Habt ihr das nicht genau wie ich in der Ausbildung gelernt? Was soll das hier eigentlich werden?«

Er sah aus, als würde er am liebsten aufspringen und Meißner an die Gurgel gehen.

»Ich glaube nicht, dass Stefan dich persönlich –«, versuchte Marlu ihn zu beschwichtigen.

»Wir müssen in jede Richtung ermitteln, und jetzt komm wieder zurück auf den Boden, Fischer«, unterbrach Meißner seine Kollegin.

Fischer zog seinen Kapuzenpulli aus und strich sich mit der Hand über seine gestylte Igelfrisur. Unter seinen Achseln hatten sich dunkle Schweißflecken auf dem senfgelben Hemd gebildet. Kommissar Meißner kannte keinen Menschen, der so eine Farbe tragen konnte, ohne auszusehen wie ausgespuckt. Nur Elmar Fischer sah in Senfgelb richtig gut aus.

Meißner setzte sich wieder an den Tisch, dem Kollegen genau gegenüber. Fischer hob den Kopf und starrte ihn an. »Ich glaube wirklich, ihr habt überhaupt keine Vorstellung davon, wie das so läuft.«

»Dann erklär's uns«, forderte Meißner ihn auf.

»Das ist ganz einfach. Also: Pädos stehen auf Kinder, Schwule auf Männer. Wo lernt man Kinder kennen: in Schwulenkneipen? Wohl kaum.«

»Wo denn? Auf dem Spielplatz?«

»Warum nicht? Ja, zum Beispiel auf dem Spielplatz. Oder in Jugendzeltlagern, bei Ferienfreizeiten, in der Kirche, bei den Ministranten. Oder über das Internet, in Chats, Foren, solche Sachen eben. Da geht's um Anmache, um Erotik.«

»Wie bitte?« Marlu schreckte hoch. »Hast du jetzt eben Erotik gesagt?«

Elmar Fischer nickte. »Vielleicht geht's sogar eher um Erotik als um Sex. Nennt es, wie ihr wollt: Erotik oder Pornografie. Kinderpornografie. Aber da kenne ich mich genauso wenig aus wie ihr. Ich stehe nämlich nicht auf Kids. Ist das jetzt klar?«

Fischers Stimme klang schrill, fast hysterisch.

»Vollkommen klar. Du hast hier genau dieselbe Ausgangslage wie wir. Wie kommst du eigentlich darauf, dass ich das angezweifelt habe?«

Fischer starrte auf das Dreieck Tischplatte zwischen seinen Händen. »Außerdem wissen in der Szene alle, dass ich Bulle bin«, sagte er nun etwas leiser. »Ich hab nie ein Geheimnis daraus gemacht. Mit undercover ist bei mir nichts mehr zu machen. Und überhaupt wäre ein unauffälligerer Mann, mittelalt, etwas angegraut, Typ braver Familienvater, besser geeignet als ich. So jemand würde in der Szene weniger Verdacht erregen.«

Das Surren des ankommenden Aufzugs war das einzige Geräusch, das zu hören war. Eine Stecknadel wäre in diesem Augenblick scheppernd auf den Boden gefallen, so leise war es im Zimmer.

Meißners Blut pochte gegen die Innenwände seines Schädels. Unauffällig. Mittelalt. Wie holländischer Gouda. Aus den Augenwinkeln sah er, wie sich erst Marlus Augen und dann ihr ganzer Kopf in seine Richtung drehte. Wie in Zeitlupe. Kollege Holler, der immer noch nichts gesagt hat, räusperte sich verlegen.

»Das war ein langer Tag heute«, beendete Meißner die Besprechung. Die Luft im Raum war so dick wie der Morgennebel über dem Fluss. Der Kommissar hatte das Gefühl, als würde das gesamte Zimmer ein wenig zur Seite kippen, als säßen sie alle zusammen in einer großen Jahrmarkt-Schiffschaukel, die gerade von hinten angestoßen wurde. Wenn er noch länger hier drinnen bliebe, würde ihm schlecht werden.

»Wir gehen jetzt alle nach Hause und denken nach«, sagte er. »Morgen früh um acht besprechen wir, wie es weitergeht.«

Beim letzten Satz war er schon aufgestanden. Er hatte immer noch das Gefühl, dass er leicht schwankte, als er die Tür ansteuerte.

Auf dem Nachhauseweg klingelte sein Handy. Meißner blickte aufs Display, sah, dass es Marlu war, und ließ es klingeln. Er redete sich ein, dass alles in Ordnung war. Wahrscheinlich würde er bald einsehen, dass Fischer sogar recht hatte mit dem, was er gesagt hatte. Aber vorher hätte er ihm noch gern eins auf die Nase gegeben. Wegen des grau melierten mittelalten Goudas und Marlus mitleidigem Blick dazu. Als er seine Wohnungstür aufschloss, hatte er wieder Kopfweh und fühlte sich erledigt. Wenn sie den Jungen lebend gefunden hätten, hätte er Lust auf ein leckeres Essen und eine Flasche Wein gehabt und in der Nacht geschlafen wie ein Stein. So aber wälzte er sich mit seinem Kopfweh auf der Couch von einer Seite auf die andere, grübelte, döste ein wenig, schreckte wieder hoch, stand auf, holte sich ein Glas Wasser, sah Gabriel im Becken schwimmen, den Greifer über ihm. Hörte das Surren des Bergekrans und sah den Rechtsmediziner im hellen Trenchcoat über das Wehr auf sich zukommen. Kern hinkte. Eine Frau sah hinunter aufs Wasser, ihr dunkles Haar flatterte im Wind. Als sie sich umdrehte, sah er, dass es Marlu war. Ihr Haar war fast schwarz, und ihre Augen waren nass. Im Halbschlaf stellte sich Meißner neben sie, und sie sahen gemeinsam auf das tosende Wasser hinunter, das durch eine geöffnete Schleuse drang. Äste und Baumstämme krachten im Wasser gegeneinander. Ihm wurde schwindlig, und er packte die Hand der Frau, die bei ihm stand, die Marlu war und gleichzeitig eine andere. Als sie ihm über die Stirn strich, fühlte sich ihre Haut kühl an und rau, wie Eidechsenfinger.

FÜNF

Um halb sechs war Stefan Meißner wach. An Weiterschlafen war nicht mehr zu denken. Die innere Unruhe war sofort wieder da, und eine Stunde später fuhr er ins Präsidium. Am Kiosk kaufte er sich die Zeitung. »Gabriel ist tot«, stand auf der Titelseite. »Ist der Junge ertrunken?«

Auf dem Foto sah Gabriel sehr bleich aus, mit Schatten unter den Augen und einer feinen Nase, die noch kindlich zart und rund war. Das Foto war ein Ausschnitt aus einem größeren Bild. Man sah, dass jemand, der etwa ähnlich groß wie Gabriel war, den Arm um seine Schultern gelegt hatte. Wahrscheinlich einer seiner Freunde aus der Hauptschule. Wie hatten die sich noch mal genannt? Ein Name wie aus einem Roman. »Die Gefährten«.

Der Kommissar war der Erste im Büro. Er schaltete die nagelneue Espressomaschine ein, füllte frisches Wasser in den Behälter und schüttete Bohnen nach. Er trank seinen Kaffee schwarz und genoss die für die kleine Maschine akzeptable Crema. Dann entschloss er sich, gleich noch einmal in den Wagen zu steigen. Vor halb acht würde sowieso keiner aus seiner Mannschaft auftauchen.

Der Lehrerparkplatz des Tilly-Gymnasiums war zur Hälfte belegt, und die ersten Schulbusse aus dem Umland manövrierten gerade weit ausholend in die vier parallel angelegten Busparkstreifen vor dem Haupteingang. Als ihre Türen sich schwer atmend öffneten, war es mit der gemütlichen Behäbigkeit der rangierenden Giganten vorbei. Trauben von Jugendlichen quollen schwatzend, schubsend, springend und knuffend auf den Platz, fanden einen Weg durch die ankommenden, parkenden, wieder abfahrenden, schnaufenden und blinkenden Busse hindurch und strömten die Haupttreppe hinauf zur großen Glastür, durch die sich der klumpige Haufen in einer dünnen Reihe wundersam wie durch ein Nadelöhr fädelte. Meißner wartete und betrat nach den Schülern unbehindert das Gebäude.

Er nahm den Seitengang Richtung Sekretariat und traf auf eine verknitterte Dame mit dünnem Haar, die in dem großen Büroraum mit mehreren Schreibtischen und abschließbaren Schränken, halb verborgen von dem vielen Mobiliar, wie eine Muräne in einer Felsspalte an ihrem Arbeitsplatz saß.

Frau Wimmer wollte ihn auf keinen Fall zu Dr. Vogt vorlassen. Der Herr Direktor müsse gerade seine Ansprache vorbereiten und dürfe unter gar keinen Umständen gestört werden. Von niemandem, betonte sie, und der Kommissar sah, dass für sie sehr viel davon abhing, dass dieser Anweisung Folge geleistet wurde.

Meißner wollte an ihrem Unglück nicht schuld sein und ging zurück in die Aula, in die nun Stille eingekehrt war. Die Schüler und Schülerinnen trafen jetzt in Grüppchen oder allein ein, es handelte sich wohl um diejenigen, die zu Fuß, mit dem Fahrrad oder Roller gekommen waren. Sie waren ruhiger als die aus den Bussen.

Mit dem Gong beeilten sich alle, in ihre Klassenzimmer zu kommen. Dann ertönte die Durchsage. Der Direktor informierte Schüler und Lehrer über das traurige Ereignis des Ablebens, so drückte er sich aus, des Schülers Gabriel Tanner aus der Klasse 6 b infolge eines tragischen Unglücks. Die Schulfamilie trauere um einen ruhigen, fleißigen und bescheidenen Schüler. »Gabriel war bei seinen Mitschülern und Lehrern gleichermaßen beliebt«, sagte Dr. Vogt. »Die gesamte Schulfamilie trauert. Wir werden ihm ein ehrendes Andenken bewahren.« Es folgte eine Schweigeminute.

Meißner hörte, wie in den umliegenden Klassenzimmern Stuhlbeine über die PVC-Böden schabten. Dann wurde es still. Der fehlende Kinderlärm machte die Schule zu einem Ort der Trauer. Der Kommissar mochte nicht an das letzte Bild denken, das er von Gabriel im Kopf hatte. Es zeigte nur den Schrecken des Todes. Er wollte sich an Gabriel erinnern als einen von denen, die lachend aus dem Bus stolperten und die mit ihren Rucksäcken und sich gegenseitig anrempelnd die Bruchsicherheit der Glastür jeden Tag aufs Neue auf die Probe stellten. Er wollte sich das lebendige Bild des Jungen bewahren, nicht das tote.

Die Absätze von Meißners italienischen Schuhen hallten durch die verwaiste Aula. Er öffnete erneut die Tür zum Sekretariat und ging, ohne dass eine der beiden Damen reagierte, auf das Direktorenzimmer zu. Er klopfte und trat ein, ohne eine Antwort abzuwarten. Dr. Vogt hatte den linken Hemdsärmel aufgekrempelt und kratzte sich gerade seinen Unterarm auf. Die Haut sah böse aus, nach entzündeter Neurodermitis oder Schuppenflechte. Missmutig schaute der Direktor zu Meißner auf und rollte den Ärmel hinunter.

»Guten Morgen«, sagte er säuerlich.

»Herr Dr. Vogt, ist Ihnen bekannt, ob Schüler Ihrer Schule schon einmal Erlebnisse mit Pädophilen hatten?«, fiel der Kommissar mit der Tür ins Haus. »Sind Schüler auf dem Schulweg angesprochen worden, oder haben sie von Belästigungen oder Kontakten übers Internet berichtet?«

Dr. Vogt musterte ihn. »Haben Sie einen begründeten Verdacht? Irgendeinen Anhaltspunkt dafür?«

»Wir müssen in alle Richtungen ermitteln.«

Vogt schüttelte den Kopf. »In Ingolstadt? Mir ist nichts bekannt«, sagte er und hielt sich den brennenden Arm. »Aber die Schule kann die Kinder auch nicht vor allem schützen, das müssen schon die Eltern übernehmen. Sie müssen wissen, wie ihre Kinder die Freizeit verbringen, mit wem sie Umgang haben und was sie am Computer machen.« Er verschränkte die Arme über dem Bauch. Seine Körpersprache war eindeutig. »Aber dafür hat ja heute keiner mehr Zeit. Die Kinder können doch machen, was sie wollen, ohne dass von den Erwachsenen einer hinschaut.«

»Von wem sprechen Sie jetzt eigentlich?«, fragte ihn der Kommissar. »Sie kannten Gabriel und seine Eltern doch überhaupt nicht.« Meißner wandte sich zur Tür.

»Sie aber auch nicht!«, rief der Direktor ihm hinterher.

Waren Sie schon einmal in der Alten Anatomie, Schwester Izabela? Sie gehörte zur Medizinischen Fakultät, als Ingolstadt noch Sitz der Bayerischen Landesuniversität war, und ist heute ein Medizinhistorisches Museum. Sie sollten sich das unbedingt einmal ansehen, Schwester. Dort wurde schon im 18. Jahrhundert seziert. Es gibt auch einen botanischen Garten dort, mit Arzneipflanzen. Alles sehr schön und gepflegt. Ich war gestern mit meinem Patenkind dort. Ich habe ihm die medizinischen Instrumente gezeigt. Die sehen eigentlich eher aus wie Folterwerkzeuge. Zangen für den Bader zum Zähneziehen, Bohrer für Schädeloperationen. Es gibt auch in Äther eingelegte Klumpfüße und den Wasserkopf eines Säuglings, der nicht lebensfähig war.

Ich glaube, mein Patenkind dachte, die Präparate wären Modelle zum Gruseln, nicht Missbildungen von echten Menschen. Der Junge hielt sie für Wachsmodelle oder Plastiknachbildungen. Er ließ den Gedanken nicht an sich heran, dass diese Monstrositäten nicht nur möglich sind, sondern dass es sie tatsächlich gegeben hat. Damit hat er sich vor der Wirklichkeit geschützt. Ich glaube, das ganze Gebäude war für ihn eine Art Jurassic-Park, der von allen möglichen seltsamen Geschöpfen bevölkert ist. Wahrscheinlich hat er gedacht, jemand wie Spielberg könnte diese Modelle mit Hilfe technischer oder filmischer Tricks zum Leben erwecken. Er hat den Film vor sich ablaufen sehen und dabei die Wirklichkeit ignoriert, verstehen Sie, was ich meine, Schwester? Nein? Na ja, macht ja nichts.

Kennen Sie Frankenstein, Schwester? Er hat in der Alten Anatomie hier in Ingolstadt sein Monster erschaffen. Nein, natürlich ist das nur eine Geschichte. Mary Shelley hat Frankenstein erfunden, aber er hätte damals hier leben können. In einem Raum hing eine Sammlung alter Filmplakate. Sie haben den Jungen viel stärker gefesselt als all meine Erklärungen zur Medizingeschichte. Er war fasziniert und entsetzt zugleich.

Verstehen Sie, Schwester? Der auf die ausgeblichenen Filmplakate gemalte Schrecken hat ihm mehr Furcht eingeflößt als das Monströse, das er in Äther oder Formaldehyd eingelegt mit eigenen Augen gesehen hat. Auf den Plakaten war das Entsetzen abgebildet, das das Monströse im Betrachter hinterlässt. Nicht das Monster selbst war darauf zu sehen, sondern nur der Schrecken, den es hervorruft. Dadurch, dass der Maler der Plakate sich geweigert hat, das Monster selbst abzubilden, bleibt es für immer in unserer Phantasie, und dort hat es so viele Gesichter, wie es Betrachter gibt. Jeder erschafft sich sein eigenes Monster, und niemand kann es ganz mit jemandem teilen. Der Schrecken bleibt ungeteilt, immer gleich groß. Und diesen Schrecken habe ich in den Augen des Jungen gesehen, Schwester. Er war mir sehr vertraut.

Als Meißner ins Präsidium zurückkam, war es kurz vor acht. Er machte einen Umweg und schaute schnell beim Kollegen Brenninger von der Sitte vorbei.

»Hab ich mir doch gedacht, dass du zu mir kommen wirst. Aber ich hab nichts für dich, Stefan. Keinen, der zu deinem Fall passen könnte. Es gibt schon ein paar Pädophile, die wir kennen, aber die sind total harmlos. Ein Mörder ist ganz bestimmt nicht dabei.«

»Wir wissen ja auch noch nicht, ob wir überhaupt nach einem Mörder suchen. Gibt es hier in Ingolstadt denn so etwas wie eine Pädophilenszene?«

»So kann man das nicht nennen. Vor einem halben Jahr ist mal eine Anzeige eingegangen. Ein Mann hat angeblich Kinder auf einem Spielplatz in Oberhaunstadt belästigt. Wir sind der Anzeige nachgegangen und haben den Verdächtigen ausfindig gemacht. Er war siebzig und etwas verwirrt. Er hat den ganzen Tag auf einer Bank gesessen und die Kinder an den Spielgeräten beobachtet. Er konnte gar nicht verstehen, dass jemand wegen ihm die Polizei geholt hatte und wir ihn bitten mussten, nicht mehr dort hinzugehen. Dass er sich von den Kindern fernhalten sollte. Er hat geweint, als wir ihn nach Hause begleiteten. Als wir gefahren sind und ich ihn so an der Wohnungstür stehen sah, fiel mir auf, dass er sein Hemd falsch eingeknöpft hatte. Ich hab mich geschämt, dass wir ihn so stehen lassen mussten. Er war harmlos, verstehst du, Stefan? Vollkommen harmlos. Ein Kinderfreund. Und wir haben ihm verboten, auf Spielplätze zu gehen.«

»Schön und gut, Brenninger, aber die anderen gibt es doch auch, die, die man nicht gerade als Kinderfreunde bezeichnen kann.«

»Hatte der Junge einen Computer mit Internetzugang? Dann solltet ihr seine Passwörter für Foren und Chats checken, wenn er irgendwo Mitglied war, und seine Internetkontakte nachprüfen. Welche Adressen er aufgerufen hat, wie lange er auf welchen Seiten war et cetera. Der Fischer und die Rosner, die jungen Leute in deinem Team, die kennen sich damit aus.«

Im Gehen tippte sich Meißner an die Schläfe. »Man kann's auch später noch lernen«, sagte er. »Sieht man ja an dir, Brenninger.«

Marlu nippte an einer Tasse Kaffee, als er zu ihr ins Zimmer trat. Das dunkelblonde Haar fiel ihr locker auf die Schultern. Die Spitzen bogen sich heute leicht nach außen, vielleicht lag es am feuchten Herbstwetter. »Wie siehst du denn aus?«, fragte sie.

»Wieso? Wie denn?«

»Schlecht geschlafen?«

»Kann man sagen, ja. Wie geht's Fischer?«

Wie auf Kommando steckte Elmar Fischer den Kopf zur Tür herein.

»Na, wenn man von der Sonne spricht ...«

»Bei uns in Franken heißt das: ›Wenn man vom Teufel spricht‹«, sagte er.

»Bei uns in Oberbayern auch«, bestätigte Kommissar Meißner.

»Alles okay mit dir?«

Fischer nickte. »Schon. War halt a bissle viel gestern.«

»Was ist mit der Obduktion? Haben wir schon ein Ergebnis?«

Marlu schüttelte den Kopf. »Kern ist krank. Sein Bericht ist gestern nicht mehr fertig geworden. Wahrscheinlich meldet er sich später bei dir, Stefan. Er weiß ja, dass du darauf wartest.«

»Hoffentlich hat er sich nicht bei uns erkältet, sonst muss ich mir wieder jahrelang anhören, in was für einem ungesunden Landstrich wir hier leben.«

Ohne Obduktionsergebnis kamen sie in der anschließenden Besprechung nicht weiter. Gegen Mittag fuhren sie noch einmal zum Tilly. Auf den Eingangsstufen der Schule waren mittlerweile Blumen und Teddybären abgelegt worden. Kerzen brannten. Ein Mädchen stellte gerade eine Handvoll lila Gartenastern in einem Marmeladenglas auf die Treppe. Ein Grüppchen Raucher stand außerhalb des Schulgeländes auf dem Fußgängerweg, der an einem Bach entlangführte, und beobachtete sie.

»Das da sind die Gefährten von Gabriel.« Fischer deutete auf die drei Jugendlichen, die mit den Händen in den Hosentaschen vor dem kleinen Gedenkplatz standen.

»Die von der Hauptschule«, ergänzte Marlu.

Einer der drei, der kleinste, trug ein schwarzes T-Shirt, auf dem ein alter Mann mit langen weißen Haaren und Vollbart abgebildet war. Ein Zauberer. Wie hieß der noch mal? Meißner grübelte. Fischer wusste es bestimmt.

»Der Name des älteren der drei Jungs ist Daniel«, sagte Marlu.

»Sieht so aus, als hätte Gabriel viele Freunde an der Schule gehabt«, sagte Meißner, als er auf die Jungs zuging.

»Das sind nicht seine Freunde«, sagte Daniel. »Die haben ihn doch gar nicht gekannt. Die wissen überhaupt nicht, wer er war, sonst würden sie so was nicht hierherlegen.« Er stupste einen kleinen Stoffteddy mit der Schuhspitze an. »Gabriel war doch kein Baby.«

Wieso wollen Kinder eigentlich nie Kinder sein?, wunderte sich Marlu.

»Sie haben sich nicht für ihn interessiert.«

»Woher weißt du das?«, fragte Marlu.

»Sie interessieren sich nicht für einen wie Gabriel.«

»Wen meinst du mit ›sie‹?«

»Na, alle. Schüler, Lehrer, der Direktor, alle eben.«

»Und wieso nicht?«

Daniel schwieg und machte nur eine Handbewegung, die so viel bedeutete wie: »Lasst mich doch in Ruhe.«

Aber Marlu ließ sich nicht so leicht abwimmeln. »Hm? Warum nicht?«, fragte sie noch einmal.

»Gabriel war kein Musterschüler«, sagte Daniel schließlich. »Kein Mathegenie, kein Supersportler, kein Wunderkind. Nahm an keinen Wettbewerben teil, hat keine Preise bekommen.«

»Ich war auch keine Leuchte in der Schule. Hab auch nicht nur Einsen geschrieben«, sagte Marlu. »Wie war denn Gabriel so? Bis jetzt hast du nur gesagt, was er alles nicht war.«

»Er war ganz normal.« Das war alles, was Daniel sagte.

Sie standen mit den drei Jungs etwas abseits. Die anderen Kinder auf der Treppe hielten Abstand und beobachteten sie verstohlen.

»Für uns interessiert sich doch kein Schwein«, sagte Daniel. Der Teddybär konnte einem leidtun. Mittlerweile zerquetschte ihm der Jugendliche mit der Spitze seines Turnschuhs die samtigen Pfoten.

»Ach, komm schon«, versuchte Marlu es noch einmal. »Siehst du das nicht etwas zu schwarz?«

»In einer Sprechstunde haben sie zur Mama von Gabriel gesagt, dass ja nicht jeder aufs Gymnasium gehen muss. Aber gemeint haben sie etwas ganz anderes.«

»Was denn?«, fragte Meißner.

»Dass sie einen wie ihn nicht haben wollen.«

»Hat Gabriel dir das erzählt?«

Die anderen beiden Jungs starrten auf die brennenden Kerzen. Sie sahen nicht so aus, als ob sie heute noch etwas sagen würden.

»Um uns geht es doch nie.« Daniel sprach jetzt ganz leise. »Es geht immer nur um die anderen, die Guten und die Besten. Nur die zählen.«

Es klang bitter, und der Teddy musste es ausbaden.

»Weißt du«, sagte Marlu, »das sind aber nur die schlechten Lehrer, die immer die Guten bevorzugen. Denen müssen sie nichts mehr beibringen, weil sie zu Hause viel lernen und sich immer vorbereiten. Die machen ihnen eben keine Arbeit, die müssen sie auch nicht motivieren.«

Daniel sah sie aufmerksam an.

»Sagt zumindest meine Mutter. Und die muss es wissen. Sie ist selbst Lehrerin, am Schreiner-Gymnasium.«

Respekt, dachte Kommissar Meißner. Marlu hängte sich ja richtig rein.

»Was hätte man denn zum Gedenken hinlegen sollen anstelle der Stofftiere und Blumen?«, fragte Fischer.

»Darum geht's doch gar nicht«, murmelte Daniel.

»Worum dann?«

»Es geht darum, dass sie gar nicht wissen wollen, wer Gabriel wirklich war. Da bringt sich ein Schüler um, und es interessiert sich immer noch kein Schwein für ihn.«

»Wir wissen doch noch gar nicht, ob Gabriel sich umgebracht hat«, sagte Marlu. »Wie kommst du darauf?«

»Er hat es einfach nicht mehr ausgehalten«, behauptete Daniel.

»Was hat er nicht mehr ausgehalten?« Meißner wandte sich an die anderen beiden Jungs, trotzdem war es Daniel, der wieder antwortete.

»Die Schule, alles. Da hängt man sich rein, bekommt aber trotzdem immer nur mittelmäßige Noten. Immer sind andere besser, und dann schnappen die einem die Ausbildungsplätze und die Jobs weg.«

»Dachte Gabriel auch so wie du? Hat er gesagt, dass ihm alles zu viel ist und dass er nicht mehr leben mag?«

Daniel sah Meißner an und zuckte mit den Achseln. Die beiden anderen Jungs schüttelten den Kopf.

»Gesagt hat er es nicht, aber angesehen haben wir es ihm.« Daniel ließ vom Teddybären ab und deutete auf seine beiden Freunde. »Die zwei müssen jetzt nach Hause, sonst machen sich ihre Eltern Sorgen.«

»Und du«, fragte Fischer, »musst du nicht nach Hause?«

Der Junge schüttelte den Kopf.

Die drei drehten sich weg und verließen die Eingangsstufen, in der Mitte der Große, die beiden Kleineren rechts und links an seiner Seite. Die Gefährten. Ein trauriges Triptychon.

SECHS

Gegen halb acht dämmerte es. Das Licht war nur noch ein dünner heller Streifen am Horizont. Es reichte zum Gesehen-, nicht mehr zum Erkanntwerden. Die beiden Jungen waren um das Gebäude herumgeschlichen und beobachteten nun von der Seite den offenen und einsehbaren Haupteingang. Sie standen auf dem Radweg nahe am Bach, wo es einen Seiteneingang durch ein Tor gab, das normalerweise abends abgeschlossen war. Dahinter lag die Hausmeisterwohnung, in der Licht brannte, vor ihnen ein Holzzaun, das verschlossene Tor und daneben dichtes Gebüsch. Der Boden war mit Kippen übersät. Hier befand sich der geduldete Rauchertreff außerhalb des Schulgeländes. Philipp beobachtete den Weg, und Daniel schaute zur Vorderfront des Gebäudes. Die vier Parkplätze für die Schulbusse waren schwach beleuchtet, das Schulgebäude selbst dunkel und leer. Die Betontreppe hinauf zum Haupteingang wurde vom Licht einer Straßenlaterne in Stücke zerlegt. Die Stofftiere, die auf den Stufen lagen, starrten ängstlich in die herankriechende Dunkelheit. Einige Kerzen waren niedergebrannt oder vom Wind ausgeblasen worden. Ein paar Grabkerzen leuchteten noch, ihre kleinen Flammen flackerten unruhig in den roten Plastikfassungen. Die Blumen warfen wirre Schatten.

Rechts neben der breiten Treppe klaffte eine Öffnung: die Einfahrt zur Tiefgarage. Darüber hatten die Bauarbeiten für den Erweiterungsbau begonnen. Aus gegossenen Betonfertigteilen ragten Metallträger und Armierungen in den Himmel, der sich wie eine dunkle Plane über die Baustelle wölbte. Daniel war aufgeregt, wenn auch nicht so ängstlich wie Philipp, der unruhig von einem Bein aufs andere trat, während er sich immer wieder umdrehte und den Weg beobachtete. Er sah aus, als müsste er dringend pinkeln.

Seine eigene Angst spürte Daniel nicht. Er wunderte sich nur, dass seine Hände auf einmal sehr kalt waren. Sobald irgendjemand auftauchte, würde er wegrennen. Er dachte an Gabriel. Der konnte doch nicht so einfach sterben, tot in der Donau treiben und an einem Rechen hängen bleiben wie ein Stück Holz. Daniel schüttelte sich, um die Gedanken wieder loszuwerden, die ihn quälten. Philipp hob fragend die Arme, und sein Freund winkte ihn zu sich. Er sollte an der Ecke Schmiere stehen. Als Philipp bei ihm war, rannte Daniel los. Er hielt sich dicht an der Hauswand und schlüpfte im selben Moment in die Einfahrt zur Tiefgarage, als ein Auto in die Straße einbog. In der Einfahrt kauernd nahm er den Rucksack ab. Das Auto fuhr nun langsamer. Daniel wartete ab, bis es außer Sichtweite war, dann packte er seinen Rucksack und rannte erneut los.

Die Tiefgarage war leer, wie sie es erwartet hatten. Daniel lief bis zur hinteren Wand, von der eine Stahltür in einen Gang und von dort hinauf ins Schulgebäude führte. Er stellte den Rucksack ab und drückte den Türgriff hinunter. Die Tür gab nach.

Er befand sich in einer Röhre aus Beton, tappte langsam in ihr entlang, traute sich nicht, den Lichtschalter zu betätigen. Am anderen Ende befand sich wieder eine Stahltür, die verschlossen war. Wie in Trance begann Daniel einen Scheiterhaufen aus den im Rucksack mitgebrachten Spänen und Holzscheiten zu errichten. In einer Plastiktüte hatte er ein paar mit Benzin getränkte Lappen dabei, die er jetzt in den Holzstoß stopfte. Er war ganz ruhig, dachte nur daran, dass er keine Fehler machen wollte. Mit einem Plastikfeuerzeug ließ er drei Anzünder auflodern. Das zweite Feuerzeug, das er zur Sicherheit mitgebracht hatte, brauchte er nicht. Die öligen Würfel schimmerten jetzt bläulich. Er schob sie von drei Seiten unter seinen Holzstoß. Daniel spürte plötzlich eine unbändige Lust, das Feuer brennen zu sehen. Er wollte hier sitzen bleiben und zusehen, wie es loderte, die Hitze auf seiner Haut spüren. Er musste sich zwingen, wieder aufzustehen.

Daniel hängte sich seinen Rucksack um, warf noch einen letzten Blick auf sein Werk und dachte, dass es gut war. Die Tür ließ er offen stehen, der Sauerstoff sollte die Flammen anheizen. Als er sich am Ausgang der Tiefgarage noch einmal umsah, flackerte der Schein des Feuers wie eine kaputte Neonröhre. Auf der anderen Straßenseite, in der kleinen Parkbucht vor der Grundschule, parkte jetzt ein Auto. Daniel konnte sich nicht erinnern, ob es zuvor auch schon dort gestanden hatte. Wieder hielt er sich dicht am Gebäude und rannte an der Außenmauer entlang Richtung Westen, zum Bach, wo

Philipp hoffentlich noch auf ihn wartete. Er entdeckte ihn nicht, als er um die Ecke bog, aber er hörte einen leisen Pfiff von der Uferböschung. Dort unten stand Philipp. Er zog sich an den Zweigen eines Strauches hoch. Als er auf den Weg hinaustrat, legte Daniel seinen Arm um den Kleineren. Dann liefen sie zusammen los. Die Verschlüsse von Daniels leerem Rucksack klackten im Rhythmus ihrer Schritte.

Er hatte alles genau beobachtet. Irgendeiner Eingebung folgend war er zur Schule abgebogen, obwohl er auch einen anderen Weg nach Hause hätte nehmen können. Aus dem Augenwinkel sah er die geduckte Gestalt, die am Gebäude entlanglief und in der Tiefgarage verschwand. Er fuhr langsam weiter, wendete den Wagen an der nächsten Querstraße, kam zurück und stellte das Auto vor der Grundschule ab. Im Schatten des unbeleuchteten Parkplatzes, gegen die Mauer zum Schulhof geduckt, beobachtete er den Eingang zur Tiefgarage. Irgendetwas ging dort vor sich, im Schutz der Dunkelheit. Er spürte es. Er hatte einen siebten Sinn für die Schule entwickelt, weil er immerzu wachsam und auf der Hut war.

So waren ihm die leichte Bewegung des Gebüschs, die huschenden Schatten und leisen Schritte der geduckten Gestalt nicht entgangen. Sie hatte einen unförmigen Rucksack auf dem Rücken getragen und war damit in der Tiefgarage verschwunden.

Er wartete. Starrte in die dunkle Öffnung. Nichts bewegte sich.

Die nächsten zehn Minuten, die verstrichen, kamen ihm ewig vor. Er zwang sich, nicht auf die Uhr zu schauen, um keine Bewegung zu übersehen. Dann nahm er einen Schimmer wahr, der aus dem Inneren der Tiefgarage drang. Kurz darauf kam die schlanke Gestalt zurück und schlich an der Gebäudefront entlang zum Radweg. Der Rucksack war fort oder leer.

Als die Gestalt um die Ecke bog, rannte er los. Verließ seine Deckung, lief über die Straße auf die Tiefgarage zu. Der Lichtschein wirkte plötzlich heller. In der Garage hörte er Holz knistern. Zugleich roch er das Feuer, verstand, warum die Stahltür am Ende der Garage offen stand, und überlegte nicht lang. Kehrte um, rannte hinaus, hievte den halb gefüllten Benzinkanister aus dem Kofferraum des Opels. Seit die Tankanzeige nicht mehr funktionierte, hatte ihn seine Mutter immer zur Sicherheit dabei. Mit dem Kanister rannte er zurück in die Tiefgarage, in der es in der Zwischenzeit noch heller geworden war. Das Licht war gelb und freundlich, Holz knackte und zischte, und langsam breitete sich eine fremde Wärme aus. Ein dicker, gefährlicher Brandgeruch lag in der Luft.

Er schraubte den Kanister auf und schüttete das Benzin ins Feuer. Er wagte sich nicht nahe genug heran und verschüttete das meiste. Da holte er aus und schleuderte den Kanister ins Feuer. Dann rannte er los. Als er mit dem Auto aus der Parklücke fuhr, spürte er, mehr als dass er ihn hörte, einen dumpfen Schlag.

Er fuhr auf die Ringstraße hinaus und kaufte an der Tankstelle einen neuen Kanister, den er halb befüllte. Auf der Toilette wusch er sich die Hände. Er stellte das Auto vor dem Haus seiner Mutter ab und warf den Schlüssel in den Briefkasten. Anschließend holte er sein Fahrrad und trat in die Pedalen.

Das Gefühl war herrlich: Er musste nicht mehr überlegen. Kein einziger Gedanke quälte ihn. Er wusste einfach, was zu tun war. Endlich wusste er es und war sich seiner Sache sicher. Er fühlte sich nützlich. Es gab eine Aufgabe für ihn.

»Mensch, was ist das denn heutzutage für eine Jugend?«, fragte Kommissar Meißner. »Die haben eine ganz andere Lebenseinstellung als wir damals. Kann das wirklich sein? Was sagst du dazu, du bist doch auch ...«

»Du übertreibst wieder mal. Wenn man dich so reden hört, könnte man denken, ich wäre achtzehn und du sechzig.« Marlu nahm einen Schluck von ihrem Pils.

Die Kneipe in der Manggasse war voll, was kein Kunststück war, denn außer dem Tresen, an dem man stehen konnte, gab es nur vier kleine Tische mit unbequemen Hockern. Die meisten Gäste hatten sich im Außenbereich auf der Straße nahe des Heizpilzes einigermaßen gemütlich eingerichtet.

Jetzt saß Meißner schon wieder in einer Kneipe. Es wurde langsam zur Gewohnheit.

»Ich fand das übrigens stark, wie du heute Nachmittag auf diesen Burschen, Daniel, eingegangen bist und was du über die Lehrer gesagt hast.«

»Damit waren aber nicht alle Lehrer gemeint. Meine Mutter ist zum Beispiel eine sehr gute Lehrerin, da bin ich mir sicher.«

»Na klar. Aber die anderen, die ›schlechten‹, wie du sie genannt hast, die gibt es eben auch. Die haben wir doch während unserer eigenen Schulzeit auch kennengelernt, oder?«

»Mit den Lehrern ist es wie mit allen anderen Berufen auch. Manche machen ihren Job besser, manche schlechter. Manche sonnen sich im Licht ihrer Einser-Schüler, obwohl sie selbst dafür am wenigsten geleistet haben.« Marlu winkte jemandem zu.

»Hast du eigentlich immer gewusst, was du wolltest?«, fragte Meißner.

»Früher wollte ich Lehrerin werden, wie meine Mutter. Jetzt schau nicht so! Ich weiß, dass das nicht besonders originell ist.«

»Und dann?«

»Dann hab ich irgendwann Panik bekommen. Vor dem Studium, dem Referendariat und dem Job an einer Schule. Davor, das ganze Leben zu unterrichten, eine Generation nach der anderen, immer an einem Ort, immer mit denselben Kollegen, Jahr für Jahr.«

»Und deshalb hast du dich entschieden, Polizeibeamtin zu werden?«

»Ich wollte zur Kripo. Beamtin wird man ja automatisch.«

»Hast du auch mal Angst vor der Zukunft gehabt, ich meine als Jugendliche?«

»So wie Daniel? Nein, ich glaube nicht. Aber ich hab mich auch nie so zurückgesetzt gefühlt. Hier die Guten, dort der Rest, so hab ich das nicht empfunden. Wahrscheinlich hab ich nicht einmal über diese Unterschiede nachgedacht. War mir irgendwie nicht so wichtig. Ich bin lieber auf den Sportplatz gegangen als zu lernen, deshalb war das für mich okay, dass andere, die mehr Zeit über den Büchern verbracht haben, auch bessere Noten bekamen.«

Der Kommissar griff nach ihrer Hand.

»Hattest du denn Angst vor der Zukunft?«, fragte sie.

Meißner schüttelte den Kopf. »Wir haben damals nicht über Eliten nachgedacht. Wir waren ja von der anderen Fraktion. Wir dachten, alle müssten eine Chance bekommen.«

»Und, habt ihr alle eine bekommen?«

Meißner zuckte mit den Schultern.

»Viele haben damals nicht an Geld und Karriere, Macht und Einfluss und all das gedacht. Das war uns nicht so wichtig. Wir hatten andere Helden. Die Art, die ihre Gitarren auf der Bühne zertrümmerten, nach Indien zu irgendwelchen Gurus aufbrachen oder mit dem Motorrad durch die Wüste fuhren.«

»Hast du eigentlich lange Haare gehabt, damals?«

»Länger als du jedenfalls«, sagte der Kommissar. »Mittelscheitel und auf beiden Seiten Schnittlauchlocken bis über die Schultern. Ich sah aus wie John Lennon. Mit Holzfällerhemd und Nickelbrille. Alles hat gepasst. Nur mit dem Vollbart ist es nichts geworden, dafür war mein Bartwuchs zu schwach.«

»Das hätte ich gern gesehen.« Marlus Blick machte ihn gleich zehn Jahre jünger.

»Wolltest du denn immer schon Polizist werden?«

Der Kommissar lachte. »Früher war ich auf der anderen Seite. Ich habe gegen das Kernkraftwerk Isar 1 demonstriert und Flugblätter verteilt. Nach dem Abitur wollte ich Musik studieren, hab mich aber nicht getraut. Eines Tages hab ich dann die Ausschreibung für den höheren Polizeidienst gelesen.«

»Und? Bist du heute unzufrieden mit deinem Job? War es die falsche Berufswahl? Hättest du lieber als Musiker Karriere gemacht oder als Manager viel Geld verdient?«

Meißner winkte ab. »In der Kunst weiß man nie, ob man an zu viel Luxus oder Hunger sterben wird. Und ein BWL- oder Jurastudium, dafür wäre ich überhaupt nicht geeignet gewesen. Belegschaften herumzuschieben wie Bauern auf dem Schachbrett, für den Profit von Unternehmen und Aktionären zu sorgen, das ist nichts für mich. Wozu soll das auch gut sein? Ich glaube noch immer, dass Eigentum auch verpflichtet. Aber was mich wirklich fertigmacht, sind diese Jugendlichen, die schon mit zwölf der Mut verlässt. So weit hat uns also unser Leistungsdenken schon gebracht. Der Druck beginnt heute schon in der Grundschule. Bloß gut, dass wir das alles schon hinter uns haben.«

»Du bist aber ganz schön negativ. Ich glaube, du verallgemeinerst zu stark. Nicht alle Jugendlichen sind doch so drauf.«

Er strich mit den Fingerspitzen, die eben noch ihren Arm berührt hatten, über die Tischplatte.

»Ich bin ja nur Bulle geworden. Ich greife erst ein, wenn schon etwas passiert ist, wenn schon einer tot ist und ich ihm nicht mehr helfen kann. Trinkst du noch eins?«

Sein klingelndes Telefon verschluckte Marlus Antwort.

»Wir müssen unser zweites Bier später trinken«, sagte er, nachdem er aufgelegt hatte. »Am Tilly brennt es.«

Er war einer, der sich für Kriminalistik interessierte. Einer, der Polizeistatistiken las. Er hatte vor, später zur Polizei zu gehen. Irgendwo hatte er gelesen, dass sehr viele Brandstifter am Tatort blieben oder dorthin zurückkehrten, weil sie das Feuer und das, was es anrichtete, beobachten wollten. Wie es loderte und zischte, wie die Luft und alles Brennbare in der Nähe das Feuer mästete, wie es übersprang und neue Herde bildete, die größer und lauter wurden. Denen das Brausen der Flammen eine Lust machte, der sie nicht mehr entkommen konnten. Er selbst war keiner von diesen Feuerteufeln, aber er rechnete sich eine Chance aus, den wiederzufinden, der das Feuer gelegt hatte. Und seinen Kumpel, der Schmiere gestanden hatte.

Er näherte sich dem Gebäude aus östlicher Richtung, lehnte das Fahrrad an einen Baum und ging zu Fuß weiter. Die Feuerwehr war schon da. Zwei zusätzliche Wagen trafen gerade ein. Schläuche wurden wie dicke Schiffstaue von einer Trommel abgerollt. Aus der Tiefgarage quoll dichter grauer Rauch in die von Scheinwerfern erleuchtete Nacht. Die Garagendecke war von einer dicken schwarzen Rußdecke überzogen. Ein Streifenwagen stand auf der Straße, und ein zweites Auto, ein dunkler Audi, kam gerade daneben zum Stehen.

Er ging zum Parkplatz der Grundschule hinüber. Alle Wohnhäuser in der Straße waren erleuchtet. Die Menschen standen auf den Balkonen und in den Vorgärten. Er erfasste den Bildausschnitt, den er von seinem Standpunkt aus sehen konnte. Wo waren die beiden? Alles würde davon abhängen, ob sie wiedergekommen waren, ob er sie finden würde. Ob sie der Versuchung erlagen, an den Ort des Brandes zurückzukehren. Und wenn nur einer von ihnen zurückkam? Wahrscheinlich würde er sie nur zusammen erkennen: die größere, hagere Gestalt mit den Rastalocken, die vom Kopf abstanden und dazu die kleinere, die an der Seite des Gebäudes gewartet hatte. Er sah sie noch vor sich, der Große hatte dem Kleinen den Arm um die Schulter gelegt, und sie waren zusammen den Weg am Bach entlanggegangen. Als er sie nirgendwo entdecken konnte, ging er zurück zu der Stelle, an der er sein Rad an den Baum gelegt hatte und fuhr weiter. Umrundete das Schulgebäude von der Rückseite her und bog wieder auf den Radweg an der Westseite ein. Von Weitem sah er die beiden Polizeiautos an der Ecke stehen, das blaue Blinklicht auf dem Dach des Zivilfahrzeugs pulsierte, als wäre es lebendig. Er hatte nichts als den beißenden Brandgeruch in der Nase. Ein Lagerfeuer roch anders. Vielleicht war es der verschmorte Benzinkanister, der die Luft verpestete. Man spürte ihn tief in der Lunge, und er brannte in den Augen. Vielleicht waren auch Leitungen angeschmort, oder ein Kabel hatte zu brennen begonnen. Wenn PVC brannte, entstand ätzender Chlorwasserstoff, zusammen mit der Feuchtigkeit aus der Luft wurde daraus Salzsäure, das wusste er noch aus dem Chemieunterricht. In dem Fach war er nicht schlecht gewesen.

Unschlüssig blieb er stehen. Er wollte nicht an den Bullen vorbei und von ihnen angehalten werden. Am liebsten wäre er in Deckung geblieben. Er rührte sich nicht, sah sich um. Da entdeckte er die beiden. Vor dem erleuchteten Nachthimmel zeichneten sich ihre Silhouetten ab.

SIEBEN

»Hey, was macht ihr da?«

Die beiden drehten sich um. Philipp wollte weglaufen, aber der Jugendliche, der sie angesprochen hatte und nun hinter ihnen stand, warf sein Rad auf den Weg und packte ihn am Arm. Er drehte den Kopf zu Daniel und schnupperte an seiner Jacke.

»Was soll denn das?«, fragte Daniel.

»Die musst du auslüften«, sagte der Große. Sein Mountainbike hatte kein Licht, er trug eine braune Bikerjacke und einen Kinnbart. Er war achtzehn oder neunzehn Jahre alt, und er hielt Philipp noch immer fest.

»Ihr wolltet die Schule anzünden.«

Er ließ Philipp los und schubste ihn Richtung Zaun.

»Spinnst du?«, fragte Daniel.

Er stand ihnen im Weg, sie kamen nicht an ihm vorbei.

»Na? Raus mit der Sprache. Habt ihr ein Problem mit denen?« Er deutete mit seinem Kopf Richtung Schulhof. »Haben sie euch auch gefeuert? Hm, du? Bist du auch ein Ehemaliger?«, fragte er Philipp. »Und dein Freund hier? Jetzt los, redet endlich, ich will was hören. Ihr macht das doch nicht zum Spaß. So mal schnell ein Feuerchen legen, hm?«

»Aber wir waren das nicht«, sagte der Größere.

»Ach, nein? Und wobei hab ich euch vorhin beobachtet? Du bist doch mit deinem Rucksack da reingelaufen, und als du rauskamst, war er leer und in der Tiefgarage brannte das Feuerchen.«

Daniel erinnerte sich, dass auf dem Parkplatz vor der Grundschule ein Auto gestanden hatte, als er aus der Tiefgarage gekommen war.

»Ich will wissen, warum.«

Keine Antwort. Der Große kramte in seiner Jackentasche.

»Soll ich jetzt die Bullen rufen, oder redet ihr mit mir?«

»Wir sind Freunde von Gabriel«, sagte Daniel und sah Philipp an.

»Von dem, der in der Donau ertrunken ist? Den sie aus dem Wehr gefischt haben?«

»Gabriel ist nicht ertrunken.«

»Sondern?«

»Er hat sich umgebracht.«

»Und woher wollt ihr das wissen? Wart ihr dabei?«

»Wir wissen es eben«, sagte Philipp. »Und die sind schuld.«

»Und deshalb wolltet ihr es ihnen mit einem Feuer in der Tiefgarage heimzahlen? Ja, Mann, krasse Aktion! Gar nicht so schlecht für den Anfang. Bullerei, Feuerwehr, alles da. Der Direktor wird toben, und sie werden sich das Maul über Rowdys und Vandalismus an Schulen zerreißen. Und dann werden sie ganz schnell rauskriegen, wer's war. Ich denke, dass sie euch bald haben werden. Dann fliegt ihr von der Schule. Kein Spaß, das kann ich euch sagen. Du«, er zeigte auf Daniel, »kannst dir dann eine Lehrstelle suchen, und du, Kleiner, wirst auf einer Lernbehindertenschule weitermachen müssen, wenn man dich nicht ins Heim steckt.«

»Klugscheißer«, sagte Daniel. »Uns hat keiner gesehen außer dir. Willst du jetzt hingehen und uns verpfeifen?«

»Passt mal auf. Wenn ihr wirklich was tun wollt für euren toten Freund, dann müsst ihr das anders anpacken. Ganz anders. Das muss richtig geplant werden. Mit Grips, versteht ihr? Kein Lausbubenstreich. Was Gescheites, verstanden?«

»Wer bist'n du überhaupt?«, wollte Philipp wissen.

»Ich heiße Wolf.«

Die beiden Jungs sahen sich an.

»Wolf?«, fragte Daniel ungläubig.

»Ich bin zehn Jahre aufs Tilly gegangen. Zehn Jahre und vier Wochen! Und jetzt kommt mit«, sagte er und hob sein Fahrrad auf.

»Wohin?«, fragte Daniel.

»Zu mir. Mein Onkel hat eine Hütte in der Schrebergartenanlage. Ich hab einen Schlüssel. Jetzt kommt schon.«

»Wozu?«, fragte Philipp.

»Wir überlegen, was wir tun können. Etwas, das ihnen wirklich wehtut. Keine kleine Sachbeschädigung, die ihre Versicherung sofort bezahlt. Keinen Kinderkram.«

»Hast du schon eine Idee?«, fragte ihn Philipp.

»Ich hab viele Ideen«, sagte Wolf und schob sein Fahrrad Richtung Fußgängerzone. »Also los.«

Philipp wollte nicht mitgehen, aber Daniel hatte sich dem Jugendlichen, der sich Wolf nannte, schon angeschlossen. Schließlich trottete auch Philipp hinter ihnen her.

»Ist es noch weit?«, fragte Philipp. »Ich muss spätestens um halb neun zu Hause sein.«

»Jetzt mach dir mal nicht in die Hosen, Mann. Erst willst du die Schule anzünden, und dann gehst du zu Mami heim, weil du pünktlich zum Abendessen zurück sein musst? O Mann, so sehen echte Helden aus, oder?«

Philipp stierte auf das Kopfsteinpflaster.

»Kapiert ihr denn nicht, dass ihr mit dem Feuer einen Riesenschritt getan habt? Ihr habt ihnen gezeigt, dass es Leute gibt, die sich eben nicht alles gefallen lassen. Jetzt suchen sie euch wahrscheinlich schon und machen sich vielleicht auch ein bisschen ins Hemd. Sie wollen euch kriegen, aber sie haben auch Respekt vor euch. Klar, Mann! Aber ich sag euch eins. Jetzt ist es an der Zeit, endlich mal etwas Richtiges zu unternehmen, etwas, das wirklich wehtut. Nicht nur so einen anonymen Brandanschlag, der gegen alle und keinen gerichtet ist. Oder meint ihr, das reicht schon als Rache für euren ertrunkenen Freund?«

»Er ist nicht ertrunken«, wiederholte Daniel.

»Wenn ihr euch da so sicher seid, dann müsst ihr auf jeden Fall weitermachen. Die nächste Aktion muss so einschlagen, dass hinterher nichts mehr ist wie zuvor.«

»Ja, und?«, fragte Daniel. »Was meinst du damit? Was können wir denn noch machen? Immerhin haben wir schon was getan, während du hier nur groß rumquatschst. Du bist doch nur ein Angeber. Du spielst dich auf, aber wie sehen deine Superaktionen denn nun aus, hm?«

»Wartet nur ab, das besprechen wir gleich. Ihr werdet staunen. So weit habt ihr selbst noch gar nicht gedacht, das kann ich euch versprechen. Aber gleich heim zu Mami, das finde ich echt übel. Ihr seid doch keine Kindergartenkinder mehr. Sag halt, du warst bei deinem Freund hier. Ihr habt Playstation gespielt, und dabei ist es später geworden. Oder kriegst du dann gleich eins in die Fresse?«

Philipp schüttelte den Kopf und kickte mit der Spitze seines Turnschuhs einen Kronenkorken übers Pflaster.

»Lass ihn in Ruhe«, sagte Daniel.

Sie waren schon am Rathaus vorbei und gingen auf der Donaustraße Richtung Adenauer-Brücke.

»Wo ist denn jetzt dieser Schrebergarten?«, fragte Daniel. »Müssen wir noch über die Donau?«

»Wir sind gleich da«, sagte Wolf.

Sie überquerten den Fluss. Daniel schaute hinauf, donauaufwärts, zur Glacisbrücke. Dahinter lag das Kraftwerk, bei dem sie gestern Gabriel gefunden hatten, im Wasser treibend. Wie Müll.

Verloren trotteten sie am Brückenkopf entlang, an der Klenze-Schule vorbei, gingen in Höhe des »Donaukuriers« über die vierspurige Straße und bogen dann in die Stauffenbergstraße ein. Vor einem Wohnblock hinter dem »Donaukurier«-Forum stand ein beiger Opel Rekord 1900, original, mit blitzenden Chromzierleisten und roten Polstern.

»Boah, schau mal«, sagte Philipp zu Daniel.

»Baujahr 1972«, sagte Wolf. »Noch ohne Gurte und Nackenstützen. Ein echter Oldtimer.«

»Klugscheißer«, murmelte Philipp.

»Seht ihr? Da hinten sind die Schrebergärten. Wir sind gleich da. Und was zu essen und zu trinken gibt es dort auch.«

Daniel schaute hoch und erkannte das Gelände. Dahinter donnerte gerade ein Zug vorbei. Die Kolonie war von einem Zaun umgeben, das Eingangstor geschlossen. Daniel hoffte, sie kämen vielleicht nicht rein, aber Wolf hatte einen Schlüssel. Er öffnete das Tor und ging voran. Sie folgten ihm. Ihre Schritte knirschten auf dem groben Kies, und der Hinterreifen von Wolfs Rad schlingerte.

Sie bogen links ab und gingen parallel zu einer mit Efeu bewachsenen Mauer. Davor verlief ein Wassergraben mit einem Holzsteig am Ufer.

»Ein Teil der Festungsmauer.« Wolf deutete auf die ehemals weiß getünchte Mauer zu ihrer Linken. »Haben die Amis nach dem Krieg gesprengt.«

»Was du alles weißt«, sagte Daniel und sah Philipp an. Es klang spöttisch.

Wie Schafe marschierten die beiden hinter dem ausbrechenden Hinterreifen des Fahrrads her. Die Situation passte ihnen nicht. Lieber wollten sie selbst etwas unternehmen und die Kontrolle behalten, als sich führen zu lassen. Okay, ihr Plan war vielleicht nicht ausreichend durchdacht gewesen. Einer von ihnen hatte die Idee mit dem Feuer gehabt, und der andere hatte zugestimmt. Und dann waren sie losgezogen. Aber immerhin hatten sie etwas unternommen, und die anderen, Polizei, Feuerwehr, Schule, hatten es mitbekommen. Dass das Feuer nicht gleich die ganze Schule auf einen Schlag vernichtet hatte, das war schon in Ordnung. Es wäre auch für Gabriel in Ordnung gewesen. Bestimmt.

Daniel dachte an seinen Freund. Wo er jetzt wohl war? Ausgerechnet im Wasser war er gestorben. Er, der nie Angst davor gehabt hatte. Als sie noch kleiner gewesen waren, in der zweiten oder dritten Grundschulklasse, hatten sie in den großen Ferien versucht, drüben am Baggersee ein Floß zu bauen. Sie hatten Holz dafür gesammelt, Draht und Plastikkanister, die sie zum Stabilisieren unter das Floß binden wollten. Sie hatten vor, ihr Floß am See zusammenzubauen und dann Probe zu fahren. Später sollte es dann die Donau hinuntergehen, unterhalb des Stauwehrs. Jemand hatte gesagt, auf der Donau käme man irgendwann bis ans Meer. Daniel hatte sich das Wasser des Schwarzen Meers immer schwarz wie ein großes Loch vorgestellt. Nicht dass sie fest daran geglaubt hätten, diese Reise wirklich irgendwann zu machen. Im Endeffekt hatte das Floß den Baggersee auch nie verlassen. Irgendwann hatten sie die Lust an dem Projekt verloren. Geblieben war für Daniel aus dieser Zeit die Vorstellung, dass alle Länder und Erdteile über die Flüsse und Wasserstraßen miteinander verbunden waren.

Der Baggersee war nichts gegen den Fluss, denn er führte nirgendwohin. Er war nur ein ausgebaggertes Loch, das sich mit Grundwasser gefüllt hatte. Im Sommer waren sie zum Schwimmen und zum Kicken im Ufersand dort, im Winter zum Schlittschuhlaufen, in den Wochen, wenn der See zufror. Die Donau floss zu jeder Zeit hinter dem Deich an dem mit Wasser gefüllten Loch vorbei, von den dicken Betonwänden der Staumauer eingefasst staute es sich in den Auffangbecken, drückte sich durch die

Riesenrechen der Absperrung, vor denen sich mitgerissene Äste verkeilten, und floss auf der anderen Seite des Wehrs einige Stockwerke tiefer weiter, in die Stadt hinein, mitten durch sie hindurch, unter ihren Brücken dahin, vorbei am Schloss und an den Wehrtürmen der ehemaligen Landesfestung, die in Ingolstadt »Kavaliere« hießen. Die Donau konnte nichts aufhalten, ihr Weg führte sie bis zum Meer.

In der Nacht wachte Meißner auf. Was war das für ein Geräusch gewesen? Neben ihm war das Bett leer. Er fühlte mit der Hand vorsichtig auf dem Nachttisch herum, bis er das Wasserglas spürte. Er hatte den Brandgeruch immer noch in der Nase und meinte sogar, ihn auf der Zunge zu schmecken. Er schlief wieder ein, wurde noch einmal wach und wusste instinktiv, dass Marlu immer noch nicht zurück war.

Er stand auf, sah, dass im Badezimmer Licht brannte, und horchte an der Tür. Dann klopfte er und öffnete leise. Marlu hatte seinen alten Morgenmantel angezogen und saß an die Badewanne gelehnt auf dem Boden. Sie las. Er beugte sich zu ihr hinunter und nahm ihr Gesicht in seine Hände.

»Was ist los, Marlu?«

»Ich kann nicht schlafen.«

»Wegen dem Brand in der Tiefgarage?«

Sie schüttelte den Kopf.

»Was liest du da?«

Sie zeigte ihm den Umschlag eines Taschenbuchs, das sie offenbar aus dem Bücherregal im Wohnzimmer gezogen hatte: »Der Schneemann«.

»Ganz schön schräge Geschichte«, sagte Marlu. »Aber witzig, oder?«

»Der Fauser? Der stammt aus einer ganz anderen Zeit, fast schon aus einer anderen Welt. Die Welt gibt es heute nicht mehr, und der Fauser ist auch schon lange tot. Den hat in München ein Lastwagen überfahren.«

»Ich hätte gar nicht gedacht, dass dir so etwas gefällt.«

»Wieso nicht? Glaubst du vielleicht wie unser Kollege Fischer, dass ich ein langweiliger Spießer bin?«

»Quatsch! Aber du als überzeugter Bulle liest einen Krimi, in dem es anscheinend keine Polizei und keinen Detektiv, sondern nur diesen seltsamen Kleinkriminellen gibt?«

»Ich bin ein Romantiker und durch und durch moralisch, hast du das noch nicht gemerkt? So war der Fauser wahrscheinlich auch, auch wenn er gern als rotziger Bürgerschreck daherkam.«

Meißner nahm Marlus Hände und zog sie zu sich hoch. Sie ließ sich von ihm zurück ins Schlafzimmer führen. Im Morgenmantel legte sie sich ins Bett und deckte ihre nackten Füße zu.

»Willst du den anlassen?«, fragte er.

Sie nickte, rollte sich zusammen und legte die Hände seitlich unter den Kopf. Sie sah müde aus.

»Mir ist noch etwas eingefallen. Zu den Lehrern, über die wir heute gesprochen haben.«

»Hm?«, fragte sie. Ihre Augen waren schon geschlossen.

»Bist du nicht schon zu müde?«

»Nein, ich hör dir zu.«

»Eigentlich sollte es doch ganz anders sein«, sagte Meißner und legte sich neben sie. »Lehrer sind doch so etwas wie Hirten. Ein Hirte hat sich um eine ganze Herde zu kümmern, muss schauen, dass alle Tiere genug Futter bekommen, gesund sind und beieinander bleiben. Die meiste Energie muss der Hirte jedoch nicht an die verschwenden, die sowieso immer die besten Weideplätze finden und am fettesten werden, sondern an die, denen das aus irgendeinem Grund eben nicht gelingt. Er muss seine Herde immer wieder durchzählen, und wenn auch nur ein Tier fehlt, dann muss er es suchen und zurückbringen. Die verlorenen Schafe sind es, für die er seine ganze Kraft, seine Erfahrung und sein Wissen aufwenden muss. So steht's doch schon in der Bibel. Über die Rückkehr des verlorenen Sohnes freut sich der Vater mehr als über all die, die nie weggegangen sind. Das Gleichnis passt doch irgendwie, findest du nicht? Marlu, schläfst du schon?«

»Nein. Das ist wirklich ein schönes Bild. Meiner Mutter würde es gefallen.«

Der Kommissar strich ihr eine Haarsträhne aus dem Gesicht und küsste ihre Augenlider. »Gute Nacht«, flüsterte er ihr ins Ohr und deckte sie zu.

Sie schlug die Augen auf. »Ich hab da was gefunden«, sagte sie und zog einen Zettel aus der Tasche seines Morgenmantels.

Er wusste auf der Stelle, worum es sich handelte. Wie war das Papier bloß in die Tasche des verdammten Morgenmantels gekommen?

»Ach, Marlu, musst du dir das jetzt antun?«

Es war ein Ausdruck des Ultraschallbildes, das Carolas Baby im Bauch liegend zeigte. An einer Hand konnte man vier Fingerchen erkennen, den Daumen der anderen Hand hatte das Kind in den Mund gesteckt.

»Tut mir leid«, sagte Marlu, »ich wollte nicht spionieren. Ich hab nur ganz automatisch in die Tasche gegriffen.«

»Schlimm?«, fragte er.

Sie nickte.

»Komm, jetzt ziehst du erst mal das alte Ding aus. Darin kannst du doch nicht einschlafen.«

Er stand auf und zerrte an einem der Ärmel, rollte Marlu aus dem Mantel und brachte ihn zurück ins Bad. Das Foto ließ er im Flur in einer Schublade verschwinden. Dann legte er sich zu ihr, deckte sie beide zu und schlang die Arme um Marlu. Nach ein paar Minuten konnte er hören, dass sie eingeschlafen war.

ACHT

Am nächsten Morgen hätten sie beinahe verschlafen. Einer von ihnen musste den Wecker beim ersten Klingeln ausgeschaltet haben. Meißner stand auf und stopfte den blöden Morgenmantel in den Wäschepuff, als er ihn im Bad hängen sah.

Im Flur hörte er Marlu rumpeln und »Aua!« schreien. Sie war über seine Reisetasche gestolpert, die immer noch unausgeräumt herumstand.

»Sorry«, murmelte er und streichelte ihren lädierten Ellbogen, der unsanft mit der Wand Bekanntschaft gemacht hatte.

»Espresso oder Cappuccino?«

»Cappuccino.« Sie lächelte scheu.

Schnell zog er sich an und rannte zum Supermarkt an der Ecke, um Frühstück einzukaufen.

»Ich glaube, heute kommt noch einiges auf uns zu«, sagte Meißner, als er mit Marlu ins Präsidium fuhr. »Die vom Gymnasium sind gestern Abend schon wie die aufgescheuchten Hühner herumgelaufen. Wenn ich nur an diesen Dr. Vogt denke, wird mir schon schlecht.«

»Was hast du eigentlich gegen ihn? Hast du ein Problem mit Autoritäten? Mit Vaterfiguren?«

»Also ehrlich, Marlu, so schwere Themen schon so früh am Morgen?« Er verdrehte die Augen und konzentrierte sich auf den Verkehr.

Im Präsidium ging es zu wie in einem Ameisenhaufen oder Bienenstock. Es schienen bereits mehr Räder ineinanderzugreifen, als ein guter Ingenieur in eine einzige Maschine gebaut hätte. Der Direktor des Tilly-Gymnasiums hatte zwei Anzeigen gegen Unbekannt erstattet. Eine wegen Brandstiftung und die andere, weil über Nacht eine neue Website online gegangen war. Ihr Name: »Gabriel-finally-free«.

»Jetzt mal der Reihe nach.« Meißner knetete zum Wachwerden

seine Ohrläppchen. »Holler, kannst du uns einen Bericht vom Brand geben und erzählen, wie die Sache gestern noch ausgegangen ist? Gibt es schon Ergebnisse von der Spurensicherung?«

»Du hast das Feuer ja selbst gesehen, Stefan. Das war schon etwas mehr als nur eine Zündelei. Wegen der sehr hohen Brandtemperaturen und der Brandgase war das Löschen nicht einfach. Die Feuerwehr hat den Brandherd mit Wärmebildkameras in dem beißenden Rauch ausfindig gemacht: ein Haufen aus Holzscheiten, benzingetränkten Lappen und einem Benzinkanister. Alles lag ganz hinten, in einem engen Gang, der die Tiefgarage mit dem Schulgebäude verbindet. Die Stahltür zum Gebäude war abgeschlossen, die äußere zur Tiefgarage nicht. Ein Versehen, so der Hausmeister. Die Lehrkraft, die nachmittags oder abends zuletzt in die Tiefgarage gegangen ist, muss vergessen haben, die Tür hinter sich abzuschließen. Ist wohl schon öfter vorgekommen.

Dummerweise stand hinten in der Garage, nahe des Brandherds, ein Auto. Es ist völlig hin. Hat sich durch die Hitze oder die Explosion des Benzinkanisters entzündet. Das Auto, ein alter Fiat Punto, der die Abwrackprämie wie auch immer überlebt hat, gehörte einer Referendarin. Zwei Schulaufgaben, die sie gestern schreiben hat lassen, sind im Auto liegen geblieben. Sie hat vergessen, sie mitzunehmen. Als der Punto gestern nicht mehr angesprungen ist, hat die Referendarin ihn in der Garage stehen lassen, was eigentlich verboten ist. Auch die vier Winterreifen, die irgendwer dort in der hinteren Ecke entsorgt hat, und die trockenen Blätter, die der Wind in die Tiefgarage geblasen hat, gehörten eigentlich nicht dorthin. Alles zusammen hat das Feuer schön am Kokeln gehalten.«

»Wie hoch ist der Schaden?«

»Das wird die Versicherung noch begutachten. Ein ausgebranntes Auto, eine rußgeschwärzte Fassade, eine schwarze Decke und schwarze Wände im Inneren der Garage. Dazu jede Menge Löschschaum und Wasser und natürlich die Kosten für die Maschinen, die die ganze Nacht hindurch den Rauch mit Gebläsen bekämpft haben. Da kommt schon was zusammen.«

»Gibt es irgendwelche Hinweise auf den oder die Täter?«, fragte Marlu.

»Bis jetzt nicht. Scheint aber kein Profi gewesen zu sein. Da haben schon auch die Umstände mitgeholfen: das Auto, die Reifen, alles Dinge, mit denen man nicht rechnen konnte. Der Benzinkanister allerdings deutet auf Vorsatz und auf eine kriminelle Energie hin, die über den spontanen Racheakt eines Teenagers hinausgeht. Mit einem Lausbubenstreich hat das Ganze nichts mehr zu tun.«

»Dann sieht es also nach vorsätzlicher Brandstiftung aus. Aus Rache, als Warnung oder als Denkzettel oder so etwas. Damit wären der oder die Täter eher unter den Schülern zu suchen, oder?«

»Ich habe jedenfalls noch nie gehört, dass Lehrer ihre eigene Schule angezündet haben. Du vielleicht?«, fragte Fischer.

»Und was hat es mit dieser neuen Homepage auf sich?«

»Auf ihr wird behauptet, dass die Schule an Gabriels Tod schuld sei. Ein Lehrer habe ihm vor zwei Wochen im Unterricht prophezeit, dass er ihn durchfallen lassen würde. Er soll auch gesagt haben, Gabriel habe auf dem Gymnasium nichts verloren und gehöre stattdessen auf die Baumschule. Gabriel soll sich das alles sehr zu Herzen genommen und sich deshalb etwas angetan haben.«

»Woher haben die das nur mit dem Selbstmord? Bisher gibt es dafür doch keine Anhaltspunkte«, fragte Marlu.

»Auf der Homepage werden verschiedene Geschichten von Schülern aufgerollt, die in den letzten Jahren gestorben sind. Ein Jugendlicher hat sich beim Spazierengehen mit seinem Hund mit der Leine erdrosselt. Ein anderer ist überfahren worden, als er nachts zu Fuß die Stadtautobahn überqueren wollte. Es wird unterstellt, dass die als ›tragische Verluste‹ bezeichneten Todesfälle eigentlich Selbstmorde waren. Außerdem ist es ein paar Mal vorgekommen, dass Schüler aus der Oberstufe, nachdem sie durchgefallen waren, wegen der Altersregelung nicht mehr wiederholen durften. Diese Schüler standen sozusagen auf der Straße. Mit ihrer Schulkarriere und einem richtigen Abschluss war's erst einmal vorbei. Auch diese Fälle wurden dokumentiert. Im Internet ist also eine Liste von Losern veröffentlicht worden.«

»Kann man nicht zurückverfolgen, wer die Seite eingerichtet hat?«

»Wenn sich da jemand mit falschem Namen und falscher Adresse zum Beispiel von einem Internetcafé aus angemeldet hat, wird's schwer«, sagte Fischer.

»Und wieso ist der Direktor jetzt plötzlich so wild darauf, eine Anzeige zu erstatten? Drohen die ihm mit irgendwas?«, wollte Meißner wissen.

»Nein, gar nicht. Aber er sagt, auf der Website werde Hetze gegen seine Schule und Rufschädigung betrieben. Er traut diesen Burschen alles Mögliche zu.«

»Wieso denn Burschen?«, fragte Marlu. »Denkt er, Mädchen könnten keine Websites ins Netz stellen?«

»Hat er denn einen Verdacht, wer dahinterstecken könnte?«, fragte der Hauptkommissar.

»Nein«, sagte Fischer, »das interessiert ihn auch gar nicht. Er will nur, dass die Seite möglichst schnell aus dem Netz genommen wird.«

»Hat er Angst, die Stimmung könnte eskalieren?«

»Ängstlich wirkt der nicht gerade, eher entschlossen. Ich habe ihm gesagt, wir kümmern uns darum, die Urheber ausfindig zu machen. Er hat schon angedroht, dass Schüler seiner Schule fliegen, sollten sie etwas damit zu tun haben.«

»Das kann nicht in unserem Interesse liegen«, sagte Meißner.

»Sehe ich auch so. Aber der Provider soll die Seite aus dem Netz nehmen, damit sich die Stimmung nicht noch mehr hochschaukelt.«

»Ich sehe mir das mal an, Stefan«, sagte Marlu.

»Okay, dann in fünfzehn Minuten wieder hier.«

»Sag mal«, meinte Fischer, nachdem Marlu den Raum verlassen hatte, »ist da eigentlich etwas zwischen dir und ...?« Er machte eine Kopfbewegung Richtung Tür.

»Hm?«, fragte Meißner, um Zeit zu gewinnen.

»Na, mit Marlu. Ihr wirkt seit einiger Zeit so vertraut miteinander.«

»Ist das vielleicht dein«, Meißner tippte sich an die Nase, »kriminalistischer Spürsinn?«, fragte er, stand ebenfalls auf und ging zur Tür.

»Keine Antwort ist auch eine Antwort!«, rief Elmar Fischer ihm hinterher.

»Kaffee?« Meißner balancierte zwei Tassen in einer Hand in Fischers Büro. Der Kollege deckte gerade den Telefonhörer ab.

»Der Herr Direktor. Er möchte *dich* sprechen.«

Meißner stellte den Kaffee ab und gestikulierte wild mit den Armen. »Sag ihm, dass er mit seinen Schülern reden soll. Das ist immer noch besser, als sie anzuzeigen.«

Von seinem Büro aus rief Meißner in der Rechtsmedizin in München an. Kern war wieder an seinem Platz.

»Alles okay mit dir?«

»Ärzte werden nie krank, hast des ned gwusst, Meißner? Du willst etwas über den jungen Menschen wissen, den ihr da aus einem von euren vielen Gewässern in der Stadt gefischt habt, nicht wahr?«

»Schieß los«, sagte der Kommissar.

»Es ist so, wie ich es dir gesagt habe. Der Bub ist nicht ertrunken. Todesursache ist ein Genickbruch. Außerdem hat er Druckstellen am Oberkörper, eine geprellte Hüfte und Hautabschürfungen an den Beinen.«

»Kann er sich die beim Abrutschen oder sogar erst im Wasser zugezogen haben?«

»Theoretisch ja. Die Schürfwunden könnten Treibverletzungen sein, aber die Prellungen dürften von einem Aufprall, einem Zusammenstoß mit einem schweren Gegenstand herrühren. Unfallopfer, die von einem Auto angefahren werden, sehen so aus. Aber zwingende Beweise gibt's leider keine. Dafür hat der Bub zu lange im Wasser gelegen.«

»Er war also schon tot, als ihn jemand ins Wasser gebracht hat …«

»Ich weiß nicht, wie es genau gewesen ist, Meißner, ich bin ja kein Kriminaler. Aber er hat diverse Verletzungen, und einiges spricht dafür, dass er sich die außerhalb des Wassers zugezogen hat.«

»Wenn ihn jemand am Kraftwerk in die Donau geworfen hat, könnten wir Spuren finden. Aber es kann auch viel weiter oben am Fluss passiert sein. Die nächste Staustufe ist immerhin zehn, zwölf Kilometer entfernt.«

»Aber wie willst du die Stelle finden? In der Nacht hat es doch geregnet.«

»Wie lang hat er im Wasser gelegen, kannst du mir das sagen?«

»Fünfunddreißig, vielleicht vierzig Stunden? Eine genauere Zeiteingrenzung ist schwierig, das Wasser, du weißt schon.«

»Dann war Gabriel also schon tot, als wir angefangen haben, nach ihm zu suchen.«

»Haben Sie dieses Wochenende wieder etwas mit Ihrem Patenkind unternommen?«

»Meinem ...? Nein, dieses Wochenende nicht. Der Junge ist krank geworden.«

»Das ist die Jahreszeit. Jetzt sind sie doch alle krank. Ist immer so im Herbst. Wenn der Winter da ist, wird es wieder besser.«

»Er ist kein Schwächling, wissen Sie, Schwester. Nein, das ist er nicht. Aber auch nicht sehr robust. Eher ein Träumer. Wissen Sie, wo man die Träumer heutzutage findet, Schwester? Vor den Bildschirmen. Der Computer ist heutzutage der Schlüssel zu den Märchenwelten und zu anderen Zeiten, die mit den unseren scheinbar gar nichts mehr zu tun haben. In diesen Welten tragen die alten Männer weiße Bärte und sprechen in Rätseln zu ihren Schülern. Gehen Sie nur, Schwester, ich weiß, die Nummer 17. Gehen Sie nur.«

»Also suchen wir nach Unfallmeldungen aus der betreffenden Nacht beziehungsweise vom Tag davor«, sagte Holler nach der Zusammenfassung des Obduktionsbefunds. »Wir klappern alle Autowerkstätten ab und fragen nach Unfallreparaturen. Alle, das heißt auch die kleinen Ein-Mann-Betriebe.«

»Dann haben wir wenigstens was zu tun«, sagte Fischer.

»Was ist denn nun eigentlich unser Fall?«, fragte Marlu. »Gabriel Tanner hat am Tag seines Verschwindens einen Unfall, und jemand findet ihn und wirft ihn in die Donau? Und dieser Jemand könnte zugleich der Unfallverursacher sein. Ist das der Fall?«

»Moment«, unterbrach Meißner sie, »das können wir alles noch gar nicht wissen. Kümmere dich doch bitte einfach um die Unfälle und Werkstätten, ja? Wir sollten für alles offen sein und uns nicht selbst mit Hypothesen ausbremsen.«

»Und was ist mit dieser Website und mit der Brandstiftung?«

»Die Brandermittlung ist auch unser Job. War heute schon jemand von der KTU vor Ort?«

»Die legen frühestens morgen los«, sagte Holler.

»Den Provider der Website haben wir aufgefordert, die Namen der Betreiber der Seite bekanntzugeben. Rein rechtlich sind sie dazu aber nicht verpflichtet«, sagte Fischer, »denn es besteht kein Verdacht auf einen Straftatbestand. Solange sie nicht jemanden persönlich angreifen und verleumden, tun sie nichts, als ihr Recht auf freie Meinungsäußerung auszuüben. Und das ist bekanntlich erlaubt.«

»Und ... wer von uns wollte sich nun in der Pädophilenszene umsehen?«

Meißners Frage sollte ganz locker und *en passant* klingen, blieb aber dennoch im Raum hängen wie eine kleine giftige Wolke. In die wachsende Spannung hinein antwortete Kollege Horst Holler: »Na, dann übernehme ich das mal. Ich war ja wohl mit dem unauffälligen, mittelalten und angegrauten Familienvatertyp gemeint, wenn ich dich richtig verstanden habe, Elmar.«

Die unschönen Adjektive hallten in Meißners Kopf wider wie Gongschläge, dabei hatte Holler eher leise gesprochen. Der Kommissar starrte seinen Kollegen an wie eine Erscheinung. Sollte er die Situation am Vortag, als er sich persönlich von Fischer provoziert gefühlt hatte, tatsächlich falsch interpretiert haben? Oder war Horst Holler eben ein riesiges Stück über sich selbst hinausgewachsen? Und wenn es so war: Wäre es dann von ihm, Meißner, feige, sein Angebot anzunehmen?

»Ich meine, ich kann's ja mal versuchen«, sagte Holler etwas verunsichert, weil niemand etwas zu seinem Vorschlag sagte. »Ob ich etwas Entscheidendes herausfinde, weiß ich natürlich nicht.«

»Okay«, sagte Meißner. Dass Holler ihm hier die Kastanien aus dem Feuer holte, rechnete er ihm sehr hoch an.

Mittags lief der Kommissar durch die Altstadt. Es war kühl geworden und ungemütlich. Vor den Cafés standen zwar noch einige Tische und Stühle, aber kein Gast ließ sich mehr blicken. Von den Radfahrern, die an manchen Sommertagen fast zur Armada wurden, waren nur noch wenige vermummte und verkniffene Restexemplare übrig.

Der Kommissar nahm den Weg Richtung Neues Schloss. Er hatte kein Bedürfnis, den Fluss zu sehen, das kalte strudelnde Herbstwasser, die Brücken, die Festungsanlagen, die Wehrtürme, all das Schwere und Militärische dieser Stadt.

Was, wenn er tatsächlich nicht gemeint gewesen war? Wenn es Fischer von Anfang an auf Horst Holler abgesehen hatte und nicht auf ihn? Ach, komm, dachte er, jetzt lügst du dir auch noch selbst in die Tasche, du alter Narr. Du weißt doch ganz genau, wer gemeint war.

Er beugte sich über die Mauer und schaute in den Burggraben vor dem Schloss hinunter. Er hörte eine Frau über das Kopfsteinpflaster gehen. Ihre Absätze klackten auf dem glatten Stein. Diese Stadt! Warum war er nicht wenigstens nach München gegangen? Warum war er nach seiner Ausbildung ausgerechnet wieder hierher zurückgekehrt? Ingolstadt war seit 1989 offiziell eine Großstadt, aber als Ingolstädter blieb man trotzdem für ewig ein Provinzler, egal, wie groß der Audi war, den man fuhr, und egal, wie viele Säulen man sich vor den Eingang seines Eigenheims im Grünen bauen ließ. Meißner drehte sich um und nahm denselben Weg zurück, den er gekommen war. Durch die Fußgängerzone, die genauso aussah wie die in München, Augsburg und Nürnberg, mit denselben Läden und denselben Imbissbuden und mit genau denselben Menschen. So kam es ihm jedenfalls gerade vor. Die Turmuhr der Matthäuskirche schlug dröhnend zur vollen Stunde. Meißner zog die Schultern hoch und duckte sich unter ihrem Klang hinweg. Dann lief er weiter, zur Franziskanerkirche hinüber und die Harderstraße hinauf. Nach Hause, ins Präsidium.

NEUN

Wolf ging wie jeden Morgen um kurz vor sieben aus dem Haus. Seine Mutter blieb jetzt an manchen Tagen länger liegen, wenn sie am Abend zuvor spät aus der Arbeit gekommen war. So wie gestern. Einige Kolleginnen waren krank, da mussten die anderen eben Überstunden machen, die Abrechnung übernehmen, beim Saubermachen helfen und Regale auffüllen. Die Frauen machten alles mit. Was blieb ihnen auch anderes übrig? Nach der Arbeit hatte Wolfs Mutter noch so viel Bügelwäsche gehabt, dass sie am Bügelbrett fast eingeschlafen war. Im Stehen. Wolfs Onkel hatte mit ihr geschimpft, hatte gesagt, dass das alles doch keinen Sinn habe. Für das bisschen Geld würde sie sich nur die Gesundheit ruinieren. Und wenn jemand von ihren Kunden sie beim Finanzamt anschwärzte, dann bekäme sie jede Menge Ärger und müsste vielleicht noch das Wohngeld zurückzahlen, das sie erhielt. Der Onkel hatte seiner Mutter Geld angeboten, doch sie wollte keine Almosen. Sie wollte sich und ihren Sohn aus eigener Kraft durchbringen.

Auch wenn seine Mutter morgens im Bett blieb, war der Tisch fürs Frühstück immer vorbereitet, wenn Wolf morgens in die Küche kam. Sie hatte ihn am Abend schon für ihn gedeckt und ihm aufgeschrieben, was er für die Pause mitnehmen sollte, ob es noch ein Stück Kuchen vom Vortag im Kühlschrank gab und in welcher Schüssel Wurst oder Käse aufbewahrt wurde. In seine Tasse hatte sie zwei Löffel löslichen Kaffee gefüllt, er musste ihn nur noch mit heißem Wasser aufgießen. Auch Müsli stand bereit, neben der Schale lag eine Banane. Manchmal machte er alles tatsächlich so, wie sie es ihm aufgeschrieben hatte. Schmierte sich ein Brot mit der Leberwurst aus der Schüssel mit dem blauen Deckel oder belegte es mit dem Käse, den sie in Frischhaltefolie gewickelt hatte. Und manchmal ließ er alles unberührt. Er wusste, dass sie es immer nur gut mit ihm meinte, und doch konnte er manchmal einfach nichts essen und wollte auch nichts mitnehmen. Nichts von dem, was sie für ihn vorbereitet hatte.

Immerhin schaffte er es jeden Tag, kurz vor sieben aus dem Haus zu gehen und in den Bus zu steigen. Dafür reichte seine Kraft noch aus. Er besaß eine Jahreskarte für den Schulbus, die seine Mutter aus eigener Tasche bezahlt hatte. Mit seinen achtzehn Jahren war er nicht mehr schulpflichtig.

Wolf stieg immer schon an der Realschule aus, eine Station vor dem Gymnasium. So konnten die Schüler vom Gymnasium denken, er ginge in die Realschule, und die von der Realschule, er ginge zu Fuß weiter zum Tilly. Normalerweise nahm er auch tatsächlich diese Richtung, zweigte jedoch nach der nächsten Biegung der Hauptverkehrsstraße Richtung Innenstadt ab und trieb sich dann den ganzen Vormittag über in der Stadt herum. Er kannte alle Parks, die Stüberl und Stehausschänke, die auch schon morgens öffneten, wenn die meisten Leute unterwegs zur Arbeit waren, in die Fabriken und Läden. Und in die Schulen. In den Eckkneipen fingen die Erwachsenen schon morgens an zu saufen. Das tat Wolf nicht. Manchmal verschlug es ihn auch in die Außenbezirke, in die Wohnviertel, in denen auf jedem Balkon eine Satellitenschüssel stand und die Frauen auf den Grünflächen vor den Häusern saßen und picknickten, während ihre Kinder Fußball spielten.

Manchmal lief er auch Richtung Donauauen, zum Stauwehr, von dort hinüber zum Baggersee und dann im großen Bogen zurück zur Innenstadt. Dabei durchquerte er die wohlhabenden Viertel, in denen die Einfamilienhäuser groß wie Villen waren und weit entfernt vom nächsten standen, getrennt durch Doppelgaragen und Wintergärten, die immer aufgeräumt und adrett waren und verwaist und leblos wirkten. Wolf kam es so vor, als nutzten die Hausbesitzer ihre Wintergärten nur dazu, den Nachbarn zu zeigen, dass man sie sich leisten konnte. Nie sah er jemanden, der sich darin aufhielt. Bis gestern hatte er nicht gewusst, wie lange er so einen Tagesablauf noch durchhalten würde. Wie lange er noch die Kraft dazu hätte. Würde er auch im Winter täglich durch die Stadt ziehen? In die Schrebergartenkolonie konnte er vormittags nicht. Da gab es immer irgendwelche Rentner, die in den Beeten herumzupften, Bäume ausschnitten, Hecken auslichteten und alles bemerkten, was um sie herum geschah. Sie würden ihn beobachten, würden ihn ausfragen, was er dort machte und warum er nicht in der Schule war. Auf seinen Spaziergängen nahm er sich stets vor der Polizei in Acht und hatte immer eine Reihe von Ausreden für den Fall parat, dass jemand ihn ansprach. Aber das war noch nie passiert. Er war volljährig. Er rauchte nicht, trank nicht und nahm auch keine Drogen. Er fiel niemandem auf. Er war nur ein junger Mann mit Rucksack, der irgendwohin ging. Zum Hauptbahnhof, zum Nordbahnhof, zum Bus, zur Schule, nach Hause, zu einem Freund, zu seiner Freundin. Noch nie hatte ihn jemand angesprochen.

Um eins war er dann wieder an der Bushaltestelle und fuhr nach Hause. Wenn seine Mutter Spätschicht hatte, wartete sie mittags mit dem Essen auf ihn, und er erzählte ihr von der Schule. Er hatte den ganzen Vormittag Zeit, sich neue Geschichten auszudenken. Bisher war ihm immer etwas eingefallen. Nur nicht, wie er ihr eines Tages die Wahrheit sagen könnte. Sie würde sie nicht ertragen, deshalb konnte er sie ihr nicht sagen. Und solange sie es nicht wusste, lohnte es sich auch nicht, darüber nachzudenken, was er tun würde, wenn sie es einmal wüsste. Doch nach und nach wurde es zu viel für ihn. Das Aufstehen, das Zum-Schulbus-Gehen, das Herumlaufen den gesamten Vormittag über, alles verbrauchte seine Kraft. Aber eines Tages würde ihm etwas einfallen, und bis dahin musste er durchhalten.

Aber nun war plötzlich alles anders. Seit gestern gab es eine Perspektive für ihn. Ein Ziel. Ein Plan wuchs in ihm heran, und er wusste, dass sich alles, alles ändern würde. Die beiden zündelnden Jungs hatten ihm den Ausweg gezeigt. Die Chance war nun da, das spürte er ganz deutlich. Er wusste es. Endlich konnte er den Ausweg sehen.

Er allein hatte nun das Heft in der Hand. Er würde sich mit niemandem arrangieren, keine Kompromisse schließen müssen. Es würde alles genau so durchgeführt werden, wie er es plante. Die beiden Jungs spielten dabei keine entscheidende Rolle. Er wusste ganz genau, was er wollte.

Auf dem Weg zum Gymnasium ließ Kommissar Meißner sich von der KTU über die Untersuchungsergebnisse zur Brandstiftung unterrichten.

Am Tilly angekommen eilte er über die Eingangsstufen zum

Haupteingang hinauf und merkte zunächst nicht, dass sich etwas verändert hatte. Der Eingang zur Tiefgarage war tiefschwarz, die Zufahrt bis auf Weiteres gesperrt. Die Aufräum- und Säuberungsarbeiten würden noch eine Weile andauern, währenddessen waren die Bauarbeiten für den Erweiterungsbau ausgesetzt worden. Auch die Statik musste überprüft werden.

Vielleicht wäre ihm die Veränderung überhaupt nicht aufgefallen, hätte er nicht die roten und gelben Spritzer auf der Treppe aus dem Augenwinkel wahrgenommen. Als er näher trat, dämmerte es ihm endlich. Kerzenwachs. Bis gestern war hier die Freiluft-Gedenkstätte für Gabriel aufgebaut gewesen. Nun war alles verschwunden.

»Was ist denn mit den Blumen und Teddys draußen passiert?«

Die beiden Damen im Sekretariat sahen sich an, als müssten sie erst einvernehmlich entscheiden, wer von ihnen dem Kommissar Auskunft geben durfte.

»Wir haben die Kerzen und Blumen, die noch unversehrt waren, an der Seitenwand des Gebäudes aufgestellt, beim Fahrradkeller«, sagte die ältere der beiden Sekretärinnen, an deren Namen Meißner sich nicht erinnerte. »Einige der Stofftiere waren nach dem Brand angesengt. Von der Tiefgarage hat es mit der Asche auch ein paar Glutbrocken herübergeweht.«

Dabei hatte es den Teddys wohl den Pelz versengt.

»Und warum holen Sie die Sachen nicht ins Gebäude? Zum Beispiel in die Aula?«

»Wir dürfen im Haus kein offenes Feuer unbeaufsichtigt brennen lassen.«

Ihre Kollegin hatte den Kommissar inzwischen beim Chef angemeldet.

Als Meißner das Büro betrat, saß Dr. Vogt mit ungesund rotem Kopf am Computer. Wie beim letzten Mal trug er einen grauen Trachtenjanker mit grünem Stehkragen, ein Leinenhemd und eine lächerlich schmale Krawatte. Meißner wusste nicht, wie man diesen Halsschmuck nannte, und noch weniger, woher die Tracht stammte. Aus Ingolstadt jedenfalls nicht. Alles zusammen wirkte eher wie vom Oktoberfest und der Münchner Bussi-Bussi-Gesellschaft.

Vogts Gesichtsfarbe ließ hingegen auf Bluthochdruck in Verbindung mit satten dreißig Kilo Übergewicht schließen. Normalerweise interessierte es Meißner nicht, ob ein Mensch dick oder dünn war, und er bewertete ihn auch nicht danach. Doch bei Dr. Vogt war er bereit, eine Ausnahme zu machen.

»Haben Sie schon herausgefunden, wer die Betreiber dieser Internetseite sind?« Der Direktor fixierte ihn streng über den Rand seiner Goldrandbrille hinweg.

»Wir sind für die Aufklärung von Verbrechen zuständig«, stellte Meißner klar.

»Aha – und die müssen erst noch geschehen, oder wie? Meinen Sie das? Sie werden geschehen, darauf können Sie Gift nehmen! Ich habe schon Herrn Lenzen damit beauftragt, sich darum zu kümmern. Er leitet die Informatikgruppe und hat die klügsten Köpfe der ganzen Schule in seiner Gruppe. Einige von ihnen werden am Wettbewerb ›Jugend forscht‹ teilnehmen.«

»Na, dann haben Sie ja sozusagen die Elite der Ermittler bereits im Haus«, sagte Meißner.

Dr. Vogt kratzte sich am Handrücken. Die Neurodermitis – oder woran auch immer er litt – schien ihn zu quälen. »Haben Sie sich die Brandstelle mal genau angesehen?«, fragte er, wartete aber die Antwort nicht ab. »Ich nenne die Tat kriminell und werde so etwas an meiner Schule nicht durchgehen lassen. Mit Worten fängt es an, doch dann folgen Taten. Aber das werden wir am Tilly nicht zulassen. Wir sind doch hier nicht in München oder Berlin!«

»Haben Sie denn irgendeinen Verdacht, irgendwelche Hinweise?«

Dr. Vogt schüttelte den Kopf. »Aber die Täter sind mit Sicherheit nicht von unserer Schule. Vielleicht von der Hauptschule oder der Realschule drüben. Unsere Schüler tun so etwas jedenfalls nicht.«

»An Ihrer Schule gibt es also niemanden, der nach dem Auftauchen der Website ein schlechtes Gewissen hat oder haben müsste?«, fragte Meißner.

»Wie meinen Sie das? Sie glauben doch nicht etwa im Ernst, dass an diesen Schmierereien im Internet etwas dran ist? Wie alle Schulen haben wir immer wieder tragische Todesfälle zu beklagen. Aber die tun uns selbst am allermeisten weh, das können Sie mir glauben. Jedes Mitglied der Schulfamilie liegt uns gleichermaßen am Herzen.«

Nur die Jugend-forscht-Preisträger vielleicht ein bisschen mehr als die anderen, die nur ihrer Schulpflicht nachkommen und versuchen bis zum Abitur durchzuhalten, dachte Meißner. Alle sind gleich. Aber manche sind eben gleicher.

»Es ist wirklich ungeheuerlich, hier einen Zusammenhang zu unserer Schule unterstellen zu wollen. Ich verbitte mir das. Jeder einzelne Todesfall unter diesen jungen Leuten ist tragisch und unfassbar. Und doch gibt es sie, am Tilly wie an jeder anderen Schule auch. Gegen den Tod sind wir Lehrer machtlos, davor können wir unsere Schüler nicht bewahren. Überlegen Sie doch einmal, was Sie und die Gesellschaft da draußen hier von unseren Pädagogen verlangen. Das kann keine Institution leisten, keine! Und wieso sollte gerade eine Bildungseinrichtung bei etwas Erfolg haben, das schon die Menschen einzeln und in ihren Familien nicht auf die Reihe kriegen? Wir sind ein Gymnasium, keine Erziehungsanstalt. Für die Erziehung ihrer Kinder sind die Eltern immer noch selbst verantwortlich.«

»Wollen Sie mit den Jugendlichen, die die Website eingerichtet haben, nicht lieber reden, als sie gleich zu verklagen?«

»Die wollen doch gar nicht reden. Die sind an einem Dialog gar nicht interessiert. Ich kenne diese Brüder. Die wollen nur provozieren. Randale machen und den Schulfrieden stören. Das ist alles, woran ihnen etwas liegt.«

»Und was macht Sie in Ihrer Überzeugung so sicher, wenn Sie doch nicht einmal wissen, mit wem Sie es überhaupt zu tun haben, und mit keinem von ihnen gesprochen haben?«

»Nach fast dreißig Jahren im Schuldienst kenne ich meine Pappenheimer, das dürfen Sie mir glauben. Aufwiegler und Scharfmacher gibt es immer wieder. Die wollen sich nur rächen.«

»Wofür?«

»Für ihr eigenes Versagen und ihre Faulheit natürlich. Jammerlappen sind das, die sich anonym im Internet zusammenrotten, weil sie allein zu feige sind. Aber diese Burschen werden wir schon noch kriegen.«

Nach diesem Ausbruch verabschiedete sich Meißner sehr schnell. In der Tür fiel ihm noch etwas ein. »Was sagen Sie denn eigentlich zu dem Vorwurf, Gabriel sei von seinem Mathelehrer vor der ganzen Klasse lächerlich gemacht worden und deshalb von zu Hause weggelaufen?«

»Ach, kommen Sie. Auf die Anschuldigungen dieser Schmierer, die sich hinter irgendwelchen Pseudonymen verstecken, muss ich wirklich nicht reagieren. Alles nur Verleumdungen. Kein Wort davon ist wahr.«

»Und die Baumschule, auf die Ihr werter Kollege Gabriel Tanner gewünscht haben soll?«

»Dann hat der Kollege eben mal einen Spaß gemacht. Ist das heutzutage etwa verboten?«

Ohne zu antworten, riss Meißner die Tür auf, begierig, den warmen, schlecht belüfteten Raum verlassen zu dürfen.

»Er hat gesagt, dass er am Abend vom Golfclub nach Hause gefahren ist und auf der regennassen Fahrbahn die Kontrolle über sein Auto verloren hat. Soll ich für dich noch einmal von vorn anfangen, oder bist du geistig bei uns, Stefan?«, fragte Marlu.

»Welcher Golfplatz?«, fragte Kommissar Meißner zurück.

»Gerolfing.«

Holler pfiff durch die Zähne. »Die Gerolfingerstraße verläuft ungefähr zwei Kilometer nördlich vom Stausee.«

»Er sagt, dass er von der Straße abgekommen und im Straßengraben gelandet ist, aus dem er nicht von selbst wieder herauskam«, fuhr Marlu fort.

»Warum hat er nicht die Polizei angerufen?«, fragte Meißner.

»Er hatte wohl im Golfclub zu viel getrunken. Statt die Polizei hat er seine Frau angerufen, die ihn noch in der Nacht wieder herausgezogen hat.«

»Ach, für eine Bergung war er dann also nicht zu betrunken.«

»Am nächsten Tag hat er bei seiner Werkstatt angerufen. Einer der Angestellten hat den Wagen abgeholt. Der Werkstattbesitzer bestätigt das, auch den Unfallhergang, soweit er ihn beurteilen kann. Der Fahrer des Wagens wohnt übrigens auch im Westen, an der Ringstraße.«

»Warst du schon bei ihm?«

»Nein, aber ich bin in einer Stunde mit seiner Frau in ihrer Werbeagentur verabredet.«

»Sonst noch was?«, wollte Meißner wissen.

»An dem Morgen, an dem Gabriel gefunden wurde, ist noch ein Unfallschaden bei einer Werkstatt eingegangen, von dem die Kollegen von der Verkehrspolizei nichts mitbekommen haben. Ein Wildschaden. Der Fahrer des Wagens ist Arzt in einer Privatklinik in Neuburg. Ich habe schon mit ihm gesprochen. Er sagt, dass ihm am Abend, als er von der Arbeit nach Hause fuhr, bei Mühlhausen ein Reh ins Auto gelaufen ist. Er hat das Tier mit dem Kühler erwischt. Blechschaden. Er konnte weiterfahren und hat den Wagen vor seiner Werkstatt abgestellt. Dann ist er zu Fuß nach Hause gegangen. Er wohnt in Haunwöhr, gar nicht weit entfernt von den Tanners.«

»Hast du mit dem Revierjäger auch schon gesprochen?«, fragte Meißner sie.

»Er hat bis heute kein verletztes oder verendetes Tier gefunden. Allerdings kann es auch in ein anderes Revier übergewechselt sein.«

»Gibt es denn an dieser Strecke öfter Wildunfälle?«

»Nicht oft, sagt er, aber manchmal passieren sie eben doch.«

»Schau dir das Auto von dem Arzt mal an. Hast du mit ihm persönlich gesprochen?«

»Nein, nur telefonisch. Soll ich hinfahren?«

»Schaden kann's jedenfalls nicht. Sonst noch was?«

»Ein Auffahrunfall in der Innenstadt, aber der kommt für uns nicht in Frage.«

ZEHN

Er sah sich um, hoffte, dass so früh am Morgen noch keiner von den Rentnern draußen in der Schrebergartenanlage arbeitete. In der Gaststätte am Eingang zur Anlage lehnten hässliche grüne Plastikstühle an den Tischen. Der Kies knirschte unter Wolfs schwarzen Chucks. Irgendwo werkelte doch schon jemand in seinem Garten herum. Er hörte, wie Wasser in eine Gießkanne schoss, und weiter hinten, wo es zu den Bahngleisen ging, stand eine Klappleiter an der Ligusterhecke. Er steckte den Schlüssel ins Türschloss und versuchte möglichst leise aufzusperren. Er lauschte. Nichts. Für einen Moment dachte er, sie wären weg. Seine Augen mussten sich erst an das Halbdunkel des Raumes gewöhnen. Alles sah so aus, wie er es am Abend zuvor verlassen hatte. Die Fenster waren geschlossen, und die Holzläden schnitten das Morgenlicht in dünne Scheiben. Rasch verschaffte er sich einen Überblick. Die Wohnküche war der einzige Raum in der Laube. Er war schon so oft hier gewesen, er brauchte kaum Licht, um sich zurechtzufinden.

Wolf füllte Wasser in den Kocher und holte eine Bäckertüte mit frischen Brezen aus seiner Tasche. Er goss die Früchteteebeutel auf und kramte im Geschirrschrank nach sauberen Tassen. Er hatte einen Plan.

»Und jetzt?«, fragte Fischer.

»Und jetzt haben wir einen Toten, eine Brandstiftung und eine anonyme Website«, antwortete Marlu. »Oder haben wir es bei dem Brandstifter und den Website-Bastlern mit denselben Personen zu tun?«

»Du meinst, es sind Schüler vom Gymnasium? Diese ›Chronik der laufenden Ereignisse‹ muss jemand jedenfalls schon seit längerer Zeit führen. So etwas kann niemand über Nacht recherchieren. Da hat einer sauber Buch geführt, über mehrere Schuljahre hinweg, und macht es jetzt öffentlich.«

Meißner wanderte vor der Fensterfront auf und ab wie ein eingesperrtes Raubtier.

»Außerdem hat jemand angefangen Rabatz zu machen und hat das Feuer gelegt. Zur gleichen Zeit hat dann dieser Jemand oder eben andere Personen, die auch etwas mitteilen und die Situation für ihre Botschaft nutzen wollten, ihr Material veröffentlicht.«

»Das reicht, um von der Schule zu fliegen«, sagte Meißner mehr zum Fenster hinaus als zu seinen Kollegen.

»Für den Brandstifter allemal«, meinte Fischer. »Es sei denn, er ist noch sehr jung. Dann gilt vielleicht Gnade vor Recht.«

»Gnade?«, wiederholte Meißner ungläubig. »So ein schönes altes Wort. Und das aus deinem Mund, Fischer.«

»Das sagt man doch so, oder?«, rechtfertigte sich Fischer, der unsicher war, ob sein Chef sich über ihn lustig machte.

»Na, dann fahren wir eben noch einmal zu den Gefährten und schauen, ob sie irgendwie mit drinstecken oder zumindest wissen, was da gerade abläuft. Du hast doch beim ersten Mal ihre Personalien aufgenommen, Elmar?«

Fischer klopfte mit zwei Fingern auf sein Notizbuch mit dem glänzend blauen Kunstledereinband, das die Brusttasche seines figurbetont geschnittenen Hemdes fast sprengte.

»Ich kümmere mich derweil um die beiden Unfälle. Ich fahre zu der Ehefrau des Golfers, der mit der Werbeagentur, und anschließend vielleicht noch in die Klinik«, sagte Marlu.

Alle schauten Holler an.

»Ja, ja, ich weiß schon«, sagte der. »Ich muss mir nur noch eine geniale Strategie zurechtbasteln, dann lege ich sofort los.«

Meißner war schon an der Tür, als er hörte, wie Fischer noch etwas zu Holler sagte und beide Männer leise lachten. Er war froh, dass es ihn nicht mehr interessierte, worüber sie lachten.

»Bei wem fangen wir an, bei dem Ältesten?«, fragte Meißner.

»Daniel Bergmeister, Lindberghstraße 13. Das ist auch draußen in Haunwöhr.«

Fischer und Meißner umfuhren die Altstadt auf der Nördlichen und Westlichen Ringstraße und überquerten auf der Glacisbrücke erst die Donau und dann den Luitpoldpark. Meißner wollte anschließend die Münchener Straße nehmen, aber das Navi schlug die Haunwöhrerstraße vor.

In der Lindberghstraße angekommen klingelten sie bei Bergmeister im dritten Stock eines Mietshauses aus den siebziger Jahren, dessen Fassade gerade renoviert wurde. Niemand öffnete. Fischer hatte sich die Handynummer des Jungen notiert und rief ihn an.

»Nur die Voicebox«, sagte er. »Das Handy ist vielleicht ausgeschaltet.«

Sie klingelten noch einmal, als ein Mann im braunen Lederblouson aus einem Auto stieg, auf den Hauseingang zuging und einen Schlüssel aus der Tasche zog.

»Kennen Sie die Familie Bergmeister? Sie wohnen hier im Haus«, fragte Fischer und zückte seinen Dienstausweis.

Der Mann nickte.

»Wir wollten mit Daniel oder seinem Vater sprechen.«

»Der Vater ist entweder auf Arbeit oder schläft. Arbeitet bei Audi Schicht. Wenn er schläft, ist meistens die Klingel abgestellt.« Der Mann sperrte die Tür auf und ging ins Haus.

Während Fischer versuchte, die Handynummer von Daniels Vater herauszufinden, fuhren sie zur Adresse des zweiten Gefährten in die Osnabrücker Straße. Pero Antic war selbst nicht zu Hause, dafür aber seine ältere Schwester. Sie trug eine sehr hüftig sitzende Gymnastikhose und ein knappes pinkfarbenes Top. Zwischen Dekolleté und Saum waren nicht mehr als zwanzig Zentimeter Stoff.

»Weiß nicht, wo er sich rumtreibt«, sagte sie. »Wollte zu Philipp und Daniel.«

»Haben Sie seine Handynummer?«, fragte Meißner.

Sie zog ein superflaches Handy aus der Gesäßtasche und switchte auf dem Touchscreen hin und her. Ihre Fingernägel waren lila und rosa kariert.

Meißner wartete. Von irgendwoher drang plötzlich Musik. Die Melodie kam ihm bekannt vor. Das Mädchen verschwand in einem Zimmer und kam mit Peros Handy zurück, das noch immer dieselbe Melodie von sich gab.

»Mission Impossible«, klärte sie den Kommissar auf. »Kann man sich als Klingelton herunterladen.«

»Und das Handy?«

»Ist von Pero. Hat er zu Hause vergessen.«

»Konntest du Daniels Vater erreichen?«

Fischer lehnte an der Tür von Meißners Audi. »Ja, aber er weiß nicht, wo Daniel steckt. Er steht seit sieben Uhr in der Werkshalle.«

»Dann weiß er wohl auch nicht, ob Daniel heute überhaupt zur Schule gegangen ist?«

»Nicht wirklich, nein.«

Philipp Kardenstein, der dritte der Gefährten, wohnte in einem Reihenhaus in der Mulzerstraße. Seine Mutter war zu Hause und gerade dabei, die Topfpflanzen vor dem Haus zu gießen. Sie hatte gestern mit dem Abendessen auf Philipp gewartet, doch der war nicht nach Hause gekommen.

»Er hat bei seinem Freund übernachtet«, sagte sie.

»Bei Daniel Bergmeister?«

Sie nickte. »Philipp hat angerufen. Sie wollten noch zusammen am Computer spielen«, sagte sie. Daniel war Philipps bester Freund. »Wenn Herr Bergmeister Schichtdienst hat, dann ist Daniel abends allein. Philipp übernachtet öfter bei ihm, am Morgen gehen sie dann zusammen in die Schule. Daniel ist ja schon ein großer Junge, der passt auf. Er ist ein Stück älter als Philipp. Ist vom Gymnasium wieder auf die Hauptschule zurück. Das war in der Zeit, als seine Mutter so krank war. Das stecken die Kinder ja nicht so leicht weg.«

Frau Kardenstein sah von Meißner zu Fischer. Wussten die Kommissare etwas, was sie nicht wusste? »Und jetzt, seit Gabriel verschwunden … Seit Gabriel … Die beiden brauchen einander. Sie meinen doch nicht …?«

Sie strich unentwegt ihren Rock glatt, während sie sprach. Als könnte sie ihre Hände nicht stillhalten. Meißner machte die immer gleiche Bewegung ganz verrückt.

»Ist denn Daniel gestern auch nicht heimgekommen?«, fragte Frau Kardenstein nun schon ängstlicher. »Sie meinen doch nicht, dass den beiden etwas passiert ist? Die sind doch zu zweit, was sollte denn da schon passieren?«

Die beiden Polizisten wussten keine Antwort.

»Der Daniel«, sprach Frau Kardenstein einfach weiter wie ein Automat, »hat schon viel mitgemacht. Vor zwei Jahren ist seine Mama gestorben. Hautkrebs. Das war sehr schlimm für die ganze Familie. Daniel hat sehr gelitten. Herr Bergmeister genauso. Wie soll ein Mann das auch alles allein hinbekommen, wenn er zudem noch Schicht arbeitet. Er kann sich ja nicht um alles kümmern.«

Sie zupfte noch immer an ihrem Rock, zwang sich dann aber, damit aufzuhören, und verschränkte die Arme vor dem Körper.

»Aber unsere Jungs sind doch vernünftig und brav, die tun nichts Unrechtes. Und Daniel ist doch schon fast fünfzehn. Der könnte eigentlich auf die Realschule gehen. Er ist geistig viel weiter als die anderen. Unser Philipp, der braucht für alles immer ein bisschen länger. Er ist nicht dumm, das können Sie mir glauben, aber er braucht eben länger. So war er schon als Baby, so bedächtig beim Sprechen und vorsichtig in seiner ganzen Art. Und so ist er auch geblieben. Es sind doch nicht alle Kinder gleich, das wär ja auch nicht schön, oder?«

Meißner versuchte aus dem von Furcht angetriebenen Redeschwall die Fakten herauszufiltern. Philipps Mutter wusste also derzeit nicht, wo sich die beiden Jungs aufhielten. Fest stand nur, dass sie die Nacht nicht hier, in diesem Haus, verbracht hatten.

»Ruf doch noch einmal bei Daniels Vater an«, wandte sich Meißner an Elmar Fischer.

»Aber das hätte er mir doch gesagt, wenn Daniel nachts nicht zu Hause gewesen wäre«, meinte Fischer.

»Und wenn er es gar nicht bemerkt hat?«

Fischer zuckte mit den Schultern.

»Wir wissen ja nicht einmal, ob die beiden heute in der Schule waren. Ruf mal im Sekretariat an.«

Fischer ging zum Telefonieren hinaus.

Philipps Mutter monologisierte noch immer. Der Kommissar hörte gar nicht mehr genau hin. Die Satzfetzen, die ihn noch erreichten, waren dieselben, die er vor ein paar Minuten schon einmal gehört hatte.

Fischer kam zurück. »Herr Bergmeister hat gedacht, Daniel würde bei Philipp übernachten.«

»Er hat uns also nicht gesagt, dass Daniel die Nacht gar nicht zu Hause verbracht hat?«, fragte Meißner.

»Er meinte, ich hätte ihn ja nicht danach gefragt.«

»Macht der sich eigentlich überhaupt keine Sorgen um seinen Sohn?«

»Er sagt, er muss halt arbeiten. Wenn er seine Arbeit verliert, wird alles noch schlimmer. Er meint, die zwei Jungen werden schon wieder auftauchen. Von dem Brand in der Tiefgarage vom Tilly hatte er noch gar nichts mitbekommen.«

»Aber dass Gabriel Tanner tot ist, das weiß er schon, oder?«

»Die beiden waren übrigens heute auch nicht in der Schule. Ich habe gerade mit ihrem Klassenlehrer gesprochen, einem Herrn Landenberg. Keiner von beiden ist heute aufgetaucht.«

Das hieß, dass die beiden Jungen also eigentlich schon seit dem Vortag verschwunden waren.

»Wann haben Sie Philipp zuletzt gesehen?«, fragte Meißner Frau Kardenstein, die jetzt begonnen hatte, den Fußabstreifer gegen die Hausmauer zu schlagen.

»So gegen sechs«, sagte sie und hielt inne.

»Bleib du jetzt mal hier bei Frau Kardenstein«, wandte sich der Kommissar an seinen Kollegen. »Sie scheint mir kurz vor einem Nervenzusammenbruch zu stehen. Ich kümmere mich darum, dass sie professionelle Hilfe bekommt. Aber bis jemand von den Betreuern eintrifft, bleibst du bei ihr, okay?«

»Und was soll ich hier mit ihr anfangen?«, fragte Fischer hilflos.

»Ihr einfach zuhören«, sagte Meißner. »Lass sie reden. So lange, bis jemand kommt, der übernimmt. Du schaffst das schon.«

Der Kommissar klopfte ihm auf die Schulter. Man sah es Fischer an, dass er sich nicht gerade um die Aufgabe riss. Sogar einen Bericht hätte er jetzt lieber geschrieben, als hier mit dieser völlig verängstigten Mutter ausharren zu müssen.

Beim Wegfahren sah Meißner im Rückspiegel, wie Frau Kardenstein eine Schale mit Geranien am Hauseingang goss. Das Wasser lief bereits oben aus dem Topf und setzte den Eingang unter Wasser. Nichtsdestotrotz leerte sie den gesamten Inhalt der Kanne über den Blumen aus. Einen Augenblick lang glaubte der Kommissar, Fischer würde sie gleich fragen, ob Geranien wirklich so viel Wasser bräuchten. Meißner gab Gas und rief beim Kriseninterventionsteam an. Irgendjemand musste kommen, um den überforderten Kollegen abzulösen.

Die zwei Hauptschüler waren also verschwunden. Hatten sie den Brand gelegt? Verdächtig machten sie sich auf jeden Fall damit, dass sie nicht aufzufinden waren. Oder steckte möglicherweise etwas ganz anderes dahinter? Aber was?

Meißner saß in seinem Wagen und überlegte. Sie standen noch ganz am Anfang ihrer Ermittlungen zum Tod von Gabriel Tanner, und jetzt waren zwei seiner besten Freunde verschwunden, am Tilly-Gymnasium war ein Feuer gelegt worden, und irgendwelche anonymen Rächer denunzierten die Schule als Schuldige am Tod mehrerer Schüler. Was war auf einmal los in dieser kleinen Großstadt? Und wenn die beiden Jungen etwas mit Gabriels Tod zu tun hatten und sich deshalb versteckt hielten? Meißner rief Marlu an, erreichte aber nur ihre Mailbox. Wahrscheinlich war sie noch in dieser Privatklinik. Und wenn sie sich gar nicht versteckt hielten, sondern vielleicht in die Gewalt von jemandem geraten waren? Von jemandem, der etwas mit Gabriels Tod zu tun hatte oder sogar daran schuld war? Meißner biss sich auf die Unterlippe. Eine schlechte Angewohnheit, die er eigentlich längst aufgegeben hatte. Wenn bekannt würde, dass schon wieder zwei Kinder verschwunden waren, könnte das Panik und Hysterie unter den Ingolstädtern auslösen. Die Presse lag sowieso schon auf der Lauer. Konnten sie die neue Entwicklung vielleicht geheim halten? Meißner versuchte es erneut bei Marlu. Wieder nur die Ansage ihrer Nummer und der Pieps. Wieder legte er auf.

ELF

»Wenn der Täter ein Pädophiler ist, dann müsste sich seine Orientierung auch in seinem Charakter und seinem alltäglichen Verhalten äußern«, sagte Dr. Klausmann.

»Sie meinen, sie würde in seinem Umfeld nicht unbemerkt bleiben? Aber es gibt doch so viele Fälle, bei denen hinterher Familie und Freunde aus allen Wolken fallen, weil sie nie etwas geahnt, sich nie etwas in der Richtung gedacht haben.«

»Ja, weil diese Leute oft nichts ahnen wollen, weil sie gar nicht genau hinschauen wollen.

»Aber wieso sollten Mütter und Väter nicht genau hinschauen, wenn es um ihre Kinder geht? Das ist doch das Normalste der Welt, dass man wissen will, wer den Sohn oder die Tochter betreut und mit wem er oder sie Umgang hat.«

»Ja, das meinen Sie, Herr Holler. Tatsächlich aber ist es so, dass viele Eltern einfach nur froh sind, dass sie jemanden gefunden haben, der auf ihr Kind aufpasst, es von der Schule abholt, der dafür sorgt, dass es etwas zu essen bekommt und seine Hausaufgaben macht. Jemanden, der ihr Kind mal mit ins Schwimmbad oder zum Eisessen nimmt. Sie sind darüber so froh und erleichtert, dass sie das Motiv derjenigen Person gar nicht hinterfragen. Es darf einfach nicht sein, dass mit dem netten Nachbarn, dem Schwimmtrainer oder dem Nachhilfelehrer etwas nicht stimmt, denn sonst müsste man ja mit der Suche nach einer Betreuungsperson wieder von vorn anfangen. Und bei der müsste man dann noch genauer beobachten, nachfragen und nachbohren. Es ist die Zeit, die den Leuten fehlt, und nicht zuletzt auch das Geld. Sie schütteln den Kopf, Herr Holler, aber das ist eine ziemlich vertrackte Sache. Haben Sie Kinder?«

Holler nickte.

»Und wer kümmert sich um sie?«

»Meine Frau.«

»Das ist schön, da können Sie froh sein, dass Sie sich diesen Luxus leisten können«, sagte Dr. Klausmann. »Wissen Sie, wie viele

Alleinerziehende wir hier in Ingolstadt haben? Aber ich komme vom Hundertsten ins Tausendste, Sie wollten ja etwas über Pädophile wissen.«

»Genau«, sagte Holler, »wir haben es nämlich ein bisschen eilig.«

»Schon gut. Also, natürlich gibt es Orte, an denen Pädophile sich bevorzugt aufhalten.«

»Schwimmbäder, Kinderspielplätze und so etwas?«

»Grundsätzlich jeder Ort, der eine Möglichkeit bietet, mit Kindern in Kontakt zu kommen. Sportgruppen, Jugendgruppen, Ferienlager, Läden für Computerspiele und natürlich auch das Internet mit seinen Chats und Foren.«

»Und wo soll ich da anfangen zu suchen?«

»Es gibt hier keine Pädophilenszene, wie es Szenen für Schwule, für Lesben, Swinger und Sadomaso gibt, wenn Sie darauf hinauswollen.«

Holler winkte erschrocken ab.

»Nein«, fuhr Dr. Klausmann fort, »eher sind das Einzelpersonen beziehungsweise Einzeltäter, wenn es überhaupt je zu einer Tat kommt. Bei den allermeisten Pädophilen gibt es nämlich nie irgendwelche Übergriffe. Die Medien vermitteln hier ein falsches Bild. Die Neigung ist da, ja, aber die meisten dieser Personen haben sich unter Kontrolle. Und bei der Polizei oder über das Jugendamt erhält man sowieso nur Daten über bereits aktenkundig gewordene Täter oder Verdächtige.«

Sie fuhr sich mit der Hand durch das schulterlange rote Haar. Ihre Augen waren grünbraun. »Auf der überregionalen, anonymen Ebene gibt es natürlich schon eine Szene. Da geht es um Kinderpornografie, um Kinderhandel, Missbrauch und all das. Nicht schön, wenn Sie sich da umsehen müssen. Aber in dem Fall von Gabriel Tanner haben Sie ja eigentlich, wenn ich Sie richtig verstanden habe, nur einen vagen Verdacht, keinerlei Anhaltspunkte. Trotzdem spielt das Thema Missbrauch natürlich immer eine gewisse Rolle in der Verbrechensaufklärung, wenn das Opfer ein Kind ist.«

»Haben Sie Kinder?«, fragte Holler.

»Ja, eine Tochter. Sie ist zwölf. Sie müsste gerade … Moment«, die Psychologin sah auf ihre Armbanduhr, »sie müsste gerade bei ihrem Saxofonlehrer sein, in circa fünfzehn Minuten die Musikschule verlassen und dann mit dem Stadtbus nach Hause fahren.«

Holler räusperte sich. »Wo sollte ich also ansetzen? Ich kann ja nicht alle Spielplätze, Schwimmbäder und Sportvereine abklappern.«

»Der Schlüssel dazu liegt bei Gabriel. Sie müssen mehr über ihn erfahren. Was war er für ein Junge, was für Interessen hatte er? Was hat er in seiner Freizeit gemacht? Wovon hat er geträumt? Mit wem war er zusammen? Wohin ist er gegangen, wenn er traurig war, wenn er allein sein wollte, wenn er Stress mit seinen Eltern hatte, Ärger mit seinen Freunden oder in der Schule? Welche Kontakte hatte er außer der Familie und seinen Freunden noch? Darin liegt der Schlüssel, wenn es denn überhaupt einen gibt.«

Holler kam mit dem Mitschreiben kaum noch nach. Obwohl er wahrscheinlich der letzte Polizeibeamte Ingolstadts, wenn nicht gar Oberbayerns oder Deutschlands, war, der Steno schreiben und lesen konnte. Zumindest, wenn es sein eigenes Steno war.

»Wenn er nur noch leben würde und ich ihn das alles selbst fragen könnte!«, seufzte er.

Holler überlegte, mit wem er über Gabriel reden könnte, als er die Beratungsstelle verließ. Zuerst fiel ihm natürlich Gabriels Mutter ein, aber er wusste, dass er das jetzt nicht packen würde, sie so kurz nachdem ihr einziges Kind gestorben war auszufragen. Nein, diese Möglichkeit schied aus.

Die Freunde von Gabriel? Er versuchte Fischer im Büro zu erreichen und wurde auf sein Handy umgeleitet.

»Gut, dass du dich meldest, Holler. Warte mal.« Holler hörte Kies unter Sohlen knirschen. »So, da bin ich wieder. Zwei von Gabriels Freunden sind seit gestern Abend verschwunden, und der dritte ist gerade auch nicht aufzufinden. Sein Handy hat er zu Hause liegen lassen. Kannst du bei ihm noch einmal vorbeifahren? Er heißt Pero Antic, wohnt in der Osnabrücker Straße. Was das alles bedeutet, wissen wir noch nicht, aber die Verschwundenen sind jetzt dringend als Brandstifter verdächtig. Alles verstanden? Ich muss dann hier weitermachen.«

»Womit denn überhaupt?«, wollte Holler wissen.

»Äh, mit Zuhören«, sagte Fischer und legte auf.

Als Holler auflegte, rief Meißner ihn an und schickte ihn zurück zur Psychologin. Er sollte sie zu Philipps Mutter bringen, da von der Krisenintervention niemand abkömmlich war. Dass er noch einmal zu Frau Dr. Klausmann musste, war Holler nicht unangenehm. Aber er ahnte, dass er wieder spät aus dem Dienst kommen würde. Am besten rief er gleich daheim an und bereitete seine Frau schonend darauf vor, dass er heute Abend doch nicht mit zu dieser Lesung gehen könnte, zu der sie ihn mitschleppen wollte. Es sollte eine Krimilesung werden, deshalb war sie überhaupt erst auf die Idee gekommen, ihn mitzunehmen. Es war Holler gar nicht so unrecht, dass er nun keine Zeit hatte. Aber sagen musste er es ihr rechtzeitig, damit sie wenigstens noch eine Freundin als Begleitung organisieren konnte.

»Und wer soll diesen Pero Mladic jetzt auftreiben?«, fragte er den Hauptkommissar.

»Antic, nicht Mladic«, sagte Meißner. »Das übernehme ich.«

ZWÖLF

»Wenn einer tot ist, dann bleibt alles, wie es ist, wie es war, für alle Zeiten. Wenn der Tote ein Held war, bleibt er für immer ein Held. Und wehe, jemand wagt es, an diesem Bild etwas zu korrigieren. Die Trauer erstickt alle anderen Gefühle. Man darf keine Wut mehr empfinden, keine Eifersucht. Nur schuldig darf man sein. Immer nur schuldig. Kennen Sie das, Schwester? Nein, Sie kennen das nicht. Das sehe ich Ihnen an. Aber seien Sie froh. Die Schuld ist ein Versteck, das keinen Schutz bietet. Man kann sich darin einrichten, aber man findet schlecht wieder heraus. Verstehen Sie? Natürlich habe ich mich gefragt, ob das der Grund war, weshalb ich diesen Beruf ergriffen habe, und ob es die richtige Entscheidung war.«

»Aber natürlich war es das«, sagte sie.

»Ich denke, ich hatte gar keine andere Wahl. Und deshalb war es auch richtig. Meine Arbeit gibt mir ja auch Trost. Beruflich hat bei mir immer alles geklappt. Sonst habe ich ja vieles verbockt im Leben, aber mit meiner Arbeit habe ich meinen Platz gefunden. Ich funktioniere, ich genieße ein gewisses Ansehen, und ich werde sogar gemocht, ja, auch das. Hätte ich meine Arbeit nicht, dann wäre ich verloren, Schwester. Nein, ich übertreibe nicht. Es ist, als wäre mein Beruf die einzige Wurzel, die mich im Leben verankert. Ja, ich weiß, ich muss rüber ins Sprechzimmer. Die Eltern von Ronny sind da. Ist gut. Nein, bleiben Sie. Ich geh schon.«

»Rosner, Kripo Ingolstadt. Ist Dr. Kuttner da?«

»Da müsste ich oben in der Station nachfragen.«

Die Dame an der Pforte platzte fast vor Neugier, nachdem sie Marlus Dienstausweis gesehen hatte, beherrschte sich aber und rief in der Station an.

»Dr. Kuttner ist schon weg. Er hatte heute Frühdienst«, sagte sie.

»Dann geben Sie mir doch bitte seine Adresse und die private Telefonnummer.«

»Ich weiß nicht, ob ich das überhaupt darf.«

»Sie dürfen. Aber wenn Sie sich nicht sicher sind, dann fragen Sie doch Ihren Vorgesetzten. Nur zu.«

»Nein, nein, schon gut.« Sie rief die Daten auf und notierte sie auf einen Zettel.

Marlu fuhr trotzdem hinauf in den dritten Stock, zur Station. »Psychosomatik« stand an der Glastür, die automatisch aufschwang.

Eine Krankenschwester blätterte im Dienstkalender am Eingang zum Schwesternzimmer. Sie war auffallend groß, bestimmt über eins achtzig, ihr Gesicht wirkte großflächig und knochig. Die Haut spannte sich glatt über ihre hohen Wangenknochen. Mit den graublauen, weit auseinanderstehenden Augen erschien ihr Gesicht fremd und herb. Sie blickte auf.

»Frau Baumgartner von der Pforte hat mir schon gesagt, dass Sie zu Dr. Kuttner wollen. Er ist nicht mehr da. Ich weiß nicht, wie ich ... Oh, verzeihen Sie, ich bin Schwester Izabela.«

»Rosner, Kripo Ingolstadt, hallo. Arbeiten Sie schon lange hier?«

»Auf dieser Station? Drei Jahre. Vorher war ich drüben in der Gynäkologie und Geburtshilfe. Bei den Babys.« Sie lächelte, als wäre das eine besondere Auszeichnung oder als hätte sie schöne Erinnerungen an die Zeit.

»Welche Patienten werden in der Klinik behandelt? Ich meine, welche Krankheiten?«, fragte Marlu.

»Wir haben eine Ambulanz, eine intensivmedizinische Abteilung, eine psychosomatische, ein interdisziplinäres Schmerzzentrum, die Anästhesie und die Intensivmedizin, dann noch die Innere, hm, bestimmt habe ich etwas vergessen.«

»Und auf dieser Station?«

»Eine große Patientengruppe sind bei uns Jugendliche mit Essstörungen: Bulimie, Anorexie, auch das Gegenteil, Adipositas. Alles, was es in dem Bereich gibt.«

»Sind das viele Kinder, die mit Essstörungen hierherkommen?«

»Oh, ja. Wir können sie gar nicht alle aufnehmen.«

»Sind Sie so überbelegt? Aber wenn jemand krank ist, dann braucht er doch Hilfe. Müssen Sie ihn dann nicht aufnehmen?«

»Wenn die Krankheit lebensbedrohlich ist, dann schon. Aber ansonsten müssen die Kinder selbst wollen und bereit sein für eine Behandlung. Wenn eine Mutter ihre Tochter herbringt, weil sie denkt, dass sie zu dünn wäre, die Tochter aber meint, sie müsste noch mindestens fünf Kilo abnehmen, um auszusehen wie Heidi Klum, dann haben wir keine Chance. Das Mädchen wird sich hier genauso verhalten wie zu Hause: essen und dann aufs Klo gehen, um sich zu erbrechen. Sie verstehen?«

»Aber wenn diese Jugendlichen selbst erst dann wollen, wenn sie schon fast am Verhungern sind?«

»Dann kommen sie mit dem Sanka, und wir ernähren sie künstlich. Aber das heißt leider nicht, dass wir mit dieser Methode auf Dauer Erfolg haben.«

»Und Dr. Kuttner ist schon lange auf dieser Station?«

»Ich glaube, schon viele Jahre.«

»Stammt der Doktor denn aus Neuburg oder Ingolstadt?«

»Nein, aus dem Baltikum. Aus Litauen, meiner Heimat.«

»Dann kennen Sie sich also näher, wenn Sie Landsleute sind?«

»Nein, das kann man so nicht sagen. Der Doktor kann kein Litauisch mehr. Seine Eltern kamen von dort, er selbst ist nie dort gewesen, er kennt das Land überhaupt nicht. Genauso wenig wie die Sprache. Wir unterhalten uns auf Deutsch, in seiner Muttersprache.«

»Und was ist er für ein Mensch, der Doktor?« Schon als sie die Frage stellte, fiel Marlu auf, wie blöd sie klang. Die Schwester sah sie prompt misstrauisch an.

»Ein Mensch? Wieso wollen Sie das wissen? Ist irgendetwas mit Dr. Kuttner? Warum fragen Sie überhaupt nach ihm?«

»Wussten Sie, dass er letzte Woche einen Unfall hatte?«

»Einen Unfall?«

»Ja, mit dem Auto.«

»Nein, er hat mir nichts erzählt. Aber es ist doch nichts Schlimmes passiert, oder? Er ist ja nach wie vor zum Dienst erschienen.«

»Nein, nein, es ist nicht viel passiert. Nur ein Blechschaden. Ein Reh ist ihm ins Auto gelaufen.«

»Ach so. Und deshalb sind Sie hier?«

Marlu nickte. Irgendwie stimmte es ja auch.

»Der Doktor lebt allein, nicht wahr?«

»Ich glaube.«

»Er hat keine Kinder?«

»Nein, aber er sagt immer: ›Ich habe ganz viele Kinder.‹ Sie schreiben ihm Briefe, wenn sie wieder zu Hause und gesund sind, und schicken ihm Fotos. Viele der Bilder haben wir hier aufgehängt, sehen Sie?«

Marlu schaute sich die zwei großen Pinnwände im Schwesternzimmer an, auf denen Fotos und Postkarten dicht nebeneinander hingen.

»Die Kinder und Jugendlichen mögen ihn?«

»Ja. Ist vielleicht gut, dass er keine Familie, aber dafür so viel Zeit für seine Patienten hat.«

Hinter ihnen ging die Tür zu einem Krankenzimmer auf. Eine attraktive Frau, brünett, mit schulterlangem Haar trat auf den Gang, ein Klemmbrett unter dem Arm, Stift in der Hand. Sie nickte kurz in Richtung Schwesternzimmer und ging dann in ihren auf lautlos gestellten Pumps mit schwingendem Schottenrock davon. Sie trug keinen Kittel.

»Ärztin?«, fragte Marlu.

»Psychologin«, antwortete die litauische Schwester. »Dr. Stella Bruni. Italienerin – wie man sieht.«

Marlu nickte. Sie hatte schon verstanden.

»Gut, vielen Dank, dann will ich Sie nicht länger von der Arbeit abhalten, Schwester …«

»Izabela. Auf Wiedersehen.«

DREIZEHN

Ein Jugendlicher verließ gerade das Mietshaus in der Osnabrücker Straße. Meißner bremste und sprang aus dem Wagen.

»Pero Antic?«

»Waren Sie vorhin bei meiner Schwester?«, fragte der Junge.

Meißner zog seinen Ausweis hervor. »Ich würde gern mit Ihnen reden.«

»Worüber denn? Ich weiß auch nicht, wo Philipp und Daniel sind, ehrlich. Ich suche sie doch selbst schon die ganze Zeit.«

»Meinen Sie, die beiden haben etwas mit dem Brand in der Tiefgarage vom Tilly-Gymnasium zu tun?«

»Nee, das glaub ich nicht. Das haben die Gymnasiasten schon selbst gemacht. Wenn wir mal was anzünden, dann schon unsere eigene Schule, oder?« Er grinste Meißner an. »Scherz, Mann«, sagte er.

»Haben Sie die beiden gestern Abend gesehen?«

Pero schüttelte den Kopf. »Hab gestern Stress mit meinem Vater gehabt. Der hat mich abends nicht mehr rausgelassen.«

»Und wo könnten die zwei jetzt sein?«

Pero schüttelte den Kopf. »Weiß ich nicht. Wenn ich es wüsste, wär ich längst bei ihnen. Ich hab echt keine Ahnung.«

»Aber sie müssen doch wissen, dass sie sich mit ihrem Verschwinden verdächtig machen.«

»Philipp und Daniel sind keine Brandstifter. Also echt nicht.«

»Haben die beiden etwas mit Gabriels Tod zu tun?«

»Wie kommen Sie denn darauf? Das ist doch Quatsch.«

»Und warum sind sie verschwunden?«

»Weiß ich doch nicht!«

»Ich würde gern mit Ihnen über Gabriel sprechen.«

Pero hatte die Schultern hochgezogen und beide Hände in den Jeanstaschen zu Fäusten geballt. Er wich dem Blick des Kommissars aus.

»Der ist tot, Mann. Hat da im Wasser gelegen. Ich muss immer an diese tote Bisamratte denken, die mich mal im Baggersee beim

Schwimmen gestreift hat. Steif war die wie ein Brett. Und kalt. In der Donau ist es doch scheißkalt.«

»Gabriels Tod geht dir ziemlich nahe. Darf ich Du sagen?«

Pero zuckte mit den Schultern. »Klar, kannst du machen, wie du magst. Mir macht es jedenfalls nichts aus, dich zu duzen.«

»Können wir uns hier irgendwo in Ruhe unterhalten?«

»Da vorn, am Dönerstand. Da gibt es ein paar Tische. Gehört meinen Freunden, Selim und Halima.«

Die Dönerbude stand auf dem Parkplatz eines Netto-Marktes. Davor war ein kleines Vorzelt mit zwei Stehtischen sowie einem runden Plastiktisch mit zwei Stühlen aufgebaut. Auf ihn steuerte Pero zu, nachdem er das junge türkische Ehepaar per Handschlag begrüßt hatte. Die Frau mit dem hellgelben Kopftuch war jung, sehr dünn und hatte rote Spülhände. Vielleicht von einem anderen Job, denn hier gab es nur Pappteller und Plastikbecher, die nach ihrer Benutzung in den riesigen blauen Müllsack wanderten, der am Zelteingang so viel Platz einnahm wie ein ganzer Tisch.

Halimas Mann trug Jeans und ein Adidas-Sweatshirt und war für das Fleisch am Spieß verantwortlich. Beide sahen den Kriminalkommissar an, wie man als Kleingewerbetreibende wohl einen Bullen oder Vertreter der Gewerbeaufsicht ansehen musste: misstrauisch und reserviert.

Pero trank Bier, Meißner eine Apfelsaftschorle. Der Junge kramte ein Päckchen Zigaretten aus der Tasche. »Für danach«, sagte er. »Was willst du denn über Gabriel wissen? War 'n feiner Kerl, bisschen naiv halt. Hat immer gedacht, wenn er niemandem was tut, tut ihm auch keiner was. Aber mit Bravsein kommt man heute halt nicht weit.«

»Wie hat Gabriel seine Freizeit verbracht? Was habt ihr miteinander unternommen?«

»Unternommen? Nicht viel. Was ist denn in Ingolstadt auch schon groß los?«

»Ich meine, was ihr am Nachmittag gemacht habt.«

»Mann, das Übliche halt. Bisschen Kicken auf dem Bolzplatz, im Sommer sind wir zum Baggersee gefahren, dann manchmal auch Kino, was man halt so macht. Aber Gabriel hatte eh nicht mehr viel Zeit am Nachmittag, seit er aufs Tilly ging. Musste Hausaufgaben machen und so. Außerdem ist er auch am Nachmittag oft in der Schule rumgehangen.«

»Warum? Ich dachte, er war kein so guter Schüler.«

»Nee, der hat dort auch nicht gelernt. Computerspiele und so was. Darauf ist der total abgefahren. Ist auch ständig in dem Laden in der Fußgängerzone gewesen, wo's die Spiele gibt. Oder mit dem Bus raus zum Media Markt gefahren. Nur leisten konnte er sich das Zeug meistens nicht.«

»Und wie kam er in der Schule an Computerspiele ran? Dürfen die Schüler damit einfach so spielen?«

»Na ja, eigentlich nicht, aber die haben da so Kurse, wo sie an Computern arbeiten. Und manchmal dürfen sie dann eben auch spielen. Nicht am Vormittag, im Unterricht, aber nachmittags, wenn sonst keiner mehr da ist. Hat er mir mal erzählt. Er war ganz verrückt danach. Hat gesagt, die haben supergeile Grafikkarten und megaschnelle Rechner mit eigener Standleitung, immer das neueste Zeug. Ich sollte es nicht weitererzählen. Er hat ein ziemliches Geheimnis drum gemacht, so als dürfe es nicht jeder wissen. Mir war das eh egal, Mann, ins Tilly komm ich sowieso nicht rein. Will ich auch gar nicht.«

»Und was sind das für Spiele, die Gabriel gern gemacht hat? Ballerspiele?«

»Du meinst Killerspiele, bei denen Blut rumspritzt und Gehirn an die Mauern patscht? Was anderes kennen die meisten Erwachsenen doch gar nicht. Aber wieso denkt ihr eigentlich, dass wir alle so geil auf diese Spiele sind? Das möchte ich echt mal wissen. Habt ihr so etwas vielleicht in eurer Jugend vermisst? Musstet ihr immer die Holzeisenbahn rumschieben, und dabei hättet ihr so gern gesehen, wie sie einem den Kopf wegpusten?«

»Mich kannst du damit nicht provozieren, Pero. Computerspiele gab's nicht vor den achtziger, neunziger Jahren, und da war meine Jugend definitiv schon vorbei. Ich hab nichts von alldem vermisst.«

»Dann hab ich mich eben in deinem Alter verschätzt, Mann. Schlimm?«

»Hat Gabriel die Ballerspiele nun gemocht oder nicht?«

»Klare Antwort: Nee. Die haben ihn nicht interessiert. Aber null. Gabriel war eigentlich der typische Gymnasiast. So im Prinzip, meine ich. Obwohl seine Freunde auf die Hauptschule gingen und die von seiner neuen Schule ihn nicht so richtig gemocht haben. Aber vom Typ her war Gabriel schon ein richtige Gymnasiast.«

»Was meinst du damit?«

»Na, er war halt einer, der viel gelesen und sich Sachen ausgedacht hat. Phantasie, verstehst du? Der hat den halben Tag in irgendeiner Welt verbracht, die er sich ausgedacht hatte und die nichts mit der Realität zu tun hatte. Nichts damit, wo und wer er wirklich war, wo er wohnte, wer seine Eltern waren und dass sein Vater keine Arbeit mehr hatte.«

Meißners Handy klingelte. Während er auf dem Parkplatz mit dem Kollegen Fischer telefonierte, ging der schlaksige Junge an den Tresen und holte sich noch ein Bier. Der Döner-Meister fragte ihn etwas und deutete auf Meißner. Als der Kommissar wieder zurückkam, war der Wirt damit beschäftigt, versprengte Fleischstücke zusammenzukratzen und in einer Alu-Schöpfkelle zu sammeln. Seine Frau wischte den Tresen mit einem nicht mehr taufrischen Lappen.

»Sind Philipp und Daniel wieder aufgetaucht?«, fragte Pero.

Meißner schüttelte den Kopf.

»Hast du keine Zeit mehr?«

»Ich muss zurück ins Präsidium.«

»Klar, Mann. Aber weißt du, das ist auch ein Problem von euch Erwachsenen. Ihr habt nie Zeit. Ihr fragt uns was, man erklärt es euch, aber ihr hört eigentlich nicht zu. Ihr schaut nur immer wieder auf die Uhr und haltet euer Handy in der Hand wie jemand, der am Verhungern ist, ein Stück Brot.«

Der Kommissar ließ sein Telefon in die Jackentasche gleiten und dachte, dass Hauptschüler viel besser waren als ihr Ruf.

»Also, Pero«, sagt er, »du hast mir gerade erzählt, dass Gabriel nachmittags öfter in der Schule war. Und zwar nicht zum Lernen, sondern zum Spielen. Und dass sich die Rechner in der Schule gut zum Spielen eignen, weil die super ausgestattet sind. Aber jetzt frage ich dich: Glaubst du wirklich, dass sich jeder Schüler einfach an einen PC setzen und stundenlang spielen kann? Ich glaube das nämlich nicht. Wenn es überhaupt PCs gibt, zu denen man freien Zugang hat, dann doch bestimmt nicht unbeaufsichtigt und mit Internet. Anders kann ich mir das einfach nicht vorstellen.«

»Wer hat denn was von frei zugänglich gesagt? Da hast du wieder nicht richtig zugehört. Das hab ich gar nicht behauptet. Gabriel hat mal gesagt, dass es da einen Lehrer an der Schule gibt, der die neuen Spiele besorgt, und ein paar Schüler dürfen sie anscheinend nach dem Unterricht manchmal spielen. Nicht jeder!«

»Und wieso gerade Gabriel? Er war kein überragender Schüler, wenn ich das richtig mitgekriegt habe, und vom Typ her war er eher schüchtern und zurückhaltend. War Gabriel denn so ein Computerfreak, ein halber Informatiker oder Programmierer? Kannte der sich so gut aus?«

Pero zuckte mit den Achseln. »Weiß ich nicht. Eher nicht.«

»Wie kam er also dazu?«

»Das weiß ich nicht, aber du bist doch von uns beiden der Kommissar, oder nicht? ... Zahlst du mein Bier?«, fragte er, als Meißner aufstand.

»Döner dazu?«, fragte der zurück.

»Gern«, sagte Pero.

Meißner beglich die Rechnung, und Pero ging nach draußen. Als der Kommissar in sein Auto stieg, sah er zu, wie Pero an seiner Zigarette sog, als wäre sie für lange Zeit die letzte. Er ließ das Seitenfenster herunter und reichte dem Jungen eine Karte mit seiner Telefonnummer.

»Ruf mich an, wenn du etwas von Daniel oder Philipp hörst.«

»Alles klar, Herr Kommissar«, sagte Pero, nahm die Karte und tippte sich an die Stirn. Dann schnippte er den Stummel seiner kroatischen Ronhill ins Gebüsch. Es war dieselbe Marke, die Meißners Schwager Ivan rauchte.

Auf dem Weg ins Präsidium rief er den Kollegen Holler an. »Frag doch mal bei Frau Tanner nach, ob sie etwas davon weiß, dass Gabriel nachmittags öfter in der Schule war. Oder lass von mir aus die Psychologin anrufen und sie danach fragen.«

»Frau Dr. Klausmann.«

»Wer?«

»Die rothaarige Psychologin mit den grünbraunen Augen. Du hast sie doch gesehen.«

»Ja, genau die.«

»Ich hab sie heute als Expertin befragt.«

»Und dabei hast du ihr wohl tief in die Augen geschaut?«

»Wohin hätte ich denn sonst schauen sollen? Ich bin übrigens gerade in der Beratungsstelle, in der sie arbeitet, um sie zu Frau Kardenstein zu bringen.«

Dr. Klausmann rief Meißner persönlich zurück, nachdem sie mit Gabriels Mutter gesprochen hatte.

»Sie sagt, sie habe gewusst, dass er nachmittags öfter in der Schule war. Sie dachte, er würde mit den Kameraden für Schulaufgaben lernen.«

»Hat die Mutter wirklich ›Kameraden‹ gesagt? Gabriel war doch in der Schule, nicht beim Militär.«

»So nennt man eben die, die dasselbe Schicksal teilen.«

»Ach so«, sagte Meißner. »Und wie geht es Frau Tanner Ihrer Meinung nach?«

»Wie es einer Mutter geht, deren Kind gestorben ist. Sie will einfach nur wissen, wie es passiert ist. Erst kommt das Begreifenwollen, später dann die Trauerarbeit. Sie ist für die nächsten Tage krankgeschrieben und wird so gut wie möglich versorgt.«

»Danke«, sagte der Kommissar und legte auf.

VIERZEHN

»Jetzt los, komm, wir hauen ab. Ich will nach Hause.«

»Warte, lass mich mal überlegen.«

»Was musst du da noch überlegen? Lass uns abhauen, bevor er zurückkommt.«

»Hast du etwa Schiss?«

»Ich will jetzt endlich heim. Ist doch alles scheiße, hat doch alles keinen Sinn.«

»Angsthase! Jetzt warte doch mal.«

»Wieso? Warum sollen wir noch hierbleiben? Wenn wir jetzt gehen, wird uns nicht viel passieren. Wir können uns bestimmt irgendwie rausreden. Damit, dass Gabriel gestorben ist und dass er unser bester Freund war oder so.«

»Jetzt brauchst du Gabriel also plötzlich als Ausrede, damit du möglichst heil aus der Sache wieder rauskommst? Kannst mich ja auch gleich hinhängen. Ich war's doch, nicht du. Du bist doch nur Schmiere gestanden. Das ist vielleicht gerade mal Beihilfe, und außerdem bist du noch nicht mal vierzehn. Wahrscheinlich tun sie dir eh nichts. Dann lauf halt heim zu deiner Mama, verpfeif mich, und sag den Bullen gleich, wo sie mich abholen können. Dafür kannst du ja dann wieder in deinem weichen Bett schlafen und kriegst von deiner Mama ein Glas warme Milch. Na los!«

»Und du? Bleibst du hier?«

»Nicht wenn du jetzt gehst. Dann finden sie mich ja gleich.«

»Aber ich sag keinem was, ehrlich.«

»Meinst du etwa, die wissen nicht, wie sie aus dir rauskriegen, wo du gewesen bist? Glaub bloß nicht, dass du schlauer bist als die. Wenn du jetzt heimgehst, dann kann ich mir ein neues Versteck suchen.«

»Ich erzähl denen bestimmt nichts.«

»Und was sagst du, wenn sie dich fragen, wo du die Nacht verbracht hast und warum du nicht nach Hause gekommen bist?«

»Ich ... Da fällt mir schon noch was ein.«

»Ja, prima, ganz bestimmt.«

»Dann sag ich eben gar nichts. Außerdem sucht dich dein Vater doch sicher auch schon.«

»Mein Alter? Quatsch. Der hat doch noch nicht einmal bemerkt, dass ich weg bin. Der muss arbeiten, schlafen, einkaufen und sich zwischendurch noch um seine Freundin kümmern.«

»Aber was willst du denn hier machen? Wie lange willst du denn noch hierbleiben? Wir können uns doch nicht ewig verstecken. Irgendwann müssen wir hier raus.«

»Sagen wir mal so: Ich bin jetzt einfach neugierig, wie es weitergeht.«

»Aber ich nicht! Was haben wir denn damit zu tun? Lass uns jetzt verschwinden, ich möchte wirklich heim.«

»Philipp, wir haben da was angestellt, was wir nicht mehr rückgängig machen können. Ich bin fast fünfzehn. Vielleicht schmeißen sie mich deshalb von der Schule. Ich hab was riskiert, verstehst du? Ich will jetzt nicht einfach heimgehen, von meinem Vater Prügel kassieren, den Platz in meiner Klasse räumen und dann irgendwo anders wieder neu anfangen, so als wär nichts gewesen. Hey, wir wollten doch was erreichen! Hast du das schon vergessen, bloß weil du jetzt Heimweh nach deiner Mami hast?«

»Jetzt sei nicht so gemein, Dani. Ich kann ja auch nichts dafür, dass deine Mama tot ist.«

»Also, ich geh jetzt noch nicht nach Hause. Und mir wär's lieber, du würdest auch noch bleiben.«

»Na gut, aber nicht mehr lange. Und dann gehst du auch mit?«

»Natürlich. Irgendwann gehen wir wieder nach Hause.«

»Bald?«

»Ja klar, bald.«

»Während wir also eigentlich untersuchen und aufklären wollten, wie Gabriel Tanner zu Tode gekommen ist«, leitete Meißner die Besprechung ein, »haben wir gestern Abend der Feuerwehr zusehen müssen, wie sie den Brand in der Tiefgarage des Tilly-Gymnasiums gelöscht hat. Und heute Mittag stellen wir fest, dass mit Daniel und Philipp zwei von Gabriels besten Freunden verschwunden sind. Vielleicht gibt es einen Zusammenhang zwischen dem Brand und dem Verschwinden der Jungen, aber bisher haben wir keine Beweise dafür. Für Frau Kardenstein, die Mutter von Philipp, stellt sich die Sache allerdings ganz anders dar. Sie bringt ihren Sohn natürlich nicht mit dem Brand in Verbindung, sondern kann nur noch daran denken, dass vor einigen Tagen sein Freund Gabriel verschwunden ist und dass wir Gabriel drei Tage später tot im Fluss gefunden haben. Sie hat Angst, dass ihrem Sohn etwas zugestoßen sein könnte. Czerny wird um fünf eine Pressekonferenz geben und die Öffentlichkeit über den Stand der Ermittlungen informieren. Was wir präsentieren können ist leider nicht besonders viel. Wenn die beiden Jungs bis dahin nicht wieder auftauchen, haben wir ein dickes Problem mehr, und der Druck der Öffentlichkeit auf uns wird gewaltig ansteigen.«

»Dass die zwei verschwunden sind, spricht für mich eindeutig dafür, dass sie etwas mit dem Brand zu tun haben. Wahrscheinlich sind sie selbst die Brandstifter. Wer soll's denn sonst gewesen sein?«, fragte Fischer. »Ihr Verschwinden ist ja fast schon ein Geständnis, findet ihr nicht auch?«

»Und die, die diese Homepage ins Netz gestellt haben, oder die, um die es dort geht? Denen die Schulkarriere verbaut wurde?«, wandte Marlu ein. »Hätten die nicht auch ein Motiv? So ein Feuer kann ja schon einen ziemlichen Schaden anrichten. Als Rache bietet sich so eine Aktion ganz gut an.«

»Du meinst als Ventil für Frust und Enttäuschung?«, fragte Meißner.

Marlu nickte.

»Aber warum sollten die beiden abhauen, wenn sie nichts angestellt haben?«, hakte Fischer wieder nach.

»Traut ihr diesen beiden Hauptschülern mit zwölf und vierzehn Jahren so eine Brandstiftung überhaupt zu?« Meißner sah seine Kollegen reihum an. »Das war kein kleines Feuer, ihr habt es mit eigenen Augen gesehen. Wir haben ja noch keine Ergebnisse aus der KTU, aber von der Anlage her würde ich darauf tippen, dass das weder ein Lausbubenstreich noch eine Zufallszündelei war.«

»Eher nicht«, sagte Fischer. »Nur mit Zündhölzern kriegt man eine Tiefgarage nicht zum Brennen. Aber bei all dem, was die Jugendlichen heute im Fernsehen und vor allem im Internet mitbekommen … Man darf sie nicht unterschätzen. Heutzutage bekommst du sogar Bauanleitungen für Sprengsätze im Netz. Jeder kann herausfinden, wie man sich einen Molotowcocktail mixt, wenn er nur will. Das wissen wir doch.«

»Also könnten sie's doch gewesen sein«, sagte Marlu. »Und jetzt halten sie sich irgendwo versteckt und trauen sich nicht nach Hause. Oder sie haben noch etwas anderes vor, weil der Brand nur der Auftakt war?«

»Wo könnten sie sich versteckt halten? Oder eher: bei wem?«, fragte Meißner.

»Du meinst, es könnten mehr als nur die zwei sein? Eine ganze Gruppe?«, fragte Marlu.

»Zumindest noch einer, der die beiden womöglich bei sich versteckt hält.«

»Aber wer sollte das sein? Denkst du an den Dritten, diesen Pero? Du hast doch mit ihm gesprochen, Stefan. Was sagt er denn?«

»Dass er nicht weiß, wo die beiden sind, und dass er nicht glaubt, dass sie den Brand gelegt haben.«

»Und? Lügt er?«

»Ich weiß es nicht. Scheint mir ein ziemlich intelligentes Bürschchen zu sein.«

»Und was macht er dann auf der Hauptschule?«

»Also, Elmar, was verbreitest du denn hier wieder für nette Vorurteile?« Marlu verdrehte die Augen. »Alle Hauptschüler sind doof, oder wie?«

»Na, er hat doch einen Migrationshintergrund. Ist doch ein ganz klares Bildungshandicap bei uns, oder etwa nicht?«

»Bildung hat aber nichts mit Intelligenz zu tun«, sagte Marlu.

»Hab ich ja auch nicht behauptet. Ich bin doch nicht blöd.«

»Soso.«

»Wie weit seid ihr mittlerweile eigentlich mit den Unfallautos gekommen?«, unterbrach Meißner die kriminalistische Bildungsdebatte. »Marlu?«

»Die Frau des Fahrers, der vom Golfplatz in Gerolfing nach Hause unterwegs war, bestätigt die Aussage ihres Mannes. Sie hat ihn mit ihrem eigenen Wagen aus der Böschung gezogen.«

»Und die Polizei haben sie nicht gerufen –«

»– weil ihr Mann etwas, und zwar wahrscheinlich zu viel, getrunken hatte. Sie hat ihn nach Hause gefahren, und dort hat er dann seinen Rausch ausgeschlafen. Am nächsten Morgen haben sie den Wagen zur Werkstatt geschleppt.«

»Und der andere?«, fragte Meißner. »Dieser Doktor?«

»Den habe ich nicht erwischt. Er hatte heute Frühdienst und war schon zu Hause, als ich ins Krankenhaus kam. Er arbeitet in so einer Privatklinik in Neuburg. Ich habe mit einer Schwester gesprochen, aber nicht viel über ihn rausgekriegt. Adresse und Privatnummer habe ich zumindest.«

»Was für ein Arzt ist das noch mal?«, fragte Fischer.

»Kinder- und Jugendpsychiater«, sagte Marlu.

»Ach.« Holler, der sich bisher nicht an dem Gespräch beteiligt hatte, wachte auf. »Ich habe heute einem kleinen Expertenvortrag über Pädophile lauschen dürfen. Und die Frau Dr. Klausmann –«

»Das ist die –«, wollte Marlu erklären, weil sie Meißners schlechtes Namensgedächtnis kannte.

»– rothaarige Psychologin, die schon bei der Einsatzbesprechung mit Kellner dabei gewesen ist. Ich weiß«, sagte Kommissar Meißner. »Was hat Frau Dr. Klausmann also erzählt?«

»Dass Pädophile sich am liebsten dort aufhalten, wo Kinder sind«, sagte Holler.

»Das überrascht uns jetzt aber total«, meinte Marlu. »Und da denkst du, Kinder und Kinderpsychiater, das passt zusammen wie –«

»– Erzieher und Kindergarten, Lehrer und Schule ... und Pfarrer und Beichtstuhl«, sagte Fischer.

»Frau Dr. Klausmann«, ließ Holler sich nicht abbringen, »hat gesagt, dass der Schlüssel in dem Buben selbst liegt. Und dass wir möglichst viel über ihn herausbekommen müssen. Was er in der Freizeit gemacht hat, wo er sich aufgehalten hat, und mit wem er unterwegs war.«

»Pero, die Nummer vier des Gefährten-Kleeblatts, hat mir erzählt, dass Gabriel nachmittags öfter in der Schule war und sich mit Computerspielen beschäftigt hat. Ich frage mich die ganze Zeit, ob das tatsächlich stimmen kann. Sind Computerspiele in der Schule nicht genauso mit einem Bann belegt wie Gameboy und Handy? Oder hat dieses Gymnasium etwa auf euch den Eindruck gemacht, dass man dort zum lustigen Spielenachmittag eingeladen wird? Auf mich eigentlich nicht.«

»Was denkst du also? Dass sich da einzelne Schüler reingeschlichen und sich die Spiele aus dem Giftschrank geholt haben?«, fragte Fischer.

»Oder dass es Lehrer gibt, die es erlauben«, mutmaßte Holler. »Vielleicht als Belohnung.«

»Aber wofür hätte Gabriel eine Belohnung verdient, und das anscheinend sogar mehrfach?«, fragte Marlu.

»Müssen wir jetzt etwa schon wieder in diese Schule und zu diesem Direktor?« Fischer sah seinen Chef leidend an.

»Müssen wir wohl«, sagte Meißner.

»Haben Sie die Brandstifter gefasst?«, ließ Dr. Vogt sie beim Eintreten gar nicht erst zu Wort kommen. »Das waren doch die beiden Hauptschüler, die sich jetzt verstecken. Wahrscheinlich haben sie auch diese Seite ins Netz gestellt. Ich habe Ihnen ja gesagt, dass das keiner aus unserem Gymnasium war.«

»Da wissen Sie aber mehr als wir.« Kommissar Meißners Abneigung gegen diesen feisten Trachtenträger war mittlerweile fast körperlich. »Bisher können wir nur sagen, dass zwei Hauptschüler, die mit Gabriel Tanner befreundet waren, seit gestern Abend verschwunden sind. Wir hoffen, sie bald zu finden oder dass sie von selbst zurückkommen. Und vor allem: dass ihnen nichts zugestoßen ist. Das ist es nämlich, was uns vorrangig interessiert und beschäftigt. Wer welche Sachbeschädigung zu verantworten hat, das klären wir später. Zum Glück wurde durch den Brand ja niemand verletzt. Ich meine, kein Unbeteiligter.«

»Aber die Gesetze schützen nun mal auch unser Eigentum und das der Gemeinschaft vor Beschädigung. Und eine Rufschädigung ist auch ein Schaden.«

»Herr Dr. Vogt, wir haben da noch eine Frage: Dürfen die Schüler eigentlich nachmittags an den Schulcomputern spielen?«

»Sie meinen die Informatikgruppe?«

»Nein, wir meinen, ob Schüler, die nicht in einer AG oder Gruppe sind, hier nachmittags an den PCs spielen dürfen.«

»Nun, das glaube ich nicht. Wir sind ja kein Internetcafé und schon gar keine Spielothek. Dass die Informatikgruppe von Herrn Lenzen vielleicht auch einmal etwas mit Spielen zu tun hat, vielleicht den Spielaufbau oder die Programmierung analysiert, das würde ich hingegen nicht ausschließen. Wie schon gesagt will die Gruppe ja dieses Jahr mit einem eigenen Projekt am Wettbewerb ›Jugend forscht‹ teilnehmen. Aber ich pflege Herrn Lenzen nicht ins Handwerk zu pfuschen oder zu kontrollieren, welche Lehrmethoden er anwendet. Er kann Ihnen bestimmt persönlich dazu am besten Auskunft geben. Er war sogar gerade noch in meinem Büro, aber ich befürchte, er befindet sich jetzt schon auf dem Heimweg. Auch Gymnasiallehrer müssen ja einmal Feierabend machen. Und Herr Lenzen ist außerdem Beratungslehrer, also ein gefragter Mann. Morgen Vormittag treffen Sie ihn sicher an. Wenn ich sonst nichts mehr für Sie tun kann, würde auch ich gern nach Hause gehen, wenn Sie gestatten. Wir haben heute Abend eine Aufführung des Schulorchesters und der Big Band unter der Leitung unserer verehrten Kollegin Frau Schücking. Ich werde die Begrüßungsrede halten, und die will auch noch vorbereitet sein. Auf Wiedersehen, die Herren.«

Auf dem Weg zum Parkplatz blieben sie an der Gedenkstätte für Gabriel stehen. Die vom Rauch geschwärzten und beschädigten Kerzen, die Blumen und versengten Stofftiere waren ausgetauscht oder entsorgt worden. Die Blumen waren frisch. Es sah aus, als hätte sich die Sammlung noch einmal vergrößert. Ein gerahmtes Porträtfoto von Gabriel stand nun in ihrem Zentrum und daneben ein Klassenfoto der 6 b, auf dem man ihn unter seinen Mitschülern hätte suchen können.

FÜNFZEHN

»Weißt du noch, Philipp, draußen am Baggersee?«

»Was?«

Sie knieten am Fenster, hatten die Arme auf das Fensterbrett gestützt und schauten durch die Querritzen des geschlossenen Fensterladens.

»Das ist ja wie im Knast hier. Also, was war da, draußen am Baggersee?«

»Na, weißt du noch, dass wir oft beim Steinewerfen draußen waren?«

»Ach so, ja«.

Zu viert sind sie draußen am See. Die Sonne scheint, aber zum Baden ist es nicht warm genug. Pero hat sich eine Zigarette angezündet. Er klaut sie immer seinem Vater, der sie stangenweise aus Kroatien mitbringt, weil sie dort eine eigene Tabakfabrik haben. Die Päckchen sehen ganz anders aus als die in Deutschland, irgendwie altmodischer. Pero raucht, und Gabriel sucht nach Steinen. Er ist geduldig und nimmt nur gute. Sie müssen ganz flach sein und möglichst rund. Während die anderen schon die ersten Steine werfen, die beim Auftreffen plumpsend im Wasser untergehen, sammelt Gabriel noch immer. Wenn er einen passenden gefunden hat, sieht er ihn prüfend an, dreht ihn in der Hand und nimmt ihn zwischen Daumen und Zeigefinger. Die guten behält er, wischt sie sauber und putzt mit der Daumenkuppe Schmutz und Erdreste ab, bevor er sie in die Hosentasche steckt. Schließlich nimmt er den ersten heraus, geht in die Knie, holt mit dem Arm Schwung und gibt dem Stein vor dem Loslassen noch einen Drall mit dem Zeigefinger. Er sieht ihm nach, als wollte er ihn mit seinem Blick noch ein Stück weiter hinaustragen. Auch die anderen sehen dem Stein jetzt nach, sogar Pero, der sich eigentlich überhaupt nicht für Steine, sondern mehr für Zigaretten und Mädchen interessiert. Sie schauen und zählen mit. Der erste Kontakt mit dem Wasser erfolgt relativ weit draußen, der Stein fliegt ausreichend schnell. Wäre er zu langsam, würde er beim ersten Aufprall schon untergehen. Die Kunst besteht darin, den Stein auf eine Geschwindigkeit zu beschleunigen, die höher ist als die, mit der das Wasser beim Aufprall um den Stein herumfließen kann. Acht, neun, zehn Mal springen Gabriels Steine. Seine Bestleistung ist achtzehn.

»Der Weltrekord«, sagt er einmal, »wisst ihr, wo der liegt? Bei einundfünfzig Mal!«

»Wenn du das kannst, brauchst du aber einen größeren See als diese kleine Pisswanne hier«, sagt Pero.

Und dann lässt Gabriel alle seine Steine nacheinander übers Wasser schlittern. Konzentriert wie ein Bogenschütze.

Wolf brachte den »Donaukurier« mit. Im Lokalteil wurde über den Brand berichtet. Feuer. Ein ganzer Pulk von Feuerwehrautos. Ein Dutzend Männer mit feuerfesten Jacken, auf denen die Leuchtaufschrift »Feuerwehr« prangte, Sanitäter, ein Krankenwagen. Rauchschwaden quollen aus der Tiefgarage. Die Feuerwehrleute ließen aus allen Rohren Wasser und Schaum schießen.

»Was? Ist das unser Feuer?«, wunderte sich Daniel. »Das gibt's doch nicht. Und ich hatte die ganze Zeit Angst, es könnte von allein ausgehen.«

»Ja, das ist ganz schön groß«, meinte Wolf. »Da steht drin, dass ein Auto in der Tiefgarage stand und Reifen herumlagen. Hast du die gar nicht gesehen?«

»Nein. Was ist mit dem Auto passiert?«

»Ist wohl explodiert. Personen sind bei dem Brand nicht zu Schaden gekommen. Die Kriminalpolizei ermittelt.«

»Kriminalpolizei?«

»Klar, die ermitteln immer bei Brandstiftung«, sagte Wolf. »Ist so.«

»Jetzt noch einmal: Gabriel Tanner könnte also einen Unfall gehabt haben, bei dem er am Tag seines Verschwindens zu Tode kam. Wir wissen noch nicht, wann und wo dieser Unfall passiert sein könnte.«

»Jedenfalls hat er nicht die Schule verlassen und ist überfahren worden. Das hätte jemand mitbekommen.« Fischer betrachtete nachdenklich seine Hände.

»Es muss irgendwo außerhalb der Innenstadt passiert sein, auf einer wenig befahrenen Straße. Keine Passanten, keine anderen Verkehrsteilnehmer.«

Meißner nickte Holler zu. »Uns fehlt noch das Bindeglied. Was ist am Nachmittag passiert? Nach der Schule und vor dem Unfall, der irgendwo da draußen geschehen ist. Wieso ist Gabriel dort herumgelaufen? Warum ist er nicht mit dem Bus nach Hause gefahren?«

»Vielleicht hatte er noch etwas vor? Hat sich mit jemandem getroffen?«

»Jedenfalls nicht mit einem Schulfreund, davon hätten wir erfahren. Obwohl …« Fischer überlegte.

»Obwohl was?«, fragte Holler nach. »Wenn er sich mit jemand anderem, einem Erwachsenen, getroffen hätte, das hätte doch jemand mitbekommen.«

»Quatsch! Meinst du, das ist heute immer noch so, dass jeder von jedem weiß, wo er nach der Schule hingeht? Die Jugendlichen sind doch heute viel selbstständiger als wir damals. Jeder fährt in eine andere Richtung, steigt irgendwo aus, wird abgeholt, hat irgendwas vor. Die haben Nachmittagsunterricht, Kurse, Trainings. Da weiß doch der eine nicht mehr über den anderen Bescheid. Was hast du denn damals schon groß gemacht nach der Schule, Horst? Heim, Mittagessen, Hausaufgaben, Fußballspielen …«

»Falsch«, sagte Holler. »Heim, Mittagessen, Fußballspielen und erst danach Hausaufgaben, wenn überhaupt. Meistens habe ich sie morgens schnell im Bus von jemandem abgeschrieben. Ich hatte da meine Profis, die waren ganz zuverlässig.«

»Die haben dich zuverlässig abschreiben lassen? Warum?«, wollte Marlu wissen.

»Das ist die falsche Frage«, sagte Holler. »Warum sollten sie mich nicht abschreiben lassen? Ihnen hat es doch nicht geschadet.«

»Aber dir vielleicht«, meinte Fischer.

»Wir haben übrigens immer noch nicht mit dem Informatiklehrer gesprochen. Dieser Pierre oder Piero hat doch behauptet, dass Gabriel in der Schule Computerspiele gespielt hat«, sagte Marlu.

»Aber versprich mir eines, Stefan, wenn wir noch einmal zum Tilly fahren.«

»Pero heißt er. Und was soll ich dir versprechen?«, fragte Meißner.

»Dass du freundlich zu ihm sein wirst. Immerhin ist das ein Oberstudienrat.«

»Okay«, sagte Meißner. »Aber gilt das Freundlichkeitsversprechen auch für Oberstudiendirektoren?«

»Der Herr Direktor ist nicht da«, sagte die ältere der beiden Sekretärinnen, deren Namen Meißner wieder vergessen hatte.

»Wer ist Dr. Vogts Stellvertreter?«

Sie sah den Kommissar an, als wäre er die personifizierte Störung ihrer Dienstsphäre. Meißner war überzeugt, dass die Dame eine begnadete Spaßbremse war und Haare auf den Zähnen hatte.

»Der Herr Neu.«

»Und wo finden wir den?«

»Im Stellvertreterzimmer«, sagte sie, »zwei Türen weiter.« Am Telefon hätte sie wahrscheinlich noch in beleidigtem Ton gesagt: »War's das jetzt? Na dann, auf Wiederhören.« Und anschließend wäre der Hörer, patsch, auf der Gabel gelandet. So aber senkte sie nur schweigend den Kopf und machte sich an der Hängeregistratur zu schaffen.

Neu, ein drahtiger Typ mit graublondem Vollbart in Trekkinghose und Bergsteigerhemd, begleitete sie zum Informatikraum in einem Anbau im Erdgeschoss.

Es waren gerade keine Schüler anwesend. Vor einem der PCs saß ein untersetzter Mann in weißem Hemd und schwarzer Jeans. Auf seinem Hinterkopf glänzte eine handtellergroße Glatze. Als er sich zu ihnen umdrehte, sahen sie, dass er fast sechzig war.

»Bernd, die Herrschaften sind von der Kriminalpolizei«, sagte Neu, bevor er sich gleich wieder verabschiedete. Nur nicht zu viel über den anderen wissen wollen und sich nur einmischen, wenn es unumgänglich war.

»In meiner Freistunde muss ich die Festplatten putzen«, sagte der Informatiklehrer jovial. »Sie können sich gar nicht vorstellen, was da nach einer Unterrichtsstunde alles drauf ist. Lenzen.« Er gab ihnen die Hand.

»Haben alle PCs hier Internetzugang?«, fragte Marlu.

»Ja, alle. Lederhosen und Computer, Sie erinnern sich? Herr Stoiber hat uns alle doch höchstpersönlich ans weltweite Netz angeschlossen. Aber dabei landet halt auch viel Müll auf den Festplatten, der unsere Rechner lahmlegt, wenn sich keiner drum kümmert. Wie kann ich Ihnen helfen? Worum geht's denn?«

»Können die Schüler sich auch Spiele aus dem Internet runterladen?«

»Gelegentlich versuchen sie es, aber ich bin ja auch noch da. Ich habe da ein Auge drauf.«

»Und außerhalb des Unterrichts? Am Nachmittag zum Beispiel?«

»Was meinen Sie?«

»Wir haben gehört, dass einzelne Schüler auch nachmittags in den Computerraum dürfen und sich dort Spiele herunterladen oder spielen können.«

»Wer hat Ihnen denn den Bären aufgebunden? Wenn ein Schüler mal nicht mitkommt oder etwas nicht verstanden hat und zu Hause keinen PC hat – ja, das gibt es tatsächlich auch noch –, dann biete ich ihm manchmal an, dass er auch nachmittags reinkommen kann und wir zusammen noch einmal durchgehen, was er nicht verstanden hat.«

»Das ist alles?«, fragte Marlu.

»Wieso fragen Sie?«

»Uns hat man erzählt, dass Schüler nachmittags hierher zum Spielen kommen«, sagte Meißner.

»Also, meine Antwort haben Sie gehört. ›Uns hat man erzählt‹!« Er signalisierte mit einer abwertenden Geste, was er von solchen Aussagen hielt. »Ich bin seit fünfundzwanzig Jahren Lehrer an dieser Schule, anpinkeln muss ich mich nicht lassen. Im Übrigen muss ich jetzt auf den Hof. Ich habe heute Pausenaufsicht und nehme meine schulischen Aufgaben sehr ernst, das kann ich Ihnen versichern. Wenn Sie mich dann bitte entschuldigen?«

»Eine Frage noch«, hielt Meißner ihn auf. »Sie kannten doch Gabriel Tanner auch.«

»Ja, natürlich. Der war Schüler bei mir. Ein netter Junge, ein bisschen schüchtern, aber er hat sich bemüht.«

»War er nachmittags auch manchmal hier bei Ihnen im Computerraum?«

»Das kann schon sein, dass er mal hier war. Aber sicher sagen kann ich Ihnen das nicht. Wissen Sie, ich habe mittlerweile mehrere Generationen von Schülern unterrichtet.«

»Das mit Gabriel ist aber noch nicht so lange her«, wandte Meißner ein. »Außerdem ist der Junge tot. Vielleicht hat das in Ihrem Gedächtnis ja doch einen etwas stärkeren Eindruck hinterlassen, und Sie können sich an ihn ein bisschen besser erinnern als an die Generationen vor ihm, die das Schulhaus lebend verlassen haben.«

»Wie Sie das so sagen, könnte man meinen, Sie halten unsere Schule für ein Gefängnis oder für einen Ort, an dem es ums Überleben geht. Haben Sie das im Fernsehen gesehen, oder sind Ihre eigenen Erinnerungen an die Schulzeit so furchtbar schlecht? Falls ja, waren Sie bestimmt nicht am Tilly.«

Der Pausengong beendete die Unterhaltung, und Marlu machte Meißner ein Zeichen, dass es Zeit war, zu gehen.

»Dieser Wicht, so ein aufgeblasener Fatzke«, zischte er, als sie den sich anschließenden Physikraum durchquerten. »Selbst barfuß bist du noch zehn Zentimeter größer als der in Schuhen.«

»Dass du dich immer so aufregen musst.« Marlu schüttelte den Kopf.

»Was ist er denn dann, wenn er kein aufgeblasener Fatzke ist?«

»Nur ein Unsympath«, sagte sie. »Und wenn du eine Unsympathenallergie hast, dann hast du ein ernsthaftes Problem, denn Unsympathen gibt es sogar im Winter an jeder Ecke.«

An der Tür zum Gang stand ein blasser rotblonder Junge. Fünft- oder Sechstklässler. Sie hatten ihn nicht gleich bemerkt und wussten nicht, wie lange er sich dort schon herumdrückte. Es sah so aus, als hätte er auf sie gewartet.

Marlu bedeutete Meißner, sich abzuregen und sich jetzt möglichst zurückzuhalten. Sie ging auf den Jungen zu.

»Hast du auf uns gewartet?«, fragte sie ihn.

Er sah zu Boden und antwortete nicht.

»Du weißt, dass wir von der Polizei sind?«

Er nickte.

»Möchtest du uns etwas erzählen?«

Als der Junge noch immer schwieg, plapperte Marlu einfach weiter. »Vielleicht weißt du nicht, ob es wichtig ist, was du uns erzählen willst. Magst du es einfach sagen, und hinterher überlegen wir gemeinsam, ob es nun wichtig ist oder nicht?«

Der Junge starrte vor sich auf den Boden. Mit einer Hand knetete er den Bund seiner Fleecejacke.

»Du hast etwas gehört oder gesehen, was dir komisch vorkam, und wolltest es bisher niemandem erzählen. Und jetzt hast du gedacht, es könnte wichtig sein, war es so?«

»Gehört«, sagte der Junge endlich.

»Wann denn?«, fragte Meißner. Marlu sah ihn böse an.

»Bevor Gabriel verschwunden ist. Einen Tag davor.«

»Und du meinst, es könnte etwas damit zu tun haben, warum Gabriel verschwunden ist?«

»Ich weiß es nicht«, sagte der Junge.

»Und das, was du gehört hast, hast du hier in der Schule gehört?«, fragte Marlu sanft.

»Wo genau?«, hakte Meißner nach und erhielt wieder einen bösen Blick.

»Da drüben«, sagte der Bub und zeigte zum Informatikraum.

»Gabriel war in dem Zimmer?«

Nicken.

»Und er war nicht allein.«

Er nickte.

»Wer war bei ihm? Andere Schüler?«

Kopfschütteln.

»Also keine anderen Schüler. Ein Lehrer?«

Der Junge riss die Augen auf und sah sich erschrocken um. Marlu ging zur Tür und schloss sie. »Wie heißt du?«

»Simon. Simon Christ.«

»Und in welche Klasse gehst du?«

»In die 6 a.«

»Also nicht in die Klasse von Gabriel?«

Er schüttelte den Kopf. »Parallelklasse.«

»Aber du hast ihn gekannt?«

»Wir haben mal Bilder getauscht. In der Pause.«

»Bilder?«

Er nickte.

Meißner dachte an die Fußball-Sammelbilder, die er als Kind mit Freunden getauscht hatte.

»Und du bist also hier im Physikraum gewesen, während Gabriel drüben im Computerraum war?«

»Ich hatte mein Federmäppchen unter der Bank vergessen, deshalb bin ich noch mal reingegangen und wollte es holen. Ich hab gar nicht gewusst, dass da drüben noch jemand ist. Und als ich Herrn Lenzen reden gehört hab, hab ich mich unter der Bank versteckt.«

»Warum denn das?«

»Damit er mich nicht entdeckt.«

»Ist Herr Lenzen ein so strenger Lehrer?«

Simon schüttelte den Kopf. »Normalerweise nicht.«

»Aber an dem Tag war er streng, ja? War er böse auf Gabriel?«

Simon nickte wieder.

»Wo war denn Gabriel und wo Herr Lenzen?«

»Gabriel hat an einem PC gesessen, und der Herr Lenzen ist hinter ihm gestanden.«

»Hat er etwas gesagt oder gemacht?«

»Er hat sich ganz nah hinter ihn gestellt, und Gabriel ist mit dem Stuhl immer weiter nach vorn gerückt, bis er gegen die Tischkante gestoßen ist. Dann hat Herr Lenzen gesagt, dass Gabriel sich nicht so anstellen soll. Und dass es mit den anderen viel lustiger ist als mit ihm.«

»Und Gabriel hat gar nichts gesagt?«

Simon schüttelte wieder seine rotblonden Locken.

»Hat Herr Lenzen sonst noch etwas zu ihm gesagt?«

»Ja. Dass Gabriel seine Sachen packen und gehen soll. Und dass er nicht wiederkommen braucht, wenn er keinen Spaß versteht.«

»Und wie hat Gabriel reagiert?«

»Er hat so komisch gezuckt, als Herr Lenzen den Computer ausgeschaltet und ihm seinen Rucksack auf den Tisch gestellt hat.«

»Gezuckt?«, fragte Marlu.

»Ja, er hat geweint, aber keiner sollte es merken.«

»Ach so. Hat Gabriel sonst noch etwas gesagt? Oder vielleicht der Herr Lenzen?«

»Weiß nicht.«

»Und du?«

»Ich hab mein Mäppchen genommen, bin unter der Bank zur Tür gekrochen und dann weggelaufen. Ich hab mich draußen an der Bushaltestelle versteckt.«

»Hast du Gabriel dann noch einmal gesehen?«

»Ja. Wie er aus dem Schulhaus rausgekommen ist, war sein Gesicht vom Weinen ganz verschmiert, und der Rotz ist ihm aus der Nase gelaufen. Er hat seine Jacke in der Hand gehabt, obwohl es kalt war. Und er hat so ein komisches Geräusch gemacht. So vor sich hingebrummt, als würde er schreien wollen. Aber er hat die Zähne zusammengebissen, damit nichts rauskommt.«

»Er war wütend, oder? Wohin ist er dann gegangen?«

»Da rüber.« Der Junge machte eine unbestimmte Armbewegung.

»Richtung Westen? Zum Friedhof?«, fragte Meißner.

Simon nickte.

»Hat Herr Lenzen Gabriel was getan?«, fragte er.

»Wir glauben, dass Gabriel auf dem Heimweg einen Unfall hatte«, sagte Marlu.

»Einen Unfall? Mit einem Auto?«

»Ja, vielleicht. Gabriel hat sich nicht selbst etwas angetan, trotzdem war es gut, dass du dich getraut hast, uns zu erzählen, was du gehört hast. Danke, Simon.«

Die Pause war zu Ende, und Simon ging zurück in sein Klassenzimmer.

»Musstest du ihm das am Schluss jetzt wirklich noch sagen?«, fragte Meißner.

»Mit Schuldgefühlen müsstest du dich doch eigentlich gut auskennen, Stefan. Meinst du nicht, der Bub denkt, er hätte Gabriel irgendwie helfen müssen?«

»Aber wie denn?«

»Das ist doch egal. Er hat es sich jedenfalls selbst zum Vorwurf gemacht, dass er nichts für Gabriel getan hat, obwohl er gesehen hat, wie schlecht es ihm ging. Sein Gewissen hat ihn doch überhaupt erst zu uns getrieben.«

Meißner schüttelte den Kopf.

»Was ist?«, fragte sie.

»Was du nicht alles weißt«, sagte er. »Jetzt aber raus hier, bevor ich mich noch danebenbenehme.«

»Willst du gegen deine Schulkomplexe, die du seit Jahrzehnten herumschleppst, nicht auch mal was tun?«

»Ich und Schulkomplexe? Wie kommst du denn darauf?«

Marlu rollte die Augen.

»Jetzt übertreibst du aber, Marlu, und zwar maßlos. Nur weil ich finde, dass es da drinnen ziemlich mieft?«

»Also das mit dem Mief hab ich gar nicht bemerkt.«

»Weißt du was, Marlu? Ich glaube, du hast es immer noch nicht kapiert. Der natürliche Feind des Schülers ist eben der Lehrer.«

»Da könntest du vielleicht sogar recht haben, obwohl ich anderer Meinung bin. Aber wann schnallst du eigentlich, dass du schon sehr, sehr lange kein Schüler mehr bist?«

SECHZEHN

Es war klar, dass die Presse mit den offensichtlich spärlichen Ergebnissen der Polizei nicht zufrieden sein würde. Czerny hatte fast nichts zu bieten und eierte bei seinen Ausführungen herum. Sein Hauptkommissar referierte das Obduktionsergebnis.

»Moment«, wurde Meißner von einer blonden Journalistin in der ersten Reihe unterbrochen. Auf ihrem Schoß lag ein kleines Aufnahmegerät, kein Notizblock, kein Stift. »Gabriel ist also weder beim Spielen in die Donau gefallen, noch ist er selbst reingesprungen?«

»Richtig«, sagte Meißner. »Einen Suizid schließen wir nach derzeitigem Stand der Ermittlungen aus.«

»Dann sind die Informationen auf der Website also falsch. Wer betreibt die eigentlich?«

»Das wissen wir noch nicht.«

»Wie lange brauchen Sie denn, um jemanden im Netz ausfindig zu machen?«

»Nachforschungen anzustellen und den Provider zur Herausgabe der Namen zu bewegen, die hinter der Website stecken, das ist in unserem Land ohne einen zwingend rechtlichen Grund gar nicht so einfach. Wir sind ja nicht im Wilden Westen.«

Es sollte ein Scherz sein, aber niemand lachte.

»Stecken dieselben dahinter, die versucht haben, die Schule abzufackeln?«, rief ein Mann aus der letzten Reihe.

»Das waren doch die zwei, die jetzt verschwunden sind«, meinte die Blonde wieder.

»Da haben Sie aber einen Wissensvorsprung uns gegenüber«, sagte Meißner.

»So richtig viel ist es ja auch nicht, was Sie wissen«, legte sie nach. Jemand kicherte.

»Der Unterschied ist, dass wir ermitteln und Sie Behauptungen aufstellen. Letzteres ist natürlich ein bisschen einfacher.«

Die Journalistin ließ sich nicht beirren. »Könnte es nicht sein, dass die beiden, die jetzt verschwunden sind, etwas über Gabriels Tod wissen? Vielleicht waren sie sogar dabei, als es passierte?«

»Spekulationen«, sagte Meißner. Langsam ging sie ihm auf die Nerven. Er machte Czerny ein Zeichen, dass er das Schlusswort sprechen sollte. Aber so schnell ließ die blasse, spitznasige Musterschülerin nicht locker.

»Was tun Sie eigentlich, um die verschwundenen Kinder zu finden?«, fragte sie.

Sag du mir doch, was ich tun soll, du Klugscheißerin!, dachte Meißner wütend. Laut sagte er: »Wir tun unsere Arbeit. Wie in den vergangenen zwanzig Jahren auch. Sie müssen sich keine Sorgen machen.«

»Wirklich? Ich könnte mir aber vorstellen, dass sich einige Leute jetzt bereits Sorgen machen. Große sogar. Zum Beispiel die Eltern der verschwundenen Kinder.«

Meißner ließ ihr beziehungsweise seinem Chef das letzte Wort, der in solchen Sachen der Diplomatischere war.

»Gehen wir noch auf ein Bierchen, oder magst du mit zu mir kommen?«, fragte Marlu ihn, als sie gegen sieben das Präsidium verließen.

»Würde ich gern«, sagte Stefan Meißner, »aber heute geht's nicht.«

»So?«, fragte sie.

Wie schön wäre es jetzt gewesen, wenn ihm gleich etwas eingefallen wäre, eine nette kleine Ausrede, irgendetwas Unverfängliches. Aber nein, sein Gehirn war leer. Marlu hatte sowieso einen siebten Sinn. Sie roch es, wenn er irgendetwas vor ihr verbergen wollte. Außerdem zögerte er zu lang mit seiner Antwort.

»Oh, *big silence*! Da ist mal wieder das große Schweigen ausgebrochen«, übernahm sie das Reden. »Dann weiß ich ja, woher der Wind weht.«

Er merkte, wie sein Gehör auf Stand-by-Modus schaltete und er sich innerlich gegen ihre Fragen, ihre ausgesprochenen und unausgesprochenen Vorwürfe abschottete. Tarnkappe aufgesetzt und weg.

»Du gehst also zu ihr?«

»Carola hat im November Geburtstermin, und ich wollte sie schon noch einmal hochschwanger sehen. Schließlich ist es ihr erstes Kind. Vielleicht kommt es ja auch früher.«

»Mhm«, machte Marlu. Sie hörte sich an wie ein Geysir, kurz bevor er die nächste Fontäne in die Luft schoss.

»Marlu, es ist nichts mehr zwischen Carola und mir«, sagte er.

»Nichts nennst du das?«

»Jedenfalls nichts, was dir Angst machen müsste.«

Seit der Szene im Badezimmer, als Marlu das Ultraschallbild in seinem Morgenmantel gefunden hatte, hatten sie nicht mehr über die Sache gesprochen. Aber leichter wurde die Situation dadurch auch nicht. Die Schwangerschaft stand zwischen ihnen wie ein Berg.

»Marlu, komm, jetzt sei halt nicht so kleinlich.«

»Kleinlich? Also, ich würde das ja anders nennen. Wirst du einen Test machen lassen, wenn das Kind geboren ist?«

»Ich weiß nicht, was ich dann machen werde. Ich weiß nur, wie es jetzt für mich ist.«

»Und, wie ist es?«

»Es ist eben so, wie es ist«, sagte er hilflos. Dass Frauen auch immer alles analysieren mussten. Den Jetzt-Zustand, den genauen Entwicklungsweg von dem vorangegangenen Zustand zum jetzigen und die möglichen Prognosen für die Zukunft, abgeleitet nach a, b und c. »Carola ist schwanger, sie freut sich auf das Kind, und sie hat eben ein bisschen Bammel, weil es ihr erstes ist. Das kann man doch verstehen, oder?«

»Und du?«

»Na, ich freu mich auch.«

»Hast du auch ein bisschen Schiss?«

Gefährliches Terrain.

»Wenn ihr den Test machen lasst, wäre die Sache klar. Es gäbe eine Entscheidung, und einer von euch beiden potenziellen Vätern wäre aus dem Rennen.«

»Was denn für ein Rennen?«, fragte Meißner. Aber es war sinnlos, mit Marlu darüber zu diskutieren, hier, auf der Straße, vor dem Präsidium. Sie war eifersüchtig, und er verstand sie ja auch irgendwie. Aber an dem Punkt gab es für ihn keinen harten Schnitt, kein einfaches Entweder-Oder. Carola und ihr Baby waren ihm wichtig, und Marlu war es genauso. Er konnte beides zusammenbringen, im Kopf wie im Herzen. Aber Marlu war jung. Sie hatte noch die Vorstellung, dass alles glattlaufen müsste im Leben. Dass alles genau so werden würde, wie man es einmal geplant und sich ausgesucht hatte. Meißner wusste, dass oft genau das nicht passierte, was man sich ausgedacht und so schön geplant hatte. Und dass es nicht einmal schlecht war, dass es so war. Aber was konnte er in diesem Moment zu ihrem Vorwurf sagen? Eigentlich nichts. Und deshalb wollte er nun auch weg, raus aus dieser Situation, in der er Marlu zwangsläufig enttäuschen würde.

Er wollte sie zum Abschied versöhnlich in den Arm nehmen, aber sie wich ihm aus. Vielleicht, weil sie vor dem Polizeipräsidium standen, vielleicht, weil sie beleidigt und gekränkt war.

»Es tut mir leid, Marlu«, sagte er. »Ich bin nicht nur ein alter einsamer Kerl, ich bin auch noch ein potenzieller Vater. Aber weißt du, es ist auch so, dass ich für nichts in der Welt meinen potenziellen Sohn aufgeben würde, zumindest nicht, solange man mir nicht ins Gesicht sagt, ich soll mich aus allem raushalten. Und selbst dann würde es mir sehr schwerfallen.«

Marlu wandte sich ab und winkte ihm beim Weggehen zu, ohne sich noch einmal umzudrehen.

Trotz ihres ungewohnten Umfangs wirkte Carola dünn und zerbrechlich. Ihre Haut schimmerte wie Porzellan.

Meißner hatte die Blumen, die er ihr mitbrachte, an der Jet-Tankstelle gekauft, und er wusste, dass sie es wusste. Frauen erkannten das immer sofort. Aber daran, wie liebevoll Carola sie in der eckigen Glasvase arrangierte, sah er, dass sie sich doch darüber freute. Sie trank Kräutertee, und er, der das ganze Jahr über ausschließlich von Kaffee lebte, es sei denn, er war todkrank, probierte eine Tasse und war überrascht. Der Tee schmeckte gar nicht mal so übel. Heißes Wasser mit ein bisschen Kräutergeschmack, aber durchaus genießbar.

Carolas Freund war in einem Trainingscamp zur Vorbereitung auf den Frankfurt-Marathon, einer der letzten großen Läufe im Herbst. Er habe sich das ganze Jahr darauf gefreut und wie ein Wilder dafür trainiert, sagte Carola wie zur Entschuldigung.

Sie saß im Schneidersitz auf dem Sofa, ein Buddha, in sich ruhend und abgeklärt, und Stefan Meißner konnte sehen, wie sich das

Baby in ihrem Bauch bewegte. Irgendwann hockte er neben ihr, und sie legte seine Hand auf eine Stelle, an der eine spitze Beule aus der Bauchdecke ragte.

»Sein Ellbogen«, sagte Carola, und er spürte, mit welcher Kraft dieses Kind auf sich aufmerksam machte, und wie groß es schon war.

»Er ist fertig«, sagte sie. »Im Prinzip kann er heute Nacht schon geboren werden. Was wir aber nicht hoffen wollen. Er ist kräftig und gesund und macht sich gerade bereit für die Welt. Das vorgegebene Programm läuft ab, ich bin sozusagen nur die Wirtin.«

Als er so neben ihr saß, die Hände auf ihrem Bauch, wusste er, dass seine Gefühle für sie immer noch da waren. Das, was zwischen ihnen gewesen war, ihre Partnerschaft, war vorbei, aber etwas anderes war nicht verschwunden, und er hätte nicht gewusst, wie er es anders nennen sollte als Liebe. Jedenfalls eine Art von Liebe. Zack! Diesmal war es das Knie, das Carolas Bauch ausbeulte.

Auf dem Heimweg kam er nicht zwingend an der Sebastianstraße vorbei, landete aber intuitiv trotzdem dort. Er klingelte, aber Marlu machte nicht auf. Er ging durch den nächsten Hauseingang hindurch in den Hinterhof und schaute zum Fenster ihrer Wohnküche mit dem modernen Balkon aus Stahlrohr hinauf. Kein Licht. Er sah auf die Uhr. Zehn vorbei. Sie war wohl nicht zu Hause. Hatte sich noch etwas vorgenommen. War mit einer Freundin weggegangen. Oder einem Freund. Natürlich, warum sollte sie auch keine männlichen Freunde haben. Er hatte ja auch noch andere Freundinnen neben Marlu, mindestens zwei. Er ging zurück auf die Straße. Vielleicht sollte er noch ein Bier zum Abschluss des Tages trinken, zum Müdewerden.

Im Sebastianseck saßen noch ein paar schnurrbärtige Gäste, das Lokal wirkte nicht sehr einladend. Meißner schlenderte weiter durch die Gasse. Er merkte, dass ihn fröstelte. Eigentlich war er zu dünn angezogen. Plötzlich stand er vor einem Hauseingang, den er kannte. Über der blaugrau gestrichenen Tür aus massivem Holz mit der halbrunden Oberlichte prangte die Hausnummer 2 1/3 weiß auf dunkelblauem Email. Er stand vor dem Haus in der Beckerstraße, das der Tatort des Mordfalls gewesen war, den er im Sommer aufgeklärt hatte. Eine Journalistin, die für den »Donaukurier« geschrieben hatte, war ermordet worden. Ihr Tod hatte mit ihrer Arbeit zu tun gehabt, auch wenn es kein klassischer Arbeitsunfall gewesen war. Neben dem Hauseingang gab es noch immer diesen seltsamen Laden, vor dessen dunklem Schaufenster er jetzt stand. Perücken und Haarteile. Meißner wurde nicht schlau daraus. Er zitterte. Seine Füße waren so kalt, als stünde er in Socken auf dem Gehsteigpflaster. Er stellte den Kragen seiner Lederjacke auf und ging zurück in die Sebastianstraße, wo er seinen Audi geparkt hatte. Bei Marlu brannte noch immer kein Licht.

SIEBZEHN

»Ich habe gestern Abend noch bei diesem Arzt, dem mit dem Wildschaden, vorbeigeschaut«, sagte Marlu, als sie sich am nächsten Morgen im Präsidium begegneten.

»Gut geschlafen?«, fragte Meißner. Er fand, dass sie erschöpft aussah.

»Geht so«, sagte sie. »Also dieser Arzt, Dr. Kuttner, ist ein seltsamer Typ. Geschieden, ein Sohn, der bei der Mutter in Bremen lebt. Das hat die Schwester in der Klinik anscheinend nicht gewusst, oder sie hat es mir einfach nicht erzählt. Er hat gesagt, er habe viele Kinder. Eigentlich seien alle Kinder, die er mal behandelt hat, seine Patenkinder. Denn ein Pate sei ja ein *patrinus*, ein Mit-Vater. So in der Art redet der, fast wie ein Pfarrer. Wirkt auf mich ein bisschen verrückt, der Typ. Und unheimlich. Insgesamt jedenfalls seltsam.«

»Und hast du die zeitlichen Abläufe nachgeprüft?«

»Klar. Er hatte an dem Tag bis halb fünf Dienst. Danach ist er heimgefahren, und auf dem Weg ist der Unfall passiert. Sollen wir das Auto untersuchen lassen?«

»Ja, am besten gleich beide Autos, das von ihm und das von dem anderen Fahrer aus Gerolfing auch. Was fährt denn dieser Dr. Kuttner für einen Wagen?«

»So einen großen weißen Audi, Geländewagen.«

»Einen Q7?«

»Ja, genau, Q7 heißt dieses Monster.«

»Hat er gesagt, warum er weder den Revierförster noch die Polizei verständigt hat?«

»Er sagt, er habe gedacht, das Reh könnte ja überlebt haben. Er wollte nicht, dass ein Jäger danach sucht und es dann vielleicht tötet, obwohl es nur leicht verletzt war. Er meint, er habe es nur gestreift. Ich kümmere mich darum, dass die KTU beide Autos untersucht.«

Alles Berufliche war gesagt, und Marlu stand unschlüssig mit beiden Händen in den Taschen ihrer Jeans vergraben vor ihm.

Meißner wusste, dass er noch etwas hinzufügen sollte, etwas Privates, Nettes, etwas Lustiges vielleicht, aber er lächelte nur verlegen. In seinem Gehirn herrschte gähnende Leere. Nach wenigen Sekunden drehte sich Marlu auf dem Absatz um und ließ ihn stehen – genau wie am Abend zuvor. Wie oft würde das noch passieren müssen, bis ihm endlich einfiel, wie er solche Situationen retten konnte?

»Schießen hat nichts mit Herumballern zu tun. Schießen ist eine Lebenseinstellung, verstehst du? Der Mensch nimmt die Waffe in die Hand, und im gleichen Augenblick werden sie zu einer Einheit, sie gehören zusammen. Waffe und Mensch sind füreinander geschaffen. Aber das spürt man nur, wenn man ein richtiger Schütze ist. Du hältst die Waffe in deiner Faust. Hebst den Arm. Dein Arm, die Waffe, Kimme, Korn und dein Auge bilden eine Linie. Dann ist es fast so weit. Deine Blickrichtung verändert sich leicht, du führst den Arm horizontal von links nach rechts, bis du das Ziel erkennst. Erster Klick. Dein Arm rastet ein, verharrt in dieser horizontalen Position. Dann bewegt sich der Arm langsam von unten nach oben, sucht die zweite Koordinate, die bestimmt, ob deine Kugel ins Schwarze trifft. Klick, wenn auch diese Koordinate stimmt. Jetzt könntest du schießen, wäre da nicht dein Herz. Bumm, bumm, bumm. Jeder Schlag würde den Schuss verziehen, wenn du die Kugel nun einfach abfeuern würdest. Wenn du einatmen und feuern würdest, träfe die Kugel nicht sicher ins Ziel. Zuerst der Herzschlag. Du musst dich entspannen, ihn beruhigen. Den Rhythmus deines Herzens verlangsamen, damit die Zeit zwischen zwei Schlägen lang genug ist, um den Abzug durchzuziehen. Die Kugel braucht nur Sekundenbruchteile, um den Lauf der Waffe zu verlassen, aber immerhin. Wenn du weißt, dass dein Auge gleich die Mitte des Ziels erkennt, dann atmest du aus, um die Waffe stabil zu halten. Du bewegst deinen Zeigefinger, und genau in dem Augenblick, in dem Auge, Kimme, Korn, Ziel in einer Linie liegen, muss der Zeigefinger den kleinen Widerstand spüren, der den Schuss auslöst. Eine Kunst, das fünfzigmal hintereinander exakt auszuführen. Nur dann bist du gut. Vierhundertneunundneunzig Ringe, dann bist du klasse. Oder fünfhundert. Willst du das, Junge?«

»Genau das will ich. Dafür würde ich üben und trainieren, damit ich meine Atmung und meinen Herzschlag kontrollieren kann. Hilfst du mir, es zu lernen, Onkel Robert?«

»Stefan?« Marlu streckte den Kopf in Meißners Büro. »Wegen der kriminaltechnischen Untersuchung der beiden Fahrzeuge: Das Auto des Golfers haben wir, aber den Durchsuchungsbeschluss für den Wagen von Dr. Kuttner konnten die Kollegen nicht zustellen.«

»Wieso nicht?«

»Er war nicht zu Hause. Zu der Zeit war er in der Klinik. Als ich dort angerufen habe, hat man mir gesagt, er habe sich abgemeldet. Dringende Familienangelegenheiten. Er müsse nach Bremen und hat wohl so getan, als ginge es um Leben und Tod.«

»Bremen? Meinst du, er ist schon weg?«

»Schon möglich.«

»Vielleicht fährt er ja davor noch einmal zum Packen nach Hause. Los, versuchen wir's.«

»Fährst du?«, fragte er Marlu unten auf dem Parkplatz.

»Kann ich machen. Mit oder ohne?«, fragte sie.

»Mach das Ding drauf, wenn wir auf dem Ring sind.«

Marlu fuhr einen heißen Reifen. Sie bog hinter der Glacisbrücke in die Haunwöhrer, dann auf die Hagauer Straße ab und wollte gerade Richtung Wohngebiet, da rief Meißner: »Stopp! Könnte er das da vorn nicht sein?«

Hundert Meter vor ihnen fuhr ein weißer Geländewagen stadtauswärts. Richtung B 16, die westlich nach Neuburg an der Donau führte, östlich zur A 9, Auffahrt Manching. Marlu setzte zurück und folgte dem Fahrzeug.

»Schneller«, trieb Meißner sie an, dabei wussten sie nicht einmal hundertprozentig, ob es tatsächlich Dr. Kuttner war, den sie verfolgten. Das nun aufgesetzte Blaulicht machte ihnen den Weg frei.

»Sollen wir zu der Light-Show auch ein bisschen Musik machen?«

»Bloß nicht«, sagte Meißner. »Schau, er hat's auch so gemerkt.«

Der Wagen vor ihnen beschleunigte und fuhr mit neunzig Sachen durch Hundszell. Gut, dass die Hagauer Straße schnurgerade durch das Dorf verlief. Den Kreisverkehr am Ortsende nahm der

Verfolgte mit quietschenden Reifen – genauso wie die Verfolger. Meißner krallte sich am Haltegriff fest, um nicht auf den Fahrersitz zu rutschen. »Eisvogelstraße, Goldammerweg«, las er im Vorbeischlittern. Wenn er jetzt nicht nach Oberbrunnenreuth abbiegt, dann haben wir ihn, dachte Meißner.

Der weiße Geländewagen fuhr weiter geradeaus.

»Eulerfeld!«, schrie Meißner. »Gleich ist Schluss mit der lustigen Fahrt!«

Als die Straße einen Neunzig-Grad-Schwenk nach links machte, legte sich der Q7 mit quietschenden Reifen in die Kurve. Rechterhand flog hinter Erlen ein Fischweiher vorbei, während die beiden Wagen nacheinander auf ein Gehöft zupreschten, an dem, das wusste Meißner, die Straße, die eigentlich nur eine Zufahrt war, abrupt endete.

»Vorsicht jetzt!«, schrie Meißner wieder. »Kinder, Hunde, Hühner. Marlu, sei bremsbereit.«

Sie stieg in die Eisen, während der Q7 noch vor dem Bauernhof scharf links abbog und offenbar nicht gewillt war, für Hühner, Kinder und Hofhunde zu bremsen. Er wirbelte eine Staubwolke auf. Marlu folgte ihr.

Der Weg war nicht mehr geteert, noch nicht einmal geschottert, er bestand nur aus trockener Erde und ging schließlich in einen Feldrain über. Links Schlehen, Weißdorn, Holunderbüsche, rechts ein Stoppelfeld, in dem die Strünke der abgerissenen Maispflanzen einen halben Meter hoch stehen geblieben waren. Meißner ahnte, was jetzt kam. In einer der Kuhlen dieses nicht mehr vorhandenen Wegs verlor sein A4 die Bodenhaftung. Marlu riss das Steuer nach rechts, um nicht in der baumbestandenen Böschung zu landen. Meißner lehnte sich in bester Kopilotenmanier ebenfalls nach rechts und fühlte sich wie bei der Rallye Paris-Dakar. Das hier war zwar nur Ingolstadt-Eulerfeld, aber deshalb nicht weniger gefährlich, denn sein A4 war definitiv nicht für Maisäcker und Stoppelfelder konstruiert worden. Es krachte einmal, zweimal, dann soff der Motor ab, und der Wagen rumpelte noch ein paar Meter weiter. Meißner wusste, wo der Rallyefahrer vor ihnen in seinem weißen Q7 landen würde: auf Gut Winkelacker. Dann würde er hinüber nach Zuchering und auf die B 16 fahren und von dort auf die Autobahn abbiegen. Meißner wartete nur noch, bis Marlu seinen geschundenen Gaul zum Stehen gebracht hatte, dann rief er die Kollegen an und gab Dr. Kuttners Koordinaten durch. Vielleicht war ja zufällig eine Streife in der Nähe? Leider nein, wurde ihm gesagt.

»Tut mir leid, Stefan.« Marlu war ganz zerknirscht. Aus eigener Kraft würden sie Meißners Wagen hier nicht mehr rausbekommen.

»Du hast das Zeug zu einer Jutta Kleinschmidt, weißt du das? Dir fehlen nur noch ein paar kleine Trainingseinheiten«, sagte Meißner und orderte einen Abschleppwagen.

Die Beamten im Präsidium Ingolstadt baten die Bremer Kollegen für den Fall um Amtshilfe, dass Dr. Kuttner tatsächlich in Bremen auftauchte. Die Kollegen statteten der Exfrau des Doktors einen Kurzbesuch ab, sie wusste jedoch nichts von dringenden Familienangelegenheiten – genauso wenig wie ihre Exschwiegereltern, die Großeltern ihres Sohnes. Alle Versuche, Dr. Kuttner über Handy zu erreichen oder zu orten, blieben erfolglos. Es war abgeschaltet.

»Hanne? Hanne, bist du da?«

Er zog seine Schuhe aus, hängte den Mantel in die Garderobe und nahm seine Hausschuhe aus dem Schuhschrank: breite dunkelblaue Lederclogs mit Fußbett. In der Küche räumte er die Plastikdose, in der wie immer sein Imbiss gewesen war, aus seiner Ledertasche. Seine Frau trat hinter ihn. Er drehte sich zu ihr um. Ihr Gesicht war nass, aber sie wirkte entspannt.

»Bist du mir noch böse, weil ich heute Morgen zur Arbeit gegangen bin?«

Sie schüttelte den Kopf und wischte sich mit der Hand übers Gesicht.

»Ist er wieder da?«, fragte er.

Sie nickte und drückte sich ein weißes Küchentuch mit blauer Musterborte gegen den Mund, um nicht laut aufzuschluchzen.

»Ist er gesund?«

Sie nickte.

»Gott sei Dank«, sagte er. »Hast du die Polizei schon informiert?«

»Ich hab dem Buben versprochen, dass ich erst morgen anrufe.«

»Warum denn?«

Seine Frau antwortete nicht.
»Ist der andere, der Bergmeister-Bub, auch wieder da?«
Sie erschrak. »Danach habe ich Philipp gar nicht gefragt«, gestand sie. »Ich war so froh, dass er wieder da war.«
Er holte sich ein Weißbier aus dem Kühlschrank, spülte ein Glas aus und schenkte sich ein.
»Freust du dich denn gar nicht?«, fragte sie ihn.
»Natürlich, was denkst du denn?«
Er nahm einen großen Schluck und wischte sich mit dem Handrücken den Schaum vom Mund. »Und was haben die beiden ausgefressen?«, fragte er. »Oder hast du das auch vergessen zu fragen?«
»Das ist doch jetzt egal. Hauptsache, der Bub ist wieder da.«
Er nahm einen weiteren Schluck, ging leise die Treppe hinauf und schlich in das Zimmer seines Sohnes. Philipp schlief. Sein Vater blieb in der Tür stehen. Hinter ihm knarrten die Treppenstufen. Seine Frau stellte sich neben ihn, und er legte zärtlich den Arm um sie.

ACHTZEHN

Kurz nach neun klingelte Meißners Handy. Marlu. Er hoffte, sie würde ihm nicht schon wieder eine Szene machen.

»Stefan, ich hab ein ganz komisches Gefühl.«

Er wartete ab. Komisches Gefühl, weshalb? Er fühlte sich gerade ausgesprochen ungeschützt gegenüber emotionalen Ausbrüchen.

»Bist du noch da? Stefan?«

»Ja, ich warte nur darauf, dass du mir erklärst, worum es geht.«

»Ich mache mir wirklich Sorgen. Hast du die Radionachrichten nicht gehört?«

»Nein, welche denn?«

»Radio IN.«

»Sollte ich denn? Jetzt sag halt endlich, was dich beschäftigt, und lass dir nicht alles aus der Nase ziehen.«

»Es ist nur so ein Gefühl. Auf Radio IN hat eine Reporterin den Verdacht geäußert, dass die beiden verschwundenen Buben etwas mit Gabriels Tod zu tun haben oder wissen könnten, wie sich alles abgespielt hat. Dass sie vielleicht Zeugen sind und sich jetzt in der Gewalt des oder der Täter befinden. Seitdem ich das gehört habe, ist mir ganz schlecht.«

Meißner spürte ihre Unruhe sofort.

»Das war wahrscheinlich diese blonde Spitznase aus der ersten Reihe, die schon auf der Pressekonferenz vorgeprescht ist und mich mit ihren Hypothesen aus der Reserve locken wollte.«

»Die Meldung wird seit halb sechs in jeden Nachrichten wiederholt. Vielleicht ist an den Vermutungen ja was dran, keine Ahnung. Aber stell dir bloß mal vor, wie es den beiden Jungen gehen muss, wenn sie das hören. Damit werden sie doch total unter Druck gesetzt. Und dass sie womöglich noch in der Gewalt von jemandem sind, daran darf ich gar nicht denken.«

»Marlu, beruhige dich. Wir wissen noch immer gar nichts. Nicht einmal, ob die beiden überhaupt irgendwo zusammen sind.«

»Du meinst, sie haben sich getrennt oder wurden getrennt?«

»Ich weiß gar nichts, das ist ja grad das Schlimme.«

Er hatte ein Bild vor Augen. Er sah die beiden Jungen zusammengekauert in einem Versteck hocken. Sie lauschten den Radionachrichten und fühlten sich von aller Welt verlassen. Hoffentlich waren sie wenigstens zu zweit. Dann ergab sich irgendwann immer eine Dynamik. Aber Anhaltspunkte für diese Vermutung hatte Meißner immer noch keine.

Marlu fragte nicht, ob er zu ihr kommen wollte, und er fragte nicht, ob sie wollte, dass er zu ihr käme. Er wünschte ihr eine gute Nacht und sagte, sie solle sich keine Sorgen machen, sondern lieber schlafen, um am nächsten Tag wieder fit zu sein.

Meißner machte sich einen Espresso mit der Saeco. Das Mahlwerk der Maschine lief an, die auf der Abdeckung gestapelten Tassen klirrten leise von der Erschütterung. Dann schaltete sich die Brüheinheit ein, und der starke Mokka füllte die Espressotasse und zauberte die gewünschte Crema auf die Oberfläche. Meißner beobachtete alles, hörte das Brummen, nahm die Vibrationen wahr und war mit seinen Gedanken doch ganz woanders. Er blies in die Tasse, stürzte den heißen Lavazza hinunter und schlüpfte dann hastig in Jacke und Schuhe.

Du musst echt bescheuert sein, dachte er und meinte damit sich selbst. Du wirst dich jetzt gleich ziemlich lächerlich machen. Als hätten die Leute nichts anderes zu tun, als spätabends, kurz vorm Schlafengehen, noch Kriminalbeamte ins Haus zu lassen. Als wüsstest du nicht, dass sie vor Sorgen fast krank sind. Aber du mit deinem Instinkt, deinem Bauchgefühl, das dich hinausjagt und dich zwingt zu handeln. Du musst irgendetwas tun. Stimmt, du musst.

Das Reihenhaus in der Mulzerstraße war dunkel, nur im ersten Stock flimmerte ein schwaches Licht, das man auch für eine Täuschung oder eine Spiegelung der Straßenlaterne hätte halten können. Meißner klingelte. Er meinte, Geräusche zu hören, aber kein Licht ging an, und niemand kam an die Tür. Er spürte, dass jemand da war. Er nahm sein Handy, wählte die Nummer der Kardensteins und hörte es im Haus leise klingeln. Wieder verging eine Ewigkeit, dann endlich hob jemand ab.

»Hallo?« Eine Männerstimme.

»Herr Kardenstein? Machen Sie bitte die Tür auf. Meißner, Kripo Ingolstadt. Ich steh draußen vor Ihrem Haus.«

»Was, jetzt?« Er zögerte.

»Es ist wichtig. Bitte, machen Sie auf. Sie werden mich nicht abwimmeln. Ich bleibe hier so lange stehen, bis Sie die Tür öffnen.«

Wenn schon Trottel, dachte Meißner, dann aber richtig.

Der Hörer wurde beiseitegelegt. Meißner hörte Flüstern, ein Hin und Her von kurzen Sätzen, dann löste sich Meißners Schatten auf der Eingangstür auf, und stattdessen fiel Licht durch die Sicherheitsglasscheibe und ihm vor die Füße. Die Tür ging auf.

»Darf ich reinkommen?«

Herr Kardenstein machte ihm Platz. Am Ende des Flurs stand seine Frau. Das helle Rot ihrer Strickjacke machte sie blass. Etwas hatte sich seit seinem letzten Besuch verändert, Meißner merkte es sofort. Die Fahrigkeit, die schusselige Zerstreutheit, die er gestern an Frau Kardenstein registriert hatte, beides war verschwunden. Ruhig stand sie da und hielt die Hände ineinander verschränkt. Jetzt wusste Meißner, was geschehen war.

»Ihr Sohn ist zurück«, sagte er.

Die Frau nickte. Ihr Mann deutete auf eine offene Tür, Meißner ging voran und setzte sich an den Esstisch aus solidem Buchenholz.

»Warum haben Sie uns nicht gleich verständigt? Das hatten wir doch vereinbart.«

»Ich hab's dem Bub versprochen, dass ich nicht gleich bei Ihnen anrufe.«

»Und warum? Warum sollten Sie nicht anrufen?«

Sie zuckte mit den Achseln. War die Frau wirklich so beschränkt oder einfach nur überglücklich, dass ihr Sohn wieder zu Hause war? Sie sah den Kommissar an, als wüsste sie keine Antwort auf seine Frage.

»Er wollte einfach seine Ruhe haben und schlafen«, sagte ihr Mann.

»Hat er Ihnen wenigstens erzählt, wo er die letzte Nacht und den Tag verbracht hat?«

Wieder sah sie Meißner an wie ein Hühnchen.

»Ich war einfach nur froh, dass er wieder zurück war«, sagte sie, »an alles andere hab ich nicht gedacht. Ist das so schwer zu begreifen?«

»Was ist mit dem anderen Jungen?«

»Daniel?«

»Ja. Ist Daniel auch wieder zu Hause?«

Frau Kardenstein sah ihren Mann an.

»Wir wissen es nicht«, sagte er.

Noch nicht einmal danach hatte sie gefragt? Meißner schüttelte verständnislos den Kopf und rief schnell selbst bei Herrn Bergmeister an. Doch Daniel war nicht nach Hause gekommen. Sein Vater hatte noch immer keine Nachricht von ihm.

»Jetzt tun Sie doch endlich was!«, fuhr er Meißner an. »Sie können doch nicht nur herumsitzen und Däumchen drehen. Wenn es ihr eigenes Kind wäre, das vermisst würde, würden Sie dann auch so lahmarschig herumhocken? Was tut ihr Beamten eigentlich den ganzen Tag?«

Meißner hielt das Handy zwanzig Zentimeter vom Ohr weg, bevor er es Herrn Kardenstein in die Hand drückte. Der ging damit in den Flur hinaus. Vom Festnetz rief Meißner Marlu an. Philipp sei wieder da, sie sollte gleich herkommen und die Kollegen und vor allem Czerny informieren. Vielleicht hätten sie heute noch einen Einsatz.

»Glauben Sie, dass Ihr Sohn etwas mit dem Brand in der Tiefgarage zu tun hat?«, fragte er Frau Kardenstein, die steif auf einem der Holzstühle saß.

»Wenn, dann war es Daniel, der alles angezettelt hat, und Philipp ist nur mitgelaufen. Das Feuer gelegt hat er bestimmt nicht. So etwas könnte er gar nicht. Dazu ist er viel zu ängstlich, mein Philipp.«

»Ich muss mit ihm sprechen.«

»Jetzt gleich? Er ist doch gerade erst eingeschlafen. Wir wissen doch gar nicht, was er durchgemacht hat.«

»Ich würde ihn auch gern schlafen lassen, aber es geht um Daniel. Wir müssen ihn finden. Sie gehen jetzt hinauf und wecken Philipp. Sagen Sie ihm, dass ich mit ihm reden muss.«

»Jetzt gleich?«, fragte sie noch einmal.

»Jetzt sofort«, sagte Meißner. »Sonst hole ich ihn persönlich.«

Als sie aufstand, strich sie sich den Rock glatt, als müsste sie erst noch Zeit gewinnen, dann tappte sie in ihren Birkenstock-Clogs in die erste Etage.

Meißner wartete. Eine Tür ging. Der Junge war wach. Er hörte ihn schlaftrunken wimmern und dann leise mit seiner Mutter sprechen. Wieder ging eine Tür, und die Toilettenspülung rauschte. Meißner lief im Esszimmer auf und ab, blieb nur einmal vor der Wand mit den Familienfotos stehen. Philipp als Baby, Philipp mit seinem ersten Fahrrad, mit Delfin-Schultüte bei der Einschulung, mit Riesenkerze und blauem Anzug am Tag seiner Erstkommunion.

Endlich traf Marlu ein. Sie war nicht allein, sondern hatte gleich eine Streife mitgebracht. Die Beamten warteten im Wagen.

Frau Kardenstein kam mit ihrem Sohn die Treppe herunter und schob ihn vor sich ins Esszimmer. Philipp war gewaschen und in einen Jogginganzug gesteckt worden. Er sah blass aus, übernächtigt, mager.

»Der Junge muss etwas Warmes trinken«, sagte seine Mutter und ging in die Küche.

»Wie geht's dir, Philipp?«, fragte Meißner.

»Gut«, sagte er.

»Du kennst uns noch?«

Er nickte.

»Ist Daniel auch wieder da?«

Philipp schwieg.

»Weißt du es nicht?«

»Ich bin einfach weggelaufen«, sagte er.

»Weggelaufen von wo?«, fragte Meißner.

Seine Mutter kam mit einer Tasse heißer Milch, einer Kakaopackung und einem Teller mit Keksen zurück. Sie gab einen Löffel Kakao in die Tasse und rührte geräuschvoll um.

Meißner stand kurz vor einem Nervenzusammenbruch. Er war doch nicht mitten in der Nacht hergekommen, um dem verlorenen Sohn bei seinem ersten Abendessen zuzusehen. Er riss sich zusammen und sah zu Marlu, die in die Betrachtung ihrer schlanken Finger und der matt weiß lackierten Nägel vertieft zu sein schien.

»Frau Kardenstein, ich bin ein bisschen nervös wegen Daniel, das verstehen Sie doch sicher? Könnten Sie sich jetzt bitte hinsetzen und Philipp erzählen lassen? Oder möchten Sie lieber draußen warten?«

Sie legte den Löffel weg, setzte sich neben Philipp und legte die Hände auf ihre Oberschenkel.

»Du hast gesagt, du wärst weggelaufen«, wandte sich Meißner an den Jungen. »Von wo denn?«

Philipp nahm einen Schluck Kakao, und Meißner hätte vor Ungeduld fast angefangen mit den Fingern auf den Tisch zu trommeln.

»Aus einem Gartenhaus«, sagte er schließlich.

»Aha, und wo steht das?«

»In einer Anlage vorn am Brückenkopf.«

»Wie seid ihr da reingekommen?«

»Es war nicht abgesperrt.«

»Wart ihr allein dort?«

Philipp nickte in seinen Becher.

»Und Daniel ist noch immer dort?«

Wieder schwieg er.

»Warum seid ihr überhaupt von zu Hause abgehauen?«

Philipp antwortete nicht.

»Du weißt schon, dass du uns die Wahrheit sagen musst?«

»Der Junge lügt doch nicht«, schaltete sich die Mutter wieder ein.

»Soll ich Ihnen sagen, was ich glaube? Ich glaube, dass Philipp uns nicht die Wahrheit sagt«, fuhr Meißner sie an. »Und ich glaube auch, dass er mit Daniel zusammen das Feuer in der Tiefgarage gelegt hat und die beiden deshalb nicht mehr nach Hause gegangen sind. Vielleicht wart ihr ja selbst erschrocken darüber, wie groß das Feuer geworden ist.« Meißner sah Philipp scharf an. »Vielleicht habt ihr die Feuerwehr und die Polizei gesehen und euch deshalb nicht mehr nach Hause getraut, weil ihr Angst hattet. So ein voller Benzinkanister kann einen ganz schönen Schaden anrichten. Wo hattet ihr ihn überhaupt her?«

Philipp, der bisher teilnahmslos in seine Tasse gestarrt hatte, schreckte kurz hoch, sagte aber nichts.

»War noch jemand dabei?« Meißner war sich fast sicher, dass es so gewesen war.

Philipp schüttelte den Kopf, aber es sah eher aus, als wollte er die Frage abschütteln als sie verneinen.

»Warst du in der Tiefgarage und hast den Brand gelegt, oder war es Daniel?«

»Mir ist schlecht«, sagte der Junge und stellte die Tasse ab.

»Hören Sie jetzt auf mit diesem Verhör«, protestierte nun auch Frau Kardenstein. »Ich dachte, es ginge Ihnen darum, Daniel zu finden.«

»Ist Daniel noch in dem Gartenhaus?«, fragte Meißner.

»Weiß ich doch nicht«, sagte Philipp weinerlich.

»Wir fahren jetzt dorthin«, sagte Meißner. »Und du kommst mit, Philipp. Sie können uns natürlich auch begleiten, wenn Sie wollen. Ihr Sohn muss uns zeigen, in welcher Laube sie sich aufgehalten haben. Ist dort *noch* jemand, Philipp? Ich meine, jemand außer Daniel?«

»Ich weiß nicht«, jammerte Philipp, und seine Mutter legte schützend den Arm um ihn.

Als sie mit mehreren Fahrzeugen zum Brückenkopf kamen, war es stockdunkel. Die Stauffenbergstraße mit dem Verlagsgebäude und dem Forum des »Donaukuriers« war menschenleer. Vor dem Eingang zur Kleingartenanlage Münchener Straße Bonschab wartete bereits Anton Rechberger, der Vorsitzende des Kleingartenvereins. Er öffnete ihnen das Eingangstor.

Es war abgesperrt, dachte Meißner. Hier muss jemand mit einem Schlüssel aufgesperrt und dann die beiden Brandstifter hineingelassen haben. Also hatte Philipp gelogen.

Philipp und seine Eltern wurden von zwei Beamten flankiert. Meißner konnte auf den Buben nicht verzichten. Ohne ihn würden sie die Laube nicht finden, in der er die letzte Nacht und den folgenden Tag verbracht hatte und in der sie Daniel vermuteten. Philipp gab die Richtung vor. Sie gingen den Hauptweg parallel zu den Eisenbahnschienen entlang, und als sie schon fast am Ende der Anlage waren, deutete Philipp an, dass sie sich links halten mussten. Sein Gesicht war käsig weiß, seine Augen weit vor Angst. Meißner hoffte, der Junge würde durchhalten, bis sie das richtige Gartenhaus gefunden hatten. Für Notfälle war bereits ein Sanka angefordert worden. Hoffentlich dachten die Sanitäter daran, das Martinshorn stumm zu schalten.

Die Szenerie musste dem Jungen und seinen Eltern gespenstisch vorkommen. Der Schein der Handlampen irrlichterte durch die verlassene Kleingartenanlage, die Bäume warfen lange Schatten. Die Laubenkolonie hatte sich in eine Landschaft aus einem Horrorfilm verwandelt, die Schatten verwischten die letzten Spuren einer Kleingartenidylle. Marlu lief zu Philipp, um ihn nach den verbliebenen drei Hütten der letzten Grundstücksreihe zu fragen. Meißner schien es, als wäre ein Nachtvogel ganz nah und lautlos an ihm vorübergeflogen. Vielleicht war es aber auch nur eine optische Täuschung gewesen, die im Licht der Taschenlampen entstanden war. Sicher war er sich nicht. So wie man auch bei Sternschnuppen oft nicht wusste, ob man sie wirklich gesehen hatte oder ob es doch nur eine Täuschung, irgendein Lichtreflex gewesen war.

»Er sagt, es muss das Häuschen in der Mitte sein, das mit den Lamellen-Fensterläden«, flüsterte Marlu.

»Ist er sich sicher?«

Sie nickte.

Meißner sah, wie die Beamten den Jungen und seine Eltern zur Straße zurückbrachten. Zwei weitere Kollegen waren aufgerückt. Sie näherten sich der Hütte von zwei Seiten und warteten auf den Befehl zum Zugriff. In der Laube war kein Licht zu sehen, es gab keinerlei Anzeichen, die auf die Anwesenheit von Personen schließen ließen. Meißner drückte die Klinke hinunter. Es war abgesperrt. Er gab einem der Beamten ein Zeichen, der der Holztür einen gezielten Fußtritt verpasste, sodass sie aufschwang. Mit der Pistole im Anschlag ging Meißner voran. Das Häuschen bestand nur aus einem Raum. Die einzige schmale Tür neben der Küchenzeile führte zu einer Zelle mit Chemietoilette. Alles war verlassen. Auf dem Tisch standen drei Gläser, am Boden lag eine leere Fanta-Flasche.

Rechberger, der Vereinsvorstand, nannte den Beamten den Namen des Pächters, den sie aus dem Schlaf klingelten. Er hieß Robert Stadler und sagte, er sei schon mindestens vier Wochen nicht mehr in der Laube gewesen. Er habe den Schlüssel verlegt und noch keine Zeit gehabt, danach zu suchen. Irgendwann hätte er Herrn Rechberger um seinen Zweitschlüssel gebeten, zum Nachmachen, aber erst habe er selbst noch einmal gründlich suchen wollen. Er habe keine Ahnung, wo der Schlüssel hingekommen sei. Ob ihn jemand an sich genommen haben könnte, fragte Meißner. Stadler hatte keine Vermutung, keinen Verdacht.

Meißner forderte ihn auf, zur Anlage zu kommen und in Anwesenheit der Spurensicherung nachzuschauen, ob etwas fehlte oder ob die Personen, die in der Laube gewesen waren, irgendwelche Dinge hinterlassen hatten. Ob das heute noch sein müsse, fragte der Mann. Morgen früh reiche vollkommen, sagte Meißner. Zuerst würde die Spurensicherung noch ihre Arbeit tun.

Philipp wartete zusammen mit seinen Eltern im Rettungswagen. Der Junge war jetzt noch bleicher als zuvor. Er musste ins Bett.

»Keiner da«, sagte Meißner. »Wo könnte Daniel jetzt sein? Hast du eine Ahnung?«

Philipp schüttelte den Kopf.

Meißner startete einen letzten Versuch.

»Wer hat euch in diese Hütte gebracht? Wie heißt er?«

Philipp zitterte. Meißner befürchtete, er könnte kollabieren. Die Mutter drückte seine Hand, und sein Kopf sackte an ihre Schulter.

»Wolf«, flüsterte er.

»Wolf? Und wie weiter?«

Philipp zuckte mit den Achseln und presste die Hände auf seine Ohren.

»Weiß ich nicht«, wimmerte er. »Er war mal auf dem Tilly-Gymnasium. Ist da rausgeflogen.«

»Ein Jugendlicher? Wie alt ist er?«

Philipp schnäuzte sich in das Taschentuch, das seine Mutter ihm unter die Nase hielt.

»Achtzehn, neunzehn?« hakte Meißner nach.

Philipp nickte. Damit ließ Meißner ihn endlich in Ruhe.

NEUNZEHN

Als der Wecker klingelte, fühlte er sich matt. Er erinnerte sich an wirre Träume, an Verfolgungsjagden. War es schon vorbei? Er drehte sich zur Seite, um weiterzuschlafen, aber jemand rüttelte und zerrte an ihm und ließ nicht locker.

»Du musst aufstehen, Wolf«, sagte der andere. »Na endlich, ich dachte schon, ich krieg dich nie wieder wach. Du hast geschlafen wie ein Toter.«

Endlich begriff er, wer der andere war, warum er ihn Wolf nannte und was heute für ein Tag war. Es war noch nicht vorbei.

»Okay«, sagte er und sprang aus dem Bett. »Von mir aus können wir loslegen!«

Wolfs Mutter war schon zur Arbeit gegangen. Sie hatte ihm und Daniel Frühstück gemacht und Pausenbrote für sie vorbereitet.

»Willst du meins auch?«, fragte Wolf. »Ich brauche heute nichts.«

»Ich denke, du gehst schon seit Wochen nicht mehr zur Schule?«, fragte Daniel. »Das hast du uns doch erzählt.«

»Stimmt ja auch.«

»Und deine Mutter?«

»Was ist mit meiner Mutter?«

»Warum macht sie dir dann morgens immer noch ein Pausenbrot?«

»Sie weiß es nicht.«

»Was heißt, sie weiß es nicht?«

»Na, sie weiß es eben nicht, Mann.«

»Du hast ihr nicht gesagt, dass du von der Schule geflogen bist? Findest du das normal?«

»Wer hat denn was von normal gesagt?«

»Dass Wolf nicht dein richtiger Name ist, hab ich mir gleich gedacht«, sagte Daniel. »Deine Mutter hat dich ›Conny‹ genannt. Und wie heißt du richtig? Ich meine, wofür ist ›Conny‹ die Abkürzung?«

»Constantin«, sagte Conny.

Als sie die Wohnung verlassen hatten, dachte Daniel, er müsste irgendetwas unternehmen, lief aber nur stumm neben Conny auf der Straße her.

Sie nahmen den Bus zur Schule. Conny hatte sich eine Pistole in den Hosenbund gesteckt. Er hatte die leichte Glock-Pistole bei seinem Onkel, einem Sportschützen, aus dem Waffenschrank gestohlen. Daniel war nicht sicher, ob sie nicht doch geladen war. Darüber trug er ein weinrotes Sweatshirt. Er wirkte ganz ruhig, als er sich an der Hauptschule von Daniel verabschiedete. Daniel sah ihm nach und hob zum Abschied die Hand. Doch Conny drehte sich nicht mehr um, sondern ging, den Blick nach vorn gerichtet, mit hüpfenden Schritten davon.

Die Kollegen hatten sich noch nicht einmal richtig gesetzt, da brauste Meißner schon auf: »Wo ist Daniel, verdammt noch mal? Und wer ist dieser Wolf?«

Keiner sagte etwas. Fischer wirkte müde, und auch Marlu hatte Schatten unter den Augen. Wahrscheinlich hatte sie sich genauso oft im Bett hin- und hergewälzt wie Meißner selbst.

»Wieso nennt er sich Wolf?

»Canis lupus«, nuschelte Holler.

»Was?« Fischer war aufgewacht.

»Na, *canis lupus* eben. Ein Raubtier aus der Familie der Hunde.« Alle sahen Holler an. »Lebt im Rudel«, fügte er etwas leiser hinzu.

»Hast du das etwa bei Wikipedia nachgeschlagen?« Fischer feixte. »Und jetzt, du Schlauberger? Was sollen wir mit deinem Wissen anfangen? Warum nennt sich der Unbekannte so? Weil er im Rudel lebt?«

»Vielleicht ist er einer von den einsamen Wölfen, oder er heißt wirklich so. Wolfgang vielleicht.«

»Wir brauchen eine genaue Beschreibung von diesem Wolf.«

»Dazu müssen wir noch mal mit Philipp reden«, sagte Marlu.

»Was ist jetzt eigentlich mit dem Arzt?«, fragte Holler.

»Sieht so aus, als wäre er abgetaucht«, sagte Marlu. »Sein Handy schaltet er jedenfalls nicht mehr ein. In Bremen ist er wie erwartet nicht angekommen. Die Fahndung läuft.«

»Er entzieht sich also ganz offensichtlich der Untersuchung seines Fahrzeugs«, sagte Fischer. »Das macht ihn doch ziemlich verdächtig, oder? Was für ein Wagen ist das eigentlich?«

»Ein großer SUV«, sagte Marlu. Sie sprach es aus wie »Suff«. Fischer feixte schon wieder, und Holler grinste vor sich hin.

»Na, so ein Monster-Geländewagen eben. Was ist daran so lustig?«, wunderte sich Marlu.

»Das heißt Es-juh-vih, und kommt von *Sport Utility Vehicle*. Das ist Englisch und hat mit Saufen nichts zu tun.«

»Sehr witzig.«

»Was ist denn mit euch los?«, wunderte sich Meißner. »Dreht ihr jetzt durch? Dr. Kuttner fährt einen weißen Audi Q7, und die Fahndung ist längst raus. Du, Horst, besuchst Philipp jetzt noch einmal. Vielleicht ist ihm noch etwas eingefallen, was für uns wichtig ist. Marlu und ich fahren zur Privatadresse des flüchtigen Arztes und schauen, ob es dort irgendwelche Hinweise auf seinen Aufenthaltsort gibt.«

»Hat jetzt eigentlich jemand überprüft, was dieser Informatiklehrer Lenzen an dem Nachmittag noch gemacht hat, nachdem Gabriel gegangen ist?«, wollte Fischer wissen.

»Ja, ich«, meldete sich Marlu. »Er ist nach Hause gefahren. Als er daheim ankam, war seine Frau noch in der Arbeit.«

»Keine Zeugen also.«

»Genau. Aber er sagt, dass er so gegen halb sechs zu Hause gewesen ist.«

Kurz vor Schulbeginn entdeckte Landenberg, der Hauptschullehrer, Daniel draußen auf der Straße. Der Junge drückte sich unschlüssig vor dem Schulgebäude herum. Es schien, als wollte er hinein, könnte sich aber nicht überwinden, den entscheidenden Schritt zu tun. Landenberg stand an einem der Fenster im ersten Stock und beobachtete ihn eine knappe Minute, bevor er seine Tasche abstellte und die Treppe hinunterrannte. Als er über den Hof lief, war Daniel verschwunden, und Landenberg befürchtete schon, dass er zu spät gekommen und der Junge weggelaufen war. Doch als er auf die Straße hinaustrat, entdeckte er ihn an der Mauer, kleine Steine mit den Schuhen vom Gehsteig kickend. Landenberg ging auf ihn zu und fragte, ob er ihm helfen könne.

»Schön, dass du wieder da bist«, sagte er, als er keine Antwort erhielt. Daniel war immer noch mit den Steinchen beschäftigt. Der Lehrer wartete ab, und weil der Junge so einen hilflosen Eindruck machte, legte er schließlich den Arm um ihn und führte ihn wie einen ängstlichen Erstklässler über die Schwelle des Schulgeländes, lotste ihn über den Hof und hinein in das Gebäude. Mittlerweile hatte sich eine Traube von Landenbergs Schülern im ersten Stock am Fenster versammelt und beobachtete die Szene. Die Jugendlichen waren mucksmäuschenstill und rührten sich nicht von der Stelle.

Landenberg verständigte zuerst den Vater des Jungen, dann die Kripo. Als Meißner die Nachricht erhielt, fuhr er sofort zur Hauptschule. Der zweite der verschwundenen Jungen war zurück. Er lebte und war offenbar gesund. Meißner fiel eine schwere Last von den Schultern.

Blass und schmal saß Daniel im Lehrerzimmer, einem hellen, freundlichen Raum mit überfüllten Bücherregalen, üppigen Grünpflanzen und Fotografien an den Wänden. Sie zeigten Schülergruppen mit ihren Rucksäcken auf Klassenfahrten oder Ausflügen in die Umgebung. Eine Aufnahme eines Schrobenhausener Spargelfeldes war auch dabei. Lange, schnurgerade Reihen von Erdwällen, die mit schwarzer Plastikfolie abgedeckt waren. Das Bild erinnerte Meißner an die endlosen Gräberreihen auf einem Soldatenfriedhof. Seltsamer Vergleich, dachte er, aber die Angst beeinflusste seine Vorstellung. Dabei war er doch gerade so froh, dass auch der zweite Junge wieder heil aufgetaucht war.

Daniel erzählte Meißner von der Gartenlaube, dass er und Philipp dort irgendwie hineingekommen wären und er, nachdem Philipp weggelaufen sei, noch eine weitere Nacht allein dort verbracht hatte.

»Und wer war noch dabei?«, fragte Meißner. Er wusste, dass der Junge log.

Daniel sah ihn kurz an und dann wieder zum Fenster hinaus.

»Hat er etwas mit dem Brand zu tun?« Es war ein Schuss ins Blaue.

»Wer denn?«, fragte Daniel.

»Der, der euch versteckt hat. Der euch mit Essen und Trinken versorgt hat.«

Daniel sah durch ihn hindurch, begann aber mit den Füßen zu wippen. Wieso schützte Daniel diesen Wolf?

»Habt ihr in der Laube Radio gehört?«

»Sie meinen die Meldungen auf Radio IN?«, fragte Daniel. »Das ist doch Blödsinn. Wir wissen nicht, was mit Gabriel passiert ist, und wir haben ihn auch nicht gesehen. An dem Tag, meine ich.«

»An dem Tag, als er verschwand, oder an dem Tag, an dem er starb?«

Daniel antwortete nicht.

»Und was ist mit dem Brand in der Tiefgarage?«

»Sie sind doch der Kommissar.«

Was war hier los? Der Junge log ihn an und blieb dabei so verdammt ruhig.

»Hast du irgendwas genommen?«

»Hä?«

»Drogen meine ich. Hast du gekifft?«

»Blödsinn«, sagte Daniel.

»War dein Vater schon hier?«

»Ich habe mit ihm telefoniert.«

»Was sagt er?«

»Ich soll hierbleiben, bis er mich abholt. Und ich soll nichts sagen, weil er schon einen Anwalt angerufen hat.«

Er klang nicht begeistert, aber in seiner Stimme schwang die Hoffnung mit, dass sein Vater ihm dieses Mal beistehen würde.

»Und wo ist er jetzt?«

»Mein Vater?«

»Nein.«

»Wer?«

»Wolf.«

Daniel richtete sich auf dem Stuhl auf. »Wer soll das sein?«

»Das frage ich dich.«

Daniel zuckte mit den Schultern. »Kenn ich nicht.«

»Jetzt hör mal gut zu, Bürschchen!« Meißner baute sich vor ihm auf, stützte sich auf die Rückenlehne von Daniels Stuhl und brachte sein Gesicht etwa zehn Zentimeter vor das des Jungen.

»Was ist hier los?«

Meißner sah zur Tür, ohne seine Position zu verändern.

»Wieso behandeln Sie meinen Sohn wie einen Schwerverbrecher? Was sind das für Methoden?«

Meißner entschied sich, noch einen Versuch zu unternehmen, obwohl er sich ausrechnete, dass seine Erfolgschancen mit dem Auftauchen von Daniels Vater rapide gesunken waren.

»Wer ist Wolf, Daniel, und wo hält er sich auf?«

»Jetzt lassen Sie ihn aber in Ruhe!« Herr Bergmeister war drauf und dran, auf Meißner loszugehen.

»Hat dieser Wolf etwas mit Gabriels Tod zu tun? Daniel, sag mir endlich, was du weißt.«

»Er hat Gabriel nicht mal gekannt«, machte Daniel endlich den Mund auf. Er hatte verstanden, dass Philipp nicht dichtgehalten hatte.

»Und warum willst du mir nicht sagen, wo er sich aufhält? Wir werden ihn finden, Daniel, darauf kannst du dich verlassen. Wir haben gestern Nacht die Laube gestürmt. In dem Häuschen gibt es jede Menge Spuren von euch. Es wird nicht mehr lange dauern, bis wir die wahre Identität von Wolf herausgefunden haben. Aber im Moment interessiert mich überhaupt nicht, ob Wolf sein richtiger Name ist, wie er wirklich heißt oder wo er wohnt. Was ihr beide, du und Philipp, mit ihm zu tun gehabt habt, ob ihr allein oder zusammen mit ihm etwas angestellt habt, wer das Feuer in der Tiefgarage gelegt hat, das alles ist mir jetzt total egal. Ich will nur wissen, und zwar von dir, Daniel, wo Wolf genau jetzt, in diesem Moment, ist und was er vorhat.«

Daniels Vater stand jetzt neben Meißner und begriff, dass es um etwas Lebenswichtiges ging.

Daniel verschränkte trotzig die Arme. Kein Wort kam ihm über die Lippen. Meißner gab auf. Er drückte dem Lehrer Landenberg seine Karte in die Hand und verließ den Raum. Wäre er eine Comicfigur gewesen, er hätte kleine Rauchwölkchen aus seinen Nasenlöchern ausgestoßen.

Er war gerade ins Auto gestiegen, als sein Telefon klingelte. Es war Landenberg.

»Ich weiß, wo Wolf ist.«

»Und wo ist er?«

»Er wollte ins Tilly-Gymnasium. Mit einer Waffe.«

Meißner blieb die Luft weg.

»Er ist ein Exschüler. Sein richtiger Name ist Conny. Conny Zögler. Daniel sagt, er sei von der Schule geflogen und wolle sich jetzt dafür rächen.«

Meißner raste mit aufgesetztem Blaulicht zum Gymnasium und erkundigte sich auf dem Weg per Handy nach der Lage in der Schule. Im Tilly war der Junge, der sich Wolf nannte, entweder noch nicht aufgetaucht, oder man hatte ihn noch nicht bemerkt. Meißner legte Vogt nahe, den gültigen Notfallplan in Kraft zu setzen: »Bedrohung durch Person innerhalb des Gebäudes«. Seit Winnenden gab es diese Pläne für alle Schulen, und sogar Übungen dazu waren durchgeführt worden. Laut Plan mussten im ersten Schritt die Klassenlehrer informiert werden, die dann die entsprechenden Maßnahmen zum Schutz der Schüler und Lehrer einleiteten. Nachdem er Vogt vom Ernst der Lage überzeugt hatte, informierte Meißner seine Kollegen.

Im Wesentlichen war es die gleiche Mannschaft, die schon am Vorabend die Laube in der Anlage Münchener Straße Bonschab gestürmt hatte, die heute wieder zum Einsatz kam. Auch Marlu und Fischer waren dabei. Während sie das Gebäude umstellten, sperrten die Kollegen die Zufahrtsstraße. Meißner hoffte, dass die Maßnahmen im Gebäude ebenfalls nach Plan liefen. Alles war schon mehrmals im Notfallteam geübt worden, unter polizeilicher Anleitung, nur ohne Schüler. Die Codewörter waren: »Medizinischer Alarm!« Dann musste sich das Notfallteam an den zuvor bezeichneten Orten melden. »Code Rot!« bedeutete Notfall. Die Klassenlehrer würden Anweisungen erhalten und die Schüler in den verschlossenen Unterrichtsräumen beaufsichtigen.

Noch immer gab es keine Spur vom potenziellen Täter. Hielt er sich im Gebäude versteckt? Wartete er noch auf jemanden oder auf etwas?

Das Gymnasium war noch nicht vollständig umstellt, aber Meißner wollte nicht länger warten. Mit Holler bildete er die Spitze der Einsatzgruppe.

Stille und Leere umgab sie, als sie die Schule betraten. Sie arbeiteten sich durch den Gang zum Sekretariat vor. Die Tür war abgeschlossen. Sie gingen zurück und nahmen den linken Hauptgang, der von der Aula abzweigte. Jemand hatte eine schwarze Baseballkappe verloren, die jetzt wie ein Wegweiser am Boden lag. Ihr Schild zeigte auf die Tür des Musikraums. Sie war verschlossen. Die nächste Tür, die zum Physiksaal, ließ sich öffnen. Meißner drückte die Klinke hinunter, schob die Tür mit dem Fuß auf und wagte sich mit der Waffe im Anschlag aus der Deckung. Holler war dicht hinter ihm. Der Raum, dessen Sitzreihen wie in einem Hörsaal anstiegen, war leer. Beide Beamten arbeiteten sich weiter durch diesen und den nächsten Hauptgang und wandten sich dann zum Treppenhaus. Jetzt war das Gebäude umstellt. Fischer informierte sie per Funk, dass sämtliche Nebengebäude, der Fahrradkeller und der Pausenhof sowie das Untergeschoss mit der Kantine und den Schülerspinden durchsucht worden waren. Im ersten Stock waren nur die Toiletten nicht verschlossen. Meißner und Holler blieben konzentriert, obwohl sich bei ihnen das Gefühl breitmachte, dass sich im Gebäude kein Attentäter befand und es vielleicht nur ein falscher Alarm gewesen war. Nur eine Fehleinschätzung. Meißner spürte eine große Erleichterung. Er war nicht scharf darauf, einen Amoklauf oder eine Geiselnahme zu erleben. In Ingolstadt! Die SEKs, die in letzter Zeit in München und Nürnberg in Alarmbereitschaft versetzt worden waren, konnten hier hoffentlich zu Hause bleiben.

Plötzlich ertönte aus einem Zimmer weiter hinten im Gang ein dumpfer Schlag, gefolgt von einem erstickten Schrei. Holler erkundigte sich durch die Tür bei der Lehrkraft, was passiert war. Alles in Ordnung, es war nur ein Tisch umgekippt, hinter dem Lehrer und Schüler sich verbarrikadiert hatten. In die erneute Stille platzte der Gong der Sprechanlage.

»Achtung, eine Durchsage.« Direktor Vogt. »Die Polizei klärt die Lage. Bitte verhalten Sie sich weiterhin ruhig und warten Sie auf neue Anweisungen.« Also noch keine Entwarnung.

Meißner und Holler kehrten ins Direktorat zurück und studierten den Grundriss des Gebäudes, um sicherzugehen, dass sie keine Räumlichkeit übersehen hatten. Sie erhielten die Information, dass auch das Schulamt mittlerweile über die Lage informiert worden war. Nach einem erneuten Rundgang wurden auf allen Stockwerken und Gängen bewaffnete Einsatzkräfte platziert, dann erfolgte die erlösende Durchsage: »Entwarnung! Entwarnung!« Wie vorgeschrieben wurde sie zweimal wiederholt. Die ersten Türen öffneten sich zaghaft, und eine geordnete Evakuierung des Gebäudes folgte. Der Unterricht war für heute beendet. Die Elternvertreter wurden informiert und die Busunternehmen verständigt. Der Notfallplan hatte sich bewährt. Jetzt mussten sie nur noch Wolf finden.

»Danke!«, sagte Dr. Vogt und drückte zum Abschied die Hand des Hauptkommissars. Meißner war überrascht.

Das Gebäude blieb weiterhin umstellt, die Zufahrtswege würden von Einsatzkräften überwacht werden.

»Habt ihr seine Adresse?«, fragte Meißner, als Marlu in das Sekretariat kam.

»Er wohnt im Nordosten draußen, Wirffelstraße. Bei dir alles in Ordnung?«

Meißner nickte. Er hätte Vogt noch gern über Conny Zögler befragt, aber der war schon dabei, dem Schulrat am Telefon minutiös Bericht über den Vorfall zu erstatten. Frau Wimmer, eine der beiden Schulsekretärinnen, erinnerte sich sofort an den Namen.

»Ein ehemaliger Schüler. War er es, den Sie gesucht haben?«, fragte sie.

»Seit wann ist er nicht mehr an der Schule?«

»Ich glaube, es war irgendwann im Frühsommer, als er gegangen ist. Juni vielleicht. Das war schon ein Drama.«

»Warum? Was ist denn passiert? Erinnern Sie sich noch?«

»Ich glaube, er musste die Schule verlassen, weil er in einem Fach unterpunktet hatte.«

»Unterpunktet?« Meißner kannte sich mit Unterpunkten noch weniger aus als mit Punkten.

»Das heißt, dass er in einer Schularbeit keinen oder nur einen Punkt erreicht hat«, erklärte ihm die Sekretärin.

»Ja, wie? Und deshalb fällt man gleich durch? Das gibt's doch nicht.«

»Doch. Diese Regelung existiert.«

Wahrscheinlich nur in Bayern, dachte Meißner.

»Aber er hätte die Klasse doch später einfach wiederholen können?«

»Dazu war er zu alt. Er war schon mal sitzen geblieben.«

»Und was hat er dann gemacht? Die Schule gewechselt?«

»Das geht nicht. Zumindest nicht hier bei uns.«

»Bei uns, heißt das in Bayern? Er hätte also in ganz Bayern kein Abitur mehr machen können?«

Sie nickte. »Zumindest nicht am Gymnasium. Vielleicht woanders, auf einer Fachoberschule zum Beispiel.«

»Oder auf der Baumschule?« Meißner war schon wieder nahe dran, die Beherrschung zu verlieren. Da der Direktor immer noch telefonierte, machten sie sich auf den Weg.

»Welche Straße?«, herrschte er Fischer genervt an, als sie in Meißners Wagen einstiegen.

»Wirffel.«

»Beim TSV Nord draußen?«

Fischer zuckte mit den Achseln. Er war Franke und kannte sich mit den örtlichen Vereinen nicht aus.

Die Wirffelstraße war zwischen Donau, TSV-Gelände und A 9 eingezwängt. Eine Ansammlung von gedrungenen Fünfzigerjahrehäusern mit zu großen einteiligen Fenstern und Eternitverkleidungen an den Wetterseiten. Es erinnerte Meißner an die Häuschen, die auf seiner Märklin-Modelleisenbahn herumgestanden hatten. H0-Spur. Auf ihr Klingeln hin öffnete zwar niemand, aber eine Nachbarin streckte den Kopf zum Küchenfenster heraus.

»Wollen Sie zur Frau Zögler?«, fragte sie. »Die arbeitet bei Schlecker. Da vorn, zwei Straßen weiter.«

Die Schlecker-Filiale war ein schmaler, schlauchartig lang gezogener Laden, in dem sich keine Kundschaft zu befinden schien. Auch die Kasse war unbesetzt. Weiter hinten war eine Angestellte im weißen Apothekerinnenkittel damit beschäftigt, ein Regal mit Shampooflaschen aufzufüllen.

»Frau Zögler?«

Die Frau nickte. Sie erschrak, als Meißner ihr seinen Dienstausweis zeigte. »Polizei?«, fragte sie.

»Wissen Sie, wo Ihr Sohn ist, Frau Zögler?«

»Conny? In der Schule«, sagte sie. Als keiner der beiden Männer darauf reagierte, fragte sie: »Ist irgendwas mit Conny? Hat er etwas angestellt?«

»Er war nicht in der Schule«, sagte Meißner, und das war noch nicht einmal gelogen. Ob sie eine Ahnung habe, wo er gerade sein könnte. Ob es irgendeinen Platz in der Stadt gäbe, wo er sich gern aufhalte. Ihr fiel nichts ein.

»Vielleicht ist er daheim oder bei Onkel Robert. Das ist mein Bruder. Dort ist Conny öfter. Die beiden gehen zusammen auch manchmal auf den Schießstand vom Schützenverein.«

Meißner und Fischer sahen sich an. Daher konnte Conny also seine Waffe haben.

»Können Sie Ihren Bruder anrufen und fragen, ob Conny bei ihm ist?«

»Wir dürfen in der Arbeit keine privaten Telefonate führen«, sagte Frau Zögler.

»Tun Sie's. Wir sagen auch niemandem etwas davon«, meinte Fischer. Meißner atmete tief durch. Sie warteten, während Frau Zögler ihr Handy aus der Kitteltasche zog.

»Mein Bruder weiß auch nichts von Conny«, berichtete sie, nachdem sie aufgelegt hatte. »Er ist in der Kleingartenanlage draußen. Er hat gesagt, seine Hütte sei von der Polizei aufgebrochen worden.«

Elmar Fischer blieb der Mund offen stehen. »Der Herr Stadler ist Ihr Bruder?«

»Ja, natürlich. Aber was ist denn da draußen passiert? Hat Conny damit irgendwas zu tun?«

»Das wissen wir nicht genau, Frau Zögler«, versuchte Meißner sie zu beruhigen. »Würden Sie jetzt bitte mit uns zu sich nach Hause fahren? Vielleicht ist Conny ja schon dort, oder er kommt bald heim, dann wird sich hoffentlich alles aufklären.«

Während Frau Zögler sich bei ihrer Chefin abmeldete, verständigte Meißner den Kollegen Holler und wies ihn an, mit Connys Onkel dessen Waffenschrank zu kontrollieren.

Sie fuhren zusammen zum Haus in der Wirffelstraße und vergewisserten sich, dass der Junge sich nicht dort versteckt hielt. Meißner fragte nach einem Foto von Conny, und Frau Zögler gab ihm einen Schnappschuss, den sie von der Pinnwand im Flur nahm. Der Jugendliche auf dem Foto wirkte auf den ersten Blick fast erwachsen mit seinem dunklen Kinnbart und den vorstehenden Wangenknochen. Andererseits strahlte dieses Gesicht auch etwas kindlich Weiches, fast Phlegmatisches aus.

»Ganz schön feig«, sagte Fischer, als sie wieder im Auto saßen.

»Sag bloß, du meinst mich?«

»Versager«, sagte Fischer. »Und damit meine ich uns beide. Oder gibt es kriminalistische Gründe, die dagegen sprechen, der Mutter zu sagen, dass ihr Sohn seit Wochen nicht mehr zur Schule gegangen ist?«

Meißner konzentrierte sich auf den Verkehr. Es gefiel ihm nicht, dass Fischer ihn einen Versager nannte. Da meldete sich Holler.

»Treffer!«, sagte er. »Aus der Waffensammlung fehlt genau eine Pistole. Eine Glock 17, Kaliber 9 mm. Der Stadler ist ganz schön ins Schwitzen gekommen. Der Schlüssel zum Waffenschrank war noch da. Der Junge muss also gewusst haben, wo er ihn aufbewahrt.«

»Und wo bewahrt er ihn auf?«, fragte Meißner.

»In der Küche. In einem Keramikkrug, der auf einem der Hochschränke steht.«

»Wenn ich Stadler wäre, würde mir aber jetzt auch die Düse gehen«, sagte Meißner.

Marlu hatte am Tilly-Gymnasium ausgeharrt, die Stellung gehalten für den Fall, dass Wolf doch noch auftauchte. Dann erreichte sie die Meldung über die verschwundene Glock, und schließlich schickten ihr die Kollegen das Fahndungsfoto von Conny aufs Handy. Als Marlu in dieses noch etwas teigige, nicht ganz ausgebackene Jungengesicht blickte, regte sich in ihr ein Instinkt, eine Art Intuition, und sie meldete sich von der Einsatzgruppe am Gymnasium ab. Ihr Vorgehen war eigenmächtig, aber sie hatte das Gefühl, dass sie ihrer Eingebung folgen sollte. Was hatte Häusler, einer ihrer besten Ausbilder an der Polizeischule, immer gesagt? Man muss auch selbst denken können.

ZWANZIG

Meißner fühlte sich leer und ausgepowert. Er stellte fest, dass sein A4 wie ein alter Gaul den Weg zum Stall von selbst gefunden hatte, obwohl unter der Motorhaube eine Herde junger Mustangs darauf wartete, endlich einmal losgaloppieren zu dürfen. Meißner nahm den Fuß vom Gaspedal, zog sogar die Zügel an und bugsierte seinen Appaloosa in die Parklücke auf dem Parkplatz des Präsidiums. Er sah an dem Backsteingebäude hinauf, in das er jeden Tag ging, konnte sich aber in diesem Moment nicht entschließen, auszusteigen und die Eingangstür zu seinem Arbeitsplatz zu öffnen. Fischer plapperte vor sich hin, aber Meißner hörte nicht zu.

»Elmar, ich brauche mal eine halbe Stunde Pause«, sagte Meißner.

Fischer grinste ihn an. »Schön, dass du meinen Vornamen kennst, Chef. Geht klar, lass dir nur Zeit.«

Meißner überquerte die Esplanade und ging auf der Harderstraße Richtung Fußgängerzone. Im Stadtcafé setzte er sich an einen der Fenstertische und war froh, als eine junge Bedienung an seinen Tisch kam, die er hier noch nie gesehen hatte. Also hatte Kirsti heute ihren freien Tag. Er rührte in seinem Cappuccino und orderte ein größeres Glas Leitungswasser nach.

Sein Blick flog durch den Raum. Ringsherum nur junge Leute. Sie kamen ins Café, um sich zu unterhalten, miteinander zu lachen, sich Geheimnisse zu erzählen. Sie berührten sich beim Reden, gestikulierten, strichen sich die Haare aus dem Gesicht, hielten sich beim Lachen oder staunend die Hand vor den Mund, grimassierten, während er hierherkam, um allein zu sein und seine Gedanken zu ordnen. Er wählte Marlus Nummer, aber sie ging nicht ran. Eigentlich sollte sie noch auf ihrem Posten im Tilly sein, dachte er verwundert, trank seinen Cappuccino aus und verließ seinen Beobachterposten an der Fensterfront wieder.

Beim Überqueren des Flusses sah sie hinüber auf die Fußgängerbrücke und dachte: SONG LA DITT, IN SATT GOLD, TATLINS DOG.

Plötzlich standen die weißen Riesenbuchstaben wieder vor ihrem geistigen Auge, und sie sah das Bild vor sich, wie sie vor ein, zwei Jahren hier an der Brücke befestigt gewesen waren. Eine Kunstaktion. Sie war überrascht, dass sie sich noch so genau daran erinnern konnte. SONG LA DITT, IN SATT GOLD, TATLINS DOG. Der Künstler hatte dieselben Buchstaben jeden Tag neu sortiert und sie am Brückengeländer angebracht. Alles waren Variationen des Namens INGOLSTADT gewesen. TATLINS DOG hatte ihr damals schon am besten gefallen.

»Stefan?« Fischer streckte den Kopf in Meißners Büro. »Der Q7 von Dr. Kuttner ist gesehen worden. Der Hunderttausend-Eier-Wagen.«

»Weißt du, was mich an deiner Meldung im Moment noch mehr interessiert als der von dir geschätzte Kaufpreis?«

»Ach so, ja, er wurde in der Nähe der Autobahnausfahrt Ingolstadt-Nord von einer Streife gesehen. Weiß wie eine Yacht.«

»Von mir aus auch TDI und quattro.« Meißner riss der Geduldsfaden. »Und? Verdammt noch mal, Fischer, wir sind hier nicht im Audi-Showroom! Sind sie ihm nachgefahren? Haben sie ihn gestellt?«

»Er ist ihnen entwischt«, sagte er kleinlaut.

»Ja, klar. Lass mich raten, wegen der 270 PS? 300? 330?«

»Jetzt wissen wir immerhin, dass er noch in Ingolstadt ist«, brummte Fischer.

»Er wollte sowieso nie nach Bremen zu seiner Exfrau und zu seinem Sohn. Das war doch alles nur Show, um uns abzulenken. Hoffentlich stellt er seinen Q7 jetzt nicht in einer Tiefgarage ab und steigt in einen Opel Astra um.«

»Astra?«, schnaubte Fischer verächtlich. »Da ginge er wohl lieber zu Fuß! Ich übrigens auch.«

»Ich finde, wir sollten uns jetzt endlich die Wohnung von Dr. Kuttner ansehen«, sagte Holler, als sie zusammen am Kaffeeautomaten standen.

Meißner nickte. Sein Puls flatterte. Vielleicht würde es schon helfen, wenn er weniger Kaffee trank. Er fasste sich an die linke Seite.

Bekam er jetzt auch noch Herz-Rhythmus-Störungen? Werde bloß nicht alt, hatte seine Mutter immer gesagt.

»Ist was mit dir, Stefan?«, fragte Holler.

»Alles okay«, sagte er.

»Wo fahren wir hin, nach Haunwöhr?«, fragte Holler.

»Ja, er wohnt ganz in der Nähe der Familie Tanner. Keine besonders noble Adresse für einen Arzt.«

»Sag mal, wo steckt eigentlich Marlu?«, fragte Meißner.

»Am Tilly, denke ich.«

Das hatte Meißner auch gedacht. Aber da er sie immer noch nicht erreicht hatte, war er sich nicht mehr so sicher. Warum meldete sie sich nicht?

Holler hielt in einer Seitenstraße vor einem verschachtelten Betonbau aus den Neunzigern, den man früher Penthaus genannt hatte. Die geräumigen Balkone und Dachgärten lagen versetzt übereinander. Das Haus sollte wohl einen individuellen Touch ausstrahlen, war aber doch nur vertrocknete, staubige Thuje in unverwüstlichem Waschbeton. Die Wohnungen waren bestimmt modern und großzügig geschnitten, trotzdem würde Meißner hier nicht wohnen wollen. Konnten Häuser wie dieses noch eine Seele haben? Ach, was geht es dich an, schimpfte er mit sich selbst. Was interessieren dich die verdammten Seelen von Ingolstädter Betonklötzen oder auch von Palazzi in italienischen Renaissancedörfern? Die können dir doch total egal sein.

Sie klingelten mehrmals. Schließlich wurde ihnen von einer Nachbarin geöffnet. Frau Sunkler war eine ältere Dame, deren Lider sich über den Augen zu spitzen Dreiecken falteten. Sie trug Fell-Hausschuhe. Im Wohnzimmer hing ein riesiger Messingkäfig von der Decke. Der Graupapagei, der darin residierte, krächzte immer wieder dasselbe zweisilbige Wort.

»Nein, das ist nicht Gisbert«, sagte Frau Sunkler. »Mein Mann«, erklärte sie den Beamten. »Bei jedem Mann, der die Wohnung betritt, denkt Jaku, Gisbert käme zurück. Dabei ist er schon seit sechzehn Jahren tot. Oder heißen Sie auch Gisbert?«

»Stefan«, sagte Meißner.

»Das ist Stefan«, sagte Frau Sunkler zu Jaku, »nicht Gisbert.«

»Kennen Sie Herrn Kuttner, der über Ihnen wohnt?«, fragte Meißner.

»Den Doktor? Nicht sehr gut. Was wollen Sie denn von ihm?«

»Wir müssten ihn dringend sprechen, können ihn aber nicht erreichen.«

»Wir haben dieselbe Zugehfrau. Sie tratscht hin und wieder ein bisschen und trägt mir Dinge zu, die mich eigentlich nichts angehen.«

»Und was tratscht sie über Dr. Kuttner?«

»Ach, nur dass er ein sehr ordentlicher, korrekter Mensch ist.«

»Damenbesuche?«, fragte Meißner. Das Wort hörte sich wirklich antiquiert an.

»Gelegentlich«, sagte Frau Sunkler, »aber immer sehr diskret. Immer dieselbe Dame.«

»Sie haben sie also schon einmal gesehen?«

»Schon. Sehr elegant. Distinguiert, selbstbewusst und unabhängig, aber nicht frei, wenn Sie verstehen, was ich meine, Herr Hauptkommissar.«

»Sie meinen, es war eine verheiratete Frau?«

»Ja, das meine ich.«

Sie öffnete die Käfigtür und kraulte ihrem Liebling den Hals. Der Vogel knarzte, als habe ihm jemand einen Blecheimer übergestülpt.

»Hat die Zugehfrau einen Schlüssel für die Wohnung von Herrn Kuttner?«, fragte Holler.

»Er hängt bei mir. Aber ich war nie oben, falls Sie meinen, es würde mich interessieren, bei anderen Leuten in der Wohnung herumzuschnüffeln.«

Wäre doch mal eine Abwechslung zur einzigen Gesellschaft eines Graupapageis, dachte Meißner. Die Tristesse dieser Musterwohnung aus einem Möbelprospekt der neunziger Jahre ging ihm langsam an die Nieren.

»Würden Sie uns den Schlüssel kurz überlassen?«

»Selbstverständlich. Ich muss auf niemanden mehr Rücksicht nehmen.«

Sie begleitete sie bis zum Hausflur. Jaku rief ihnen etwas hinterher, was auf keinen Fall Gisbert hieß.

Marlu stellte den Wagen in der Regimentstraße ab. Vor ihr lagen die große Grünfläche des Klenzeparks und die Südostfront des Reduit Tilly, eines klassizistischen Festungsbaus in Form eines zur Donau hin offenen Halbkreises. Leo von Klenze war einer der Erbauer gewesen. 1992 hatte im Park die Landesgartenschau stattgefunden. Sie hielt sich rechts, Richtung Bahngleise und Saturn Arena.

Die Wohnung im zweiten Stock sah vom Schnitt her aus wie die im ersten, sie kam jedoch ganz ohne dicke Perserteppiche und dunkle Stilmöbel aus. Und ohne Papagei. Meißner und Holler trafen auf eine saubere, fast steril wirkende Wohnung mit großbürgerlichem Touch und wenigen Spuren von Leben. Eine weiße Ledergarnitur, ein eckiger Glastisch, darunter ein chinesischer Seidenteppich in edlem Grau. An den Wänden weiße Bücherregale mit Glastüren und eine versteckte Stereoanlage von Bang & Olufsen, auf deren futuristischen Lautsprechern, schwarzen Dreispitzen auf silbernem Fuß, das Markenlabel prangte. Überhaupt war alles Markenware in dieser Wohnung: Poggenpohl-Küche und Neff-Herd, Alessi-Obstkörbe und immer so weiter. Das Schlafzimmer war in Schwarz und Royalblau gehalten, es gab blaue Satinbettwäsche und dunkelgraue verschiebbare Vorhangmodule. Geballte Designerkälte, dachte Meißner.

Der Seidenschlafanzug im Bett war auf Kante gefaltet. Wieso fanden Frauen Ärzte eigentlich so irrsinnig anziehend? Der Kommissar sah verwundert und ein bisschen neidisch, dass die Krawatten von Dr. Kuttner sorgfältig nebeneinander auf einer Art ausziehbarem Rost hingen – genauso wie seine Hosen. Die Socken waren in Schubkästen mit spezieller Feineinteilung zu Paaren zusammengelegt. Nirgendwo fand sich auch nur einer der Einzelgänger, die in Meißners eigener Sockenschublade bereits die Oberhoheit erlangt hatten.

Im Schrank fiel ihm ein Clownskostüm auf, rot-weiße Rauten auf der Hose und dem Oberteil mit einem weißen Rundkragen wie eine Halskrause. Das Kostüm war noch in Plastik verpackt, als käme es frisch aus der Reinigung. Am selben Bügel hing eine Plastiktüte, in der Meißner Bekanntschaft mit einer fleischfarbenen

Glatze mit rotem Haarkranz machte, wie Charlie Rivel sie getragen hatte.

»Komisch, der Typ«, sagte Holler hinter ihm. »Kein Foto an der Wand, kein Kalender, so gut wie kein Krimskrams, keine alten Zeitungen, die herumliegen.«

»Dass so etwas existiert, hättest du bisher nicht für möglich gehalten, gib's zu«, sagte Meißner.

»Schau, das hier habe ich an der Garderobe gefunden. Ist vielleicht aus einer Jackentasche herausgefallen.«

Es war ein Parkschein, der in der Innenstadt gezogen worden war. Auf seiner Rückseite stand etwas gekritzelt.

»AL-30? Oder ist die letzte Zahl eine 6?«

»Könnte beides sein«, meinte Holler. »Denkst du, was ich denke?«

Meißner nickte. »Autokennzeichen. IN-AL-30 oder -36. Klingelt da irgendetwas bei dir?«

Holler schüttelte den Kopf. »Bei dir?«

»Ja, aber ich weiß grade nicht, was.«

Als sie Frau Sunkler den Wohnungsschlüssel zurückbrachten, erfuhren sie, dass die alte Dame ihren Nachbarn seit vorgestern nicht mehr gesehen oder gehört hatte. Er sei morgens in seinem Landrover, wie sie den Q7 nannte, weggefahren, und danach seien weder Doktor noch Auto wieder aufgetaucht.

Als Marlu im Klenzepark vor der Bahnunterführung in Richtung Saturn Arena nach rechts abbog, sah sie eine Gestalt auf der Holzplattform über dem Teich des japanischen Gartens stehen. War er es? Natürlich konnte es auch ein Passant, ein Spaziergänger sein, aber ihre Eingeweide rebellierten. Ein deutliches Zeichen. Sie spürte, wie sich eine Gänsehaut über ihre Arme zog und eine heiße Welle vom Solarplexus aus in ihr Gesicht hinaufschwappte. So mussten sich die berüchtigten Hitzewallungen anfühlen, über die sich ihre Mutter jetzt ständig beklagte. Und jetzt?, dachte sie. Was mache ich jetzt, Herr Chefausbilder Kurt Häusler? Gehe ich einfach mal an ihm vorbei? Vielleicht ist er doch nicht der, für den meine Eingeweide ihn halten.

Sie versuchte in gleichbleibend langsamem Tempo zu laufen.

Einfach vorbeischlendern und weiteratmen. Als sie sich auf Höhe der Zielperson auf dem Holzpodest befand, sah sie zu ihm hinüber. Er hatte die Hände in den Eingriffstaschen seines Kapuzenshirts vergraben und fixierte sie aufmerksam. Ob er eine Waffe bei sich trug, konnte sie nicht erkennen. Sie ging auf dem Fußweg weiter und versuchte ihren Atem dem Rhythmus ihrer Schritte anzupassen. Er war es, sie war sich ziemlich sicher. Bei der ersten Laube bog sie vom Weg ab und ging hinter einer Ligusterhecke in Deckung. Sie sah sich noch einmal das auf ihrem Handy gespeicherte Bild an. Ja, das war der Junge, der sich Wolf nannte.

Ein Gärtnertrupp ging draußen in der Grünanlage seiner Arbeit nach. Junge Leute, Anfang zwanzig, die irgendeine slawische oder baltische Sprache sprachen.

»Suchen Sie jemanden?«, fragte sie der Älteste von ihnen, wahrscheinlich ihr Chef.

»Haben Sie oft hier zu tun?«, fragte Meißner ihn, nachdem er sich und Holler vorgestellt hatte.

»Ich mach hier in der Wohnanlage den Hausmeisterdienst.« Er deutete auf einen Lieferwagen in der Einfahrt. Meister Köck – Haus und Garten.

»Kennen Sie Dr. Kuttner aus dem zweiten Stock?«

»Ist das der mit dem weißen Q7? Der Wagen ist mir aufgefallen. Würde ich auch gern fahren, aber dafür müsste ich mir einen anderen Beruf suchen. Mit einem Hausmeisterdienst ist das Geld dafür jedenfalls nicht zu verdienen.«

»War Herr Kuttner allein, wenn Sie ihn gesehen haben?«, fragte Meißner.

»Ja, schon, das heißt …«

»Ja?«

»Einmal ist mir was aufgefallen. Es hat so ausgesehen, als würde ein anderer Wagen hinter dem Doktor herfahren. Ich hab gedacht, dass es vielleicht ein Bekannter wäre. Aber dann ist der Doktor wie immer ausgestiegen und ins Haus gegangen, während der andere im Wagen sitzen geblieben ist. Er hat über eine Freisprechanlage telefoniert und dabei den Hauseingang beobachtet.«

»Ja, und dann?«, fragte Holler.

»Nach ein paar Minuten ist er weitergefahren.«

»Haben Sie ihn später noch einmal gesehen?«

Meister Köck schüttelte den Kopf.

»Können Sie sich an das Auto erinnern?«

»Ich glaube, es war ein Golf oder jedenfalls etwas in der Größe. Und dunkel. Kennzeichen hab ich mir keines gemerkt, wenn Sie das jetzt fragen wollen. Ich bin ja kein Spitzel, der den ganzen Tag über nichts anderes zu tun hat, als sich Nummern aufzuschreiben.«

»Schade, hätte ja sein können«, sagte Holler. »War es ein Ingolstädter Kennzeichen?«

»Ich glaub schon. Was anderes wäre mir wahrscheinlich aufgefallen.«

»Könnte es IN-AL-30 oder -36 gewesen sein?«

»Ich hab Ihnen doch schon gesagt, dass ich mir's nicht gemerkt hab. Gar nicht.«

»Eine Frau haben Sie nie mit dem Doktor gesehen?«

»Doch, schon.«

Köcks Gesichtsausdruck nach erinnerte er sich gern an die Dame. »Sauberes Weib«, sagte er. »Aber für mich genauso unerschwinglich wie ein Q7.«

Meißners Handy klingelte. Marlu, endlich!

»Ich hab Wolf gefunden«, flüsterte sie.

»Wo steckst du? Bist du verrückt, dich von der Schule zu entfernen?«

»Hörst du schlecht, Stefan? Setzt euch in Bewegung und kommt zur Kleingartenanlage. Wenn ich mich nicht täusche, wird der Junge hier gleich auftauchen.« Sie beschrieb ihm, wo sie war und wo sie den Jungen entdeckt hatte, und empfahl ihnen, am besten von beiden Seiten zu kommen und zur Sicherheit auch auf der anderen Seite der Bahnunterführung Einsatzkräfte zu postieren, um Wolf die möglichen Fluchtwege abzuschneiden.

»Pass auf dich auf, Marlu. Und keine Alleingänge mehr, verstanden?«, bellte Meißner und gab den Einsatzbefehl durch.

Der Zugriff erfolgte, als Conny Zögler, alias Wolf, sich der Tür zur Laube näherte, deren ausgebrochenes Schloss provisorisch repariert worden war. Er leistete keinen Widerstand und hatte keine Waffe bei sich. Als er in der Laube vernommen wurde, stritt er ab, Daniel Bergmeister und Philipp Kardenstein zu kennen. Auch dass er mit einer Pistole auf dem Weg zum Tilly-Gymnasium gewesen sei, wäre alles Quatsch, behauptete er cool, es müsse sich um eine Verwechslung handeln. Er bestritt auch, Gabriel Tanner gekannt und etwas mit dem Brand in der Tiefgarage des Tilly zu tun zu haben.

»Gut«, sagte Meißner schließlich, »dann bringen wir dich jetzt zu deiner Mutter. Wir waren heute schon einmal bei dir zu Hause und haben ihr erklärt, was passiert, wenn man in der zwölften Klasse unterpunktet und zu alt ist, um zu wiederholen.«

Sie konnten zusehen, wie der Jugendliche auf seinem Resopalstuhl in sich zusammensank. In der Vernehmung waren nicht alle Mittel erlaubt, kleinere Notlügen aber schon, dachte Meißner. Er freute sich, dass ihm dieser kleine Trick eingefallen war, der den Jungen vielleicht zum Reden bringen würde.

»Was hat sie gesagt?«, fragte Conny.

»Wir stellen hier die Fragen, und du hast noch auf keine einzige wahrheitsgemäß geantwortet. Woher hattest du den Schlüssel für die Laube?«

Der Junge sah Meißner an, als sei diese Frage in dem Augenblick die allerunwichtigste.

»Woher?«, fragte der Hauptkommissar noch einmal, obwohl er es längst wusste.

»Von meinem Onkel«, sagte Conny schließlich. »Ihm gehört die Laube.«

»Und Daniel und Philipp haben hier übernachtet?«

Er nickte.

»Kanntest du Gabriel Tanner?«

»Nein.«

»Du hast dich da nur drangehängt und wolltest deine eigene Suppe kochen, stimmt's?«

»Ach, lasst mich doch in Ruhe. Wisst ihr denn immer noch nicht, wie Gabriel gestorben ist? Aber ihr rennt ja auch die ganze Zeit den Falschen hinterher.«

»Soll ich dir was sagen, Conny, alias Wolf? Ich glaube nicht, dass du der Falsche bist«, fuhr Meißner ihn an. »Ich glaube nämlich, es hat jemanden gegeben, der Benzin in das Feuer gegossen und damit den Brand erst richtig angefacht hat. Und ich glaube auch, dass du derjenige warst. Außerdem glaube ich, dass du eine Waffe bei dir hattest. Wir wissen sogar, welche und wo du sie entwendet hast. Wegen des Diebstahls der Pistole wirst du belangt werden, das sage ich dir. Und dein Onkel dazu, wenn er seine Waffen nicht ordentlich versperrt im Waffenschrank lagert, sondern Hinz und Kunz sich daran bedienen können.«

Conny schwieg und tat so, als ginge ihn das nichts an.

»Dein Onkel kann seinen Waffenschein abgeben und sich ein anderes Hobby suchen. Ist dir das klar?«, fragte Meißner. »Und das ist deine Schuld. Wo ist die Waffe?«

Er bekam keine Antwort.

»Wir werden es herausfinden, verlass dich drauf. Du kommst jetzt mit aufs Präsidium, und für uns ist dann erst mal Feierabend. Du kannst dich über Nacht in unserer Gastzelle ausruhen und noch einmal alles gründlich überdenken. Morgen machen wir dann mit der Vernehmung weiter. Ist das okay für dich?«

Conny sah nicht auf.

»Wieso eigentlich Wolf?«

Der Junge sah ihn trotzig an und schwieg.

»Muss das sein, dass ihr ihn mit aufs Präsidium nehmt?«, fragte Marlu, als die Streife mit Conny abfuhr.

»Nein«, antwortete Meißner. »Aber es schadet nicht, sich ein bisschen Respekt zu verschaffen, und außerdem bekommt er dann noch etwas Bedenkzeit und kann überlegen, was er seiner Mutter sagen wird. Eigentlich ist es doch nur zu seinem Besten, verstehst du?«

»So?«, meinte Marlu. »Hört sich aber irgendwie gar nicht nett an. Dabei war er doch so gescheit und hat die Sache mit der Waffe noch verworfen – wenn es stimmt, was Daniel seinem Lehrer erzählt hat.«

»Vielleicht hat er tatsächlich noch rechtzeitig kapiert, was er im Begriff war zu tun. Aber vielleicht hatte er auch nur die Hosen voll. Ist aber auch schwierig, das zu verstehen, zumal Conny sich nicht sonderlich mitteilsam und kooperativ verhält. Aber zu viel

Mitleid solltest du nicht mit ihm haben, bevor du nicht genau weißt, was er auf dem Kerbholz hat. Und selbst wenn sich die Verdachtsmomente gegen ihn zerstreuen sollten, werden wir ihm keinen Gefallen damit tun, wenn wir ihn zu sehr schonen. Irgendwann muss er für sich selbst einstehen und damit aufhören, die anderen für sein Scheitern verantwortlich zu machen. Verantwortung übernehmen. Darum geht's doch, oder? Die ersten Schritte sind für ihn anscheinend erst mal schiefgegangen, aber er darf trotzdem nicht aufgeben. Er hat es in der Hand, etwas aus sich zu machen, nicht seine Mutter oder seine Lehrerinnen und Lehrer. Das muss er endlich begreifen.«

»Man könnte meinen, hier spricht ein Pädagoge und kein Kriminaler«, spottete Marlu.

»Apropos Kriminaler: Der Zweck heiligt nicht alle Methoden, Frau Kriminalkommissaranwärterin. Aber das besprechen wir noch.«

»Du machst mir Angst, Stefan.«

»Neben der guten gibt es auch eine schwarze Pädagogik. Hast du von der noch nie gehört? Ich hab dir doch gesagt: Der natürliche Feind des Schülers ist der Lehrer. Und der natürliche Feind der Kriminalkommissaranwärterinnen ...«

»Jetzt übertreibst du aber!«

EINUNDZWANZIG

Marlu sprang auf und rannte Stefan Meißner entgegen, als er die Kneipe in der Dollstraße betrat. Sie begrüßte ihn mit einer Umarmung.

Meißner rieb sich die Augen.

»Kaputt?«

»Nicht nur kaputt, total leer. Im Augenblick fühle ich mich wie eine Hülle ohne Innenleben und rede nur noch Schwachsinn«, sagte Meißner und bestellte sich ein Pils.

»Dabei können wir doch jetzt aufatmen: Die beiden Jungs sind gesund und munter wieder da, und Connys Aktion im Tilly, oder wie auch immer man es nennen will, hat er ja wohl selbst verhindert oder abgeblasen. Sogar der Notfallplan im Gymnasium hat funktioniert. War doch ein prima Probealarm, wenn man so will.«

»Wenn man dir so zuhört, könnte man meinen, alles wäre in Butter. Ist es aber nicht ganz, gell?«

»Stimmt, den Tod von Gabriel haben wir immer noch nicht aufgeklärt.«

»Aber wir haben einen Verdächtigen.«

»Der uns allerdings gerade abgeht.«

»Meinst du, er ist noch hier in Tatlins Dog?«

»Wo?«, fragte Meißner.

»Na, in Ingolstadt natürlich!«

»Natürlich«, wiederholte Meißner. Er war zu müde, um sich noch länger zu wundern. »Hat sich eigentlich jemand um das Kennzeichen auf diesem Zettel gekümmert, das Holler bei dem Arzt in der Wohnung gefunden hat?«

»Du meinst das unvollständige, bei dem die letzten beiden Ziffern fehlen? Das hat Holler selbst veranlasst, aber die Ergebnisliste ist verdammt lang.«

»Wie lautete das Kennzeichen noch mal? Bei mir hat da was geklingelt, aber nur ganz leise. Zu leise.«

»Daran kann ich mich nicht mehr erinnern. Du warst doch in der Wohnung und hast den Zettel gesehen. Außerdem hast du grade gesagt, du würdest dich total leer fühlen, also sollten wir uns besser erst morgen darum kümmern.«

Doch Meißner wollte nicht warten. Vielleicht hatte es ja etwas zu bedeuten, dass ihm das Kennzeichen gerade jetzt wieder einfiel. So etwas durfte man nicht aufschieben. Alter kriminalistischer Instinkt. Also rief Marlu Holler zu Hause an. Zuerst hatte sie seine Tochter am Apparat, dann Hollers Frau, dann schließlich kam er selbst ans Telefon und wunderte sich über die Kneipengeräusche im Hintergrund. Marlu hingegen schien es, als spielten bei ihm mindestens fünf Kinder im Flur Fangen. Jedenfalls erinnerte er sich an die Buchstaben und Ziffern auf dem Zettel – genauso wie an die vier eng bedruckten Ergebnisseiten, von denen etwa zwei Drittel auf golfähnliche Kleinwagen zutrafen.

»AL-30«, sagte Marlu, »oder -36. Plus XX. Die zwei folgenden Ziffern kennen wir ja nicht.«

Meißner ließ sich von dieser Auskunft nicht abschrecken. »AL, AL. Was fällt dir dazu ein? Fang einfach mal an zu assoziieren.«

»Albert, Alf, Alfons, Alt, Alfa, Romeo, Julia, Audi, Quatsch, AL, Albi, Alma, Alcatraz ...«

Bei Meißner klingelte es wieder, aber es war wieder nur ein ganz kleines Glöckchen, das da zart bimmelte. Er kam einfach nicht drauf.

»Ich bin todmüde«, sagte er, »und kalt ist mir auch. Ich muss einfach ins Bett. Ich glaube, ich schaff's nicht mal mehr bis runter in die Tiefgarage.«

»Dann zahle ich jetzt, und du kommst mit zu mir. Dein Auto kannst du morgen auch noch holen.«

Hatte sie ihm etwa den Besuch bei Carola verziehen? Er war sich nicht sicher, aber es fühlte sich so an. Stefan Meißner ließ sich wie ein Blinder an Marlus Hand aus der Kneipe führen.

»Ich bin auch eine prima Wärmflasche«, sagte sie und küsste ihn, bis ihm nicht mehr kalt war.

Er fiel in Marlus ungemachtes Bett, und als sie mit einer unbenutzten Zahnbürste aus dem Badezimmer kam, war er schon fast eingeschlafen. Sie half ihm beim Ausziehen, deckte ihn zu und ließ ihn sich von dem Tag erholen. Mitten in der Nacht schreckte er hoch und erinnerte sich an das, was bereits mehrfach an seine Bewusstseinsschwelle geklopft hatte. AL. Alfa. Alfa 1. Im Mordfall Wieninger, einem Raubmord an einem Lentinger Wirt vor einigen Jahren, hatte Meißner mit einer Detektei zu tun gehabt. Es war um Erbangelegenheiten gegangen, einer der Brüder hatte das Erbe angefochten und Nachforschungen gegen den Gastwirt angestrengt. Die Detektei hatte »Alfa 1« geheißen. Natürlich konnte es sich bei dieser Spur auch um eine Sackgasse handeln, aber irgendetwas sagte ihm, dass es nicht so war. Leise, um Marlu nicht zu wecken, stand er auf und kramte in der Küche nach Stift und Papier. Doch er fand weder das eine noch das andere und wollte nicht mitten in der Nacht alle Schubladen durchsuchen.

Am Morgen hörte er weder den Wecker klingeln noch die Kaffeemaschine röcheln oder Marlu rumoren. Erst als sie zu ihm unter die Decke kroch und ihre Hände unter sein T-Shirt schob, wurde er wach. Sie roch nach frischem Kaffee.

»Leider keine Zeit«, flüsterte sie, als er sie zu sich heranzog und ihren Mund suchte.

Als sie »Alfa 1« sagte, war er mit einem Schlag hellwach.

»Was weißt du davon?« Er richtete sich im Bett auf.

»Nichts. Aber über Nacht hat es jemand auf den Küchenboden geschrieben.«

»Auf den Fußboden? Womit?«, fragte Meißner. Er konnte sich an nichts erinnern.

»Mit Bad Reichenhaller Jodsalz, wenn du's genau wissen willst. Die Salzbüchse steht noch auf dem Tisch.«

»Weil es in diesem Polizistinnenhaushalt auch keinen Stift gibt«, murmelte Meißner und sprang aus dem Bett.

»Wer oder was ist denn nun die ominöse ›Alfa 1‹?«

»Eine Detektei!«, rief er vom Bad aus.

Am Waschbeckenrand lagen eine original verpackte Zahnbürste und ein Einwegrasierer, daneben stand eine Dose Rasierschaum mit rosa Deckel.

»›Alfa 1‹ erinnert mich an ›Kobra, übernehmen Sie‹ oder ›Alarm für Cobra 11‹. Wieso nennen die sich so bescheuert?«, fragte Marlu beim Kaffee, zu dem es Knäckebrot mit Marmelade gab, leider keine Butter. Und Kaffee ohne Milch. Vielleicht war Marlus Kühlschrank ja kaputt?

»Damit sie im Branchenbuch möglichst weit oben stehen«, sagte Meißner und starrte auf die Schrift am Boden, die ihm bei Tageslicht wie ein Menetekel erschien. Ein Zeichen.

»Könnte es sein, dass die Firmenwagen solche Kennzeichen haben? Aber wäre das nicht zu auffällig?«

»Ich weiß es nicht. Vielleicht ist das auch alles kompletter Unsinn«, sagte Meißner, »aber wir werden es herausfinden.«

ZWEIUNDZWANZIG

Robert Stadler erschien gleich am nächsten Morgen im Präsidium, um seinen Neffen Conny Zögler abzuholen. Er wisse nicht genau, welchen Blödsinn der Junge angestellt habe, sagte er. Er wolle ihn nur mit nach Hause nehmen, zu seiner Mutter, die sich schon die größten Sorgen um ihn mache. Er würde ihn nach Hause bringen und ihm dann die Leviten lesen. Und zwar gründlich. Von der Schule zu fliegen und alle zu Hause in dem Glauben zu lassen, er ginge immer noch jeden Morgen schön brav aufs Gymnasium, und seiner Mutter weiterhin die Kosten für den Schulbus und die Schulausflüge abzuknöpfen, an denen er nicht mehr teilnahm, das sei doch wirklich unglaublich. Da müssten bei dem Jungen wohl alle Sicherungen durchgebrannt sein. Auch in der Sache mit dem Waffendiebstahl versuchte er ihn in Schutz zu nehmen. Er habe die Glock ja anscheinend weggeworfen oder irgendwo versteckt. Etwas Schlimmes habe er also nicht damit angestellt. Das könne er sich auch beim besten Willen nicht vorstellen. Den Schlüssel für die Laube habe er ihm selbst gegeben, er habe sich erst wieder daran erinnert, nachdem die Polizei ihn danach gefragt habe. Im Herbst, nach der Gartensaison, sei er selbst sowieso nicht mehr im Schrebergarten, warum also hätte er dem Jungen den Schlüssel nicht geben sollen? Conny sei schon in Ordnung. Er habe immer gedacht, dass er die Schule schon packen würde, dass sie kein Problem für ihn sei. Aber anscheinend habe er sich getäuscht. Er war doch fleißig, na gut, vielleicht nicht so fleißig wie andere, aber er habe sich immer bemüht. Doch anscheinend habe das eben nicht genügt. Und der arme Junge habe ja auch keinen Vater mehr, der sich um ihn kümmere, und seine Mutter müsse immer so viel arbeiten. Er selbst habe Conny in letzter Zeit vielleicht ebenfalls etwas vernachlässigt. Aber wie hätte er denn ahnen können, dass er nicht mehr zur Schule ging? Er habe ja auch noch seinen Beruf, er könne sich nicht Tag und Nacht um Conny und seine Mutter kümmern. Er habe geglaubt, der Junge habe alles im Griff. Bis zum Abitur hätte ja nicht mehr viel gefehlt.

Der Mann redete wie ein Wasserfall, ohne Punkt und Komma.

Sie würden sich jetzt auf jeden Fall beraten lassen, wie es nun weitergehen könne. Es würde sich schon eine Lösung finden. Hauptsache, er könne den Jungen jetzt mit nach Hause nehmen. Alles andere würde sich schon wieder geben. Was sei denn schon groß passiert? Nein, er nehme den Jungen jetzt mit, und dann würde er sich um einen guten Anwalt kümmern. Dass Conny schon achtzehn sei, das sei das Dumme gewesen. Wäre er nicht volljährig gewesen, dann hätte seine Mutter auch von dem Schulverweis erfahren. Eine blöde Regelung sei das. Solange die Kinder bei den Eltern lebten und von deren Einkommen abhängig seien, müssten die doch eigentlich auch über solche Vorfälle informiert werden. So ein Schulausschluss sei ja schließlich keine Lappalie. Ein richtiger Irrsinn sei das heutzutage alles. Zu seiner Zeit habe es das nicht gegeben. Was hieße schon volljährig! Solange man sich nicht selbstständig ernähren könne, sei man im Grunde auch nicht volljährig.

Als Meißner Herrn Stadler und seinen Neffen verabschiedet und zum Treppenhaus gebracht hatte, atmeten die anwesenden Beamten auf. Sie hatten schon gedacht, der Mann würde nie wieder aufhören zu reden.

»Na ja, ich glaube, diesem Stadler geht einfach der Arsch auf Grundeis, deshalb quatscht er so viel«, meinte Fischer salopp. »Schließlich hätte er dafür sorgen müssen, dass sein Neffe nicht an die Schlüssel zu seinem Waffenschrank rankommt. Dafür bekommt er ein Verfahren angehängt. Und wenn das schlecht ausgeht, dann muss er seine Waffen entweder verkaufen oder in Zukunft am Schießstand wegschließen lassen. Ein Rechtsanwalt wird dem Jungen wahrscheinlich zuallererst den Rat geben, dass er auspackt und die Wahrheit sagt.«

»Das wird er schon«, sagte Meißner. »Wenn der sich gefangen hat und merkt, dass das Leben weitergeht, jetzt, wo sein großes Geheimnis aufgedeckt ist …«

»Du meinst, dass er von der Schule geflogen ist?«, fragte Holler.

Meißner nickte. »Das ist es doch, wovor er monatelang Angst hatte. Dass sie ihn für einen Versager halten werden, dass er seine

Mutter und seinen Onkel enttäuscht hat. Jetzt, wo die Wahrheit ans Licht gekommen ist, und er begreift, dass er sich nicht länger verstecken muss, wird auch sein Verstand wieder in die Gänge kommen.«

»Du meinst, er wird uns erzählen, wo er die Waffe versteckt hat und was eigentlich sein Plan war?«, fragte Fischer.

»Sicher wird er das.«

»Dann wird er uns hoffentlich auch wissen lassen, was ihn von seinem Plan, in die Schule einzudringen, wieder abgebracht hat. Denn das würde mich jetzt auch noch interessieren. Wahrscheinlich hat er einfach Schiss bekommen.«

»Angst wäre doch kein schlechter Beweggrund, um vor einer Gewalttat zurückzuschrecken«, meinte Meißner. »Das spräche doch für ihn.«

Die eventuelle Beteiligung Constantin Zöglers an dem Brandanschlag und seine Rolle im Fall des Verschwindens der beiden Hauptschüler würde noch untersucht werden, aber keiner der Ermittler brachte ihn noch mit Gabriels Tod in Verbindung. Es sprach nichts dafür, dass Conny den Jungen gekannt hatte. Von der Waffe fehlte noch jede Spur, aber Connys Onkel hatte versprochen, dass er auf seinen Neffen aufpassen und ihn nicht aus den Augen lassen würde, bis sie gefunden war. Fest stand, dass er sie nicht eingesetzt hatte. Das alles zusammen waren ausreichend gute Gründe, um den Jungen laufen zu lassen.

»Und wie geht's jetzt weiter?«

»Jetzt müssen wir Dr. Kuttner finden. Der kann doch nicht vom Erdboden verschluckt sein. Läuft die Fahndung?«

»Na klar«, sagte Fischer, »den kriegen wir schon. In einer Mini-Großstadt wie Ingolstadt kannst du dich mit so einem Wagen nicht verstecken.«

»Wobei er ja nicht den einzigen Audi in Ingolstadt fährt.«

»Es ist ein Q7, Marlu, nicht einfach nur ein Audi«, entrüstete sich Fischer.

»Wieso hast du gestern eigentlich noch wegen dem Kennzeichen angerufen?«, fiel Holler plötzlich die abendliche Störung wieder ein.

Das Kennzeichen! Meißner hätte fast seine nächtliche Eingebung vergessen.

»Horst, erinnerst du dich an ›Alfa 1‹?«

»Alfa 1? Warte mal. Du meinst die Detektei?«

»Ja, genau. Ist die auf deiner Ergebnisliste zu den Kennzeichen aufgetaucht?«

Holler schüttelte den Kopf.

»Bist du dir sicher?«

»Na ja, namentlich jedenfalls nicht.«

»Hältst du es für möglich, dass sie für ihre Wagen ein Kennzeichen mit AL auswählen?«

»Eher unwahrscheinlich, aber das kann man ja nachprüfen. Wie kommst du da überhaupt drauf?«

Meißner zuckte mit den Schultern.

»Intuition«, sagte Marlu.

»Nur so eine Idee«, sagte Meißner.

»Fehlanzeige«, meldete Holler kurz darauf. »Der Chef von ›Alfa 1‹ sagt, sie wären ja dämlich, wenn sie sich Autokennzeichen mit den Buchstaben AL aussuchen würden. Das Wichtigste bei ihrer Arbeit sei Diskretion. Hat er gesagt.«

»Schade«, sagte Meißner. »Aber dann nehmen wir die Liste jetzt trotzdem genauer unter die Lupe, und zwar ganz routinemäßig und ohne Intuition.«

Ein mandelgroßer Klecks Rasierschaum spritzte aus der blauen Spraydose, dann folgte nur noch Luft. Da half kein Schütteln, und auch kein respektabler Fluch vermochte die Dose wieder zu füllen. Sie war leer. Also wich er auf Seife aus. Der Rasierer rupfte, sprang über die Borstenwurzeln, verfing sich in Hautunebenheiten, und dann passierte es. Die Klinge rutschte am Kinn ab. Schnell füllte sich der Schnitt mit Blut. Auf dem hellgrünen Handtuch, das er sich auf die Wunde presste, wurde der rote Fleck rasch größer. Im Schrank suchte er vergeblich nach Heftpflaster, ging dann hinüber in die Küche, kramte in einer Schublade und sah dabei durchs Fenster nach draußen.

Das war ja mal interessantes Kino im Hotel schräg gegenüber.

Er selbst wurde von seiner Scheibengardine geschützt, während die Frau mit dem transparenten Spitzen-BH an einem der gardinenlosen Fenster in der sechsten Etage des Hotelkomplexes stand. Sie hob den Arm, spreizte den Ellbogen lasziv ab, entfernte eine Spange und ließ ihr Haar über ihre Schultern fallen. Es hatte den Farbton von geschmolzener Milchschokolade.

Er ertastete die Heftpflasterpackung in der Schublade und fingerte einen einzeln verpackten Streifen heraus. Dann ging er zurück ins Bad, um das Pflaster vor dem Spiegel genauer zu positionieren. Als er wieder zum Hotelfenster hinüberschaute, war der Vorhang zur Hälfte zugezogen worden. Trotzdem starrte er weiter wie gebannt auf die Scheibe und stellte sich dabei den Mann vor, der dieser Frau zusah, wie sie ihre Haare löste und sich mit den Fingerspitzen über ihre Brüste strich, ihre Brustwarzen so lange umkreiste, bis sie sich aufrichteten. Er stellte sich vor, er sei dieser Mann und sehe ihr vom Bett aus zu, wie sie nun einen Finger in den Mund steckte, daran sog und dann in der Spalte zwischen ihren Brüsten eine feuchte Spur damit zog.

Schwer atmend stützte er sich auf dem Waschbeckenrand ab. Mit zitternden Fingern klebte er das Pflaster auf die Schnittwunde und befühlte seine schlecht rasierten Wangen. Dann starrte er wieder hinüber. Er konnte nicht anders. Auch als das Telefon klingelte, klebte sein Blick weiterhin am Hotelfenster; und er ignorierte den Anrufer.

Gerade als er seinen Beobachtungsposten aufgeben wollte, nahm er aus dem Augenwinkel eine Bewegung auf dem Balkon wahr, der zu dem beobachteten Zimmer gehörte. Nein, er hatte sich die Bewegung nicht eingebildet. Die Tür ging auf, und ein Mann trat auf den Balkon hinaus. Er trug Hemd und Hose, war nicht besonders groß, blond und eher untersetzt. Die Flamme eines Gasfeuerzeugs leuchtete kurz auf, der Mann rauchte. Durch die geöffnete Tür unterhielt er sich wild gestikulierend mit der Person im Zimmer. Nun trat auch sie aus der Tür. Sie hatte sich in einen weißen Saunamantel gehüllt, der ihr zu groß war, und trug eine dieser riesigen Sonnenbrillen, die man ansonsten nur von Paris Hilton kannte. Die beiden stritten sich. Die Frau trat auf den Mann zu, er wich zurück, bis ihn die Brüstung bremste. Er hob die Arme, schien verzweifelt. Von seinem Beobachtungsposten konnte er nicht erkennen, ob er sie zu sich rief oder wegschickte. Es klingelte an der Tür.

Wahrscheinlich sein Freund Bernie, der ihn abholen kam. Er ging zur Tür, rief in die Sprechanlage, Bernie solle raufkommen, drückte den Öffner, ließ die Wohnungstür einen Spaltbreit offen stehen, dann zog es ihn zurück ans Fenster. Der Balkon von gegenüber war leer, die Tür geschlossen. Mist. Er war enttäuscht und wütend auf Bernie, dass er wegen ihm den Ausgang des Streits verpasst hatte. Er öffnete das Küchenfenster und sah hinunter. Bernies schwarzer GTI stand am Hauseingang. Noch einmal sah er zum Hotel hinüber, sein Blick wanderte an der Fassade hinunter bis zur Grünfläche an der Rückseite des Gebäudes. An einem Strauch bemerkte er etwas Weißes. Da lag etwas, von dem er dachte, dass es vorher nicht da gelegen hatte. Ein Stück Stoff hing im Gebüsch. Es sah aus wie das helle Hemd des Mannes, der gerade noch auf dem Balkon gestanden hatte.

Bernie erklärte ihn für verrückt, als er ihm von der Sache erzählte, und hielt den weißen Fleck für eine Plastiktüte oder ein Handtuch, das vielleicht von einem der Balkone geweht worden war. Nachsehen wollte er aber auf keinen Fall, genauso wenig wie Flo selbst. Er werde sich furchtbar blamieren, sagte Bernie, wenn er jetzt die Polizei riefe. Flo tat es trotzdem.

Florian Huber und sein Freund Bernhard Hofstätter warteten brav in Hubers Wohnung im fünften Stock eines Hauses an der Goethestraße, bis die Polizei bei ihnen klingelte. Huber schilderte den Streifenbeamten, was er gesehen hatte, betonte aber wie schon am Telefon, dass er sich nicht sicher sei, dass tatsächlich etwas vorgefallen war.

»Aber da, schaun Sie. Da unten liegt doch etwas.«

Die beiden Beamten waren eher skeptisch. Da unten im Gebüsch konnte alles Mögliche liegen. Nüchtern war Florian Huber zumindest.

Sie gingen außen am Gebäude des Vier-Sterne-Hotels herum und unterließen es, jemanden vom Hotelmanagement zu informieren. Sie wollten sich nicht lächerlich machen, falls es nur eine Plastiktüte war, wegen der sie gerufen worden waren. Doch als sie den Busch erreichten, sahen sie, dass es keine Plastiktüte war, die Florian Huber vom Fenster aus gesehen hatte.

»Darf man fragen, was Sie hier machen?«, fragte jemand hinter ihnen. Als sie sich umdrehten, sahen sie sich einem Nadelstreifenanzug gegenüber, dessen Träger offenbar zum Hotel gehörte. Er reckte seinen Hals und blickte zwischen den beiden Polizisten hindurch. Die Beamten waren so überrumpelt, dass sie ihren Fund nicht schnell genug abschirmen konnten. Schon wandte sich der Anzugträger ab, würgte und erbrach sich auf die Grünfläche. Aus dem Busch, es war eine lang verblühte Forsythie, ragte ein männlicher Arm heraus. Der Körper, zu dem die Extremität gehörte, war offenbar aus einiger Höhe von einem Fenster, Balkon oder der Dachterrasse des Hotelgebäudes herabgestürzt und hatte das Pech gehabt, mit Kopf und Rumpf auf den Waschbetonfliesen zu landen. Der Arm hatte sich in einem der Ziersträucher verfangen, die die Betonfliesen säumten.

»Welche Zimmer sind das da oben, letzter Stock?«, fragte einer der Beamten den spuckenden Hotelangestellten und deutete an dem Gebäude hinauf.

»605 bis 612«, stöhnte er.

»Also dann.« Der Beamte ließ den Anzugträger vorangehen, während sein Kollege die Kripo verständigte.

Als Meißner mit Fischer eintraf, hatten die Streifenbeamten schon das Wichtigste geklärt: »Wahrscheinlich handelt es sich um die Person, nach der gefahndet wird«, drückte der Kollege sich etwas schwerfällig aus. »Der Wagen des Gesuchten wurde in der Tiefgarage sichergestellt.«

Meißner schickte Fischer mit den beiden weg. Er sollte nachsehen, ob es sich tatsächlich um das Auto handelte, nach dem sie gefahndet hatten. Er selbst blieb bei der Leiche. Der Tote lag auf dem Rücken, die Augen waren geöffnet und starr gen Himmel gerichtet. Meißner erkannte ihn sofort. Es war der Mann, den sie aus den Augen verloren hatten, als er in dem Q7 vor ihnen über den Feldweg davongeprescht war, während Marlu seinen Wagen in einer tiefen Traktorspur am Feldrain aufgesetzt hatte. Es war Dr. Kuttner. Und dieses Mal würde er ihnen nicht mehr entkommen, denn er war mausetot.

»Was hat denn der Zeuge beobachtet?«, fragte Meißner die Kollegen von der Streife.

»Der Zeuge wohnt da drüben.« Der Beamte deutete zum fünften Stock des hellgelb gestrichenen Wohnblocks gegenüber, in dem zwei Männer an einem geöffneten Fenster standen. Auch auf einigen anderen Balkonen hatten sich bereits Zuschauer postiert, denen das plötzliche Polizeiaufgebot nicht entgangen war.

»Und was genau hat er gesehen?«

»Er sagt, zuerst sei eine Frau am Fenster gewesen, dann wäre ein Mann auf den Balkon hinausgetreten, die Frau wäre ihm gefolgt, und dann sei er auf einmal weg gewesen.«

»War schon jemand im Hotelzimmer?«, fragte Meißner.

»Zimmer 605 bis 612«, sagte der Kollege. »Wir haben niemanden gesehen, als wir oben waren.«

Meißner rannte los. In der Lobby stieß er auf Fischer, der geradewegs auf das Treppenhaus zusprintete.

»Nimm den Aufzug, Stefan, 610, sechster Stock.« Weg war er. Der Rezeptionist deutete den Gang entlang.

Als Meißner den sechsten Stock erreichte, stand die Tür zu Zimmer 610 offen, vor der Tür zum Badezimmer war ein Putzwagen postiert.

»Halt, stopp, aufhören!«, schrie Meißner wie ein Irrer.

Als er ins Zimmer stürmte, stand ein Zimmermädchen am Bett, in der einen Hand einen Zipfel des Kopfkissens, das sie eben im Begriff war abzuziehen. Erschrocken starrte die junge Frau ihn an und begann in einer Meißner unbekannten Sprache vor sich hinzumurmeln.

»Kripo Ingolstadt. Alles weglegen und raus«, sagte Meißner. »Nichts mehr anfassen, bitte. Verstehen Sie mich?«

»Ich verstehe Sie sehr gut, und mein Gehör ist auch noch bestens. Sie müssen nicht so schreien.«

»Haben Sie in dem Zimmer noch jemanden gesehen? Haben Sie irgendetwas aufgeräumt, weggeworfen?«

»Nein, nichts. Aber die Tür stand einen Spaltbreit auf. Ich habe geklopft, bevor ich hineingegangen bin. Der Gast hat seine Magnetkarte vergessen. Da.« Sie zeigte auf den Nachttisch, auf dem die Karte lag.

»Haben Sie die Türklinke berührt?«

»Ich glaube, ich habe die Tür mit dem Rücken aufgestoßen, damit ich den Wagen hereinziehen konnte.«

»Haben Sie den Gast gesehen?«

»Oder eine Frau, die ihn besucht hat?« Fischer stand jetzt auch im Zimmer. Meißner fand, dass er für sechs Stockwerke ganz schön keuchte.

Das Zimmermädchen schüttelte den Kopf, ließ mit spitzen Fingern das Kissen fallen und verließ das Zimmer. Sie konnten hören, wie sie mit ihrem Putzwagen zum nächsten Zimmer rumpelte.

Ein halb ausgepackter Koffer lag neben dem Bett, die Toilettensachen standen im Bad. Nirgendwo gab es einen Hinweis auf die Anwesenheit einer Frau. Mit Hilfe eines Taschentuchs öffnete Meißner die Tür zum Balkon. Er war etwa so groß wie eine Fahrstuhlkabine und kaum dazu gedacht, es sich dort gemütlich zu machen. Ein Raucherabteil im Freien mit Aschenbecher, den das Zimmermädchen wahrscheinlich gleich geleert hätte, wenn sie sie nicht daran gehindert hätten. Die Brüstung war eine Konstruktion aus Stahlrohr, etwa einen Meter zwanzig hoch. Kein großes Hindernis.

Meißner beugte sich vor. Bis zum Fundort der Leiche mochten es fünfzehn Meter sein. Wäre der Mann mit mehr Schwung gesprungen oder gestoßen worden, hätte er die Chance gehabt, gänzlich in der Forsythie zu landen und zu überleben. Vielleicht.

»Jetzt haben wir also auch noch einen Ingolstädter Fenstersturz«, sagte er. Als er sich umdrehte, war sein Kollege schon ins Zimmer zurückgegangen.

»Was meinst du?«, rief Fischer von drinnen.

»Ach, nichts.«

Der Rezeptionist wusste immerhin, dass eine Dame Dr. Kuttner besucht hatte, konnte sie aber nicht beschreiben. Sie hatte ein breites Stirnband getragen, eigentlich ein Tuch, das beinah ihren ganzen Kopf bedeckt hatte, und eine große Sonnenbrille.

»Ist Ihnen die Verkleidung nicht seltsam vorgekommen?«

»Meine Herren«, sagte er schlicht, »auch dafür werden Hotelzimmer genutzt.«

»Sie tippen auf eine verheiratete Frau?«

»Ganz sicher. Entweder hat sie Angst vor ihrem eifersüchtigen Ehemann, oder es gibt andere Gründe für sie, unerkannt bleiben zu wollen.«

Sie warteten.

»Was für Gründe?«, fragte Fischer endlich nach.

»Sie selbst oder ihr Mann gehören zur Ingolstädter High Society«, sagte Meißner, »und ohne Brille würde man sie erkennen. Meinen Sie so etwas?«

Der Rezeptionist nickte.

»Haben Sie sie denn erkannt oder eine Vermutung, wer sie sein könnte?«

»Leider nein, aber ich bin auch nicht sehr bewandert in puncto Ingolstädter Gesellschaft. Ich weiß nur das, was man so in der Zeitung liest.«

»Wann ist sie denn eingetroffen?«

»Vor etwa einer oder eineinhalb Stunden.«

»Haben Sie auch gesehen, wie sie das Hotel wieder verlassen hat?«

»Nein, aber durch die Halle kann sie nicht gegangen sein, sonst wäre sie mir auf jeden Fall aufgefallen. Vielleicht ist sie direkt in die Tiefgarage gefahren.«

»Kameras?«

»Ja, hier ist der Monitor.« Er deutete auf einen Bildschirm schräg über ihm. »Aber als die Polizei eintraf, haben wir alle nach hinten raus gesehen, wo die Leiche gefunden wurde. Den Monitor habe ich nicht mehr beachtet.«

Was sie zusammen auf dem Band sahen, war exakt das, was der Portier beschrieben hatte: eine Frau mit verhülltem Haar und Sonnenbrille, die durch die Tiefgarage huschte. Das Auto, zu dem sie ging, musste sich in einem toten Winkel der Kamera befunden haben. Wahrscheinlich hätte sie nicht einmal ihr eigener Mann in diesem Aufzug erkannt.

Sie nahmen die Bänder aus der Videokamera mit. Der Unfallort draußen war weiträumig abgesperrt worden, die Spurensicherung hatte sich bereits an die Arbeit gemacht. Am Fenster der Wohnung des jungen Mannes, der die Polizei gerufen hatte, war jemand mit einer Fernsehkamera zu sehen. Meißner ordnete sofort das Anbringen eines Sichtschutzes an, der Hotelmanager half mit einer spanischen Wand aus der Lobby aus.

Bald darauf winkte ihnen Kollege Rossberg von der KTU mit einem durchsichtigen Plastikbeutel. Darin steckte ein Handy.

»Servus, Kollegen«, sagte Rossberg. »Ich kann es immer noch nicht glauben, dass es den Dr. Kuttner erwischt hat.«

»Kennst du ihn etwa?«

»Kannst du dich nicht mehr erinnern, Stefan, draußen am Stauwehr?«

Meißner *konnte* es nicht sofort, und Fischer *wollte* sich lieber nicht an den Tag erinnern.

»Du hast mich doch an der Absperrung nach dem Jogger gefragt.«

»Stimmt! Du hast mit ihm geredet. Jetzt fällt es mir wieder ein. Und das war Dr. Kuttner?«

»Genau.«

»Warte mal, du hast mir doch erzählt, er hat deine Tochter behandelt. Wegen einer Verletzung beim Handball.«

Rossberg sah zu Boden.

Meißner begann zu ahnen, warum Rossberg ihn angelogen hatte, doch für Elmar Fischer war das zu subtil.

»Hä?«, schaltete Fischer sich ein. »Dr. Kuttner war doch kein Chirurg oder Orthopäde. Der war Kinder- und Jugendpsychiater und nicht für Prellungen und Brüche zuständig.«

»Wie alt ist deine Tochter noch mal?«, fragte Meißner den Kollegen Rossberg.

»Zwölf«, sagte er. »Sie war magersüchtig und vier Wochen bei Dr. Kuttner in der Klinik.«

»Äh, was ist denn jetzt mit dem Handy?«, fragte Fischer ohne Überleitung und ohne jeden Anflug von Einfühlsamkeit.

»Es funktioniert.«

»Dann zeig halt her, was drauf ist.«

»Wenn's so einfach wäre, Fischer, dann könntest du meine Arbeit übernehmen. Aber die PIN steht leider nicht auf dem Ding hinten drauf. Ich kann die SIM-Karte einlesen und den Speicher, aber die PIN weiß ich im Moment noch nicht. Bin ja kein Hellseher.«

»Also müssen wir wieder warten«, jammerte Fischer.

»Du kannst die Zeit ja sinnvoll nützen«, schlug Meißner vor, »und dich darum kümmern, dass der Wagen endlich untersucht wird.«

DREIUNDZWANZIG

»Wer ist das denn?« Marlu stand hinter Meißner und sah ihm über die Schulter.

»Wahrscheinlich die Person, die Dr. Kuttner zuletzt lebend gesehen hat.

»Und da sie nicht erkannt werden wollte, hat sie sich aus dem Staub gemacht, als der Doktor über Bord gegangen war?«

»Genau. Als er tot unten im Hof lag, flüchtete sie durch die Tiefgarage. Sie wusste offenbar sogar, wo die Kamera montiert war, denn sie hat an einer Stelle geparkt, die von der Kamera nicht erfasst wird.«

»So ein gerissenes Luder«, sagte Marlu, und es klang fast anerkennend. »Lass den Film mal laufen.«

Meißner hatte sich die wichtigen Stellen auf zwei Bändern markiert.

»Hier: Ankunft neunzehn Uhr vierzehn. Abfahrt halb zehn. Oder hier, warte. Ankunft zwanzig Uhr fünfundvierzig. An dem Tag ist sie länger geblieben. Bis, warte mal.«

»Fahr noch mal zurück, Stefan. Schau, da sieht man doch, was sie unter dem Trenchcoat anhat. Kannst du das vergrößern? Wonach sieht das für dich aus?«

»Nach irgendwas Kariertem, kann das sein? Rot kariert, wie ein Kilt.«

»Ein Schottenrock?«

»Stimmt. Und?«

»Was und?«

»Na, woran denkst du? Hast du irgendeine Idee?«

Marlu schüttelte zwar den Kopf, aber Meißner glaubte ihr nicht so recht. Sie sichteten noch weitere Bänder, fanden aber nichts mehr.

Am Nachmittag fragte Marlu, ob sie sich die Ausdrucke der Standbilder, die sie von den Videobändern gemacht hatten, mal kurz mitnehmen könne. Sie bringe sie bald wieder zurück, und nein, sie wolle nicht sagen, was sie damit vorhabe, denn es könne auch ein totaler Schuss in den Ofen sein. Meißner solle ihr nur eine Stunde geben. Bis dahin wüsste sie, ob es überhaupt eine Spur gebe oder nicht.

Meißner hatte sich an ihre Alleingänge schon fast gewöhnt und wollte nur noch wissen, ob es etwas Gefährliches sei, was sie vorhabe, und sie bitten, dass sie dafür keinesfalls seinen Wagen nehmen solle, der die Rallye durch das Stoppelfeld – abgesehen von ein paar Kratzern – mit viel Glück heil überstanden hatte.

»Was ist mit der Untersuchung des Q7? Gibt's schon Ergebnisse?«, fragte Meißner.

»Meinst du denn, die können auf einmal zaubern?«, fragte Fischer zurück.

»Und Weihnachten, wenn man sich was wünschen darf, ist auch erst in zwei Monaten«, legte Holler nach. »Aber es gibt Spuren, so viel steht fest. Mit der klinisch sauberen Vollreinigung hat's anscheinend nicht mehr geklappt.«

»Der Herr Doktor ist lieber untergetaucht und hat den Wagen in der Tiefgarage versteckt«, meinte Fischer. »Hat vielleicht gedacht, da wäre er sicher.«

»Sieht nicht besonders gut geplant aus, das Ganze. Eher nach Panik und Blackout.«

»Du meinst, dass er etwas mit dem Verschwinden und dem Tod des Jungen zu tun gehabt hat, Stefan?«

»Irgendetwas ist passiert, was ihn aus der Bahn geworfen hat, vor dem er weggelaufen ist«, meinte der Hauptkommissar.

»Und die Frau, unsere geheimnisvolle Unbekannte?«

»Die konnte ihm auch nicht helfen, so wie's aussieht. Oder sie hat ihm auf eine Weise geholfen, die nicht vorauszusehen war. Und jetzt hören wir auf zu spekulieren, sondern finden lieber heraus, wer sie ist und wo sie sich jetzt aufhält.«

»Wo steckt Marlu eigentlich? Fährt die wieder Wiesenrallye?«, wollte Fischer wissen.

»Mein Auto habe ich ihr jedenfalls nicht gegeben.«

»Servus.« Rossberg streckte seinen Kopf zur Tür herein.

»Und, wie sieht's aus, Rossi? Handy gehackt?«, fragte Fischer.

»Hier habt ihr eine Liste mit den letzten gespeicherten Anrufen. Die meisten haben wir nachverfolgen können. Die Nummer, die am häufigsten auftaucht, stammt von einem Prepaid-Handy. Registriert ist es auf einen gewissen Ifram Ali Özem aus Gaimersheim, den es dort aber nicht mehr gibt. Er ist weder dort noch sonst irgendwo in Deutschland gemeldet.«

»Und was bedeutet das?«, fragte Meißner.

»Dass er das Handy verschenkt oder auf dem Flohmarkt verscherbelt hat, bevor er weggezogen ist. Vielleicht hält er sich gar nicht mehr in Deutschland auf. Bei ebay kannst du gebrauchte Handys kaufen, deren SIM-Karten auf den Namen des Erstbesitzers registriert sind oder aus dem Ausland stammen.«

»Die häufigste Nummer ist also diese Inkognito-Nummer. Denkt ihr dasselbe, was ich denke?«

»Frau Hilton mit der großen Brille?«

»Die Namen der Besitzer, die wir ermitteln konnten, haben wir dazugeschrieben.« Er legte Meißner die Liste auf den Schreibtisch.

»Danke.« Meißner überflog die Liste. »Äh, Rossi?«, rief er ihm hinterher.

»Ja?«

»Schau doch noch mal.« Er deutete auf einen Listeneintrag. »Kann das, ich meine, sind Irrtümer ausgeschlossen?«

»Wieso denn? Kennst du die?«

»Flüchtig«, sagte Meißner, und eigentlich hätte da ein Hahn krähen müssen. Oder krähte der erst, wenn man jemanden dreimal verleugnete?

»Kein Irrtum«, meinte Rossberg. »Es sei denn, sie hat ihr Handy verscherbelt oder an jemanden verliehen. Aber stopp, das ist ein Vertragshandy. Sie zahlt jeden Monat für das Ding, also wird es schon ihres sein.« Er sah Meißner prüfend an. »Ist das jetzt ein Problem?«

»Für wen?«

»Na, mich geht's ja nichts an.«

»Hallo, Stefan! Dass du dich mal wieder bei mir meldest! Magst heut Abend vorbeikommen?«

Meißner erklärte ihr, dass sein Anruf dienstlich sei.

»Wie jetzt, dienstlich?« Es klang enttäuscht.

»Hast du, ich meine, kennst du einen Dr. Kuttner, Kirsti?«

»Den Jörg? Schon. Interessiert dich das jetzt rein dienstlich?«

»Kirsti, wie gut kennst du ihn, und wann hast du ihn das letzte Mal gesehen?«

»Warte mal, da muss ich überlegen. Weißt du, der Jörg ist eine Goldgrube, gut aussehend ...«

»... klar, so wie praktisch alle Mediziner bei Frauen als gut aussehend gelten, oder?«

»Ja, genau, jeder ledige Mediziner ist ein guter Mediziner. Der Jörg jedenfalls könnte an jeder Hand zehn Frauen haben.«

»Und, hat er?«

»In letzter Zeit nicht mehr, da hat er sich auch bei mir ziemlich rargemacht. Ich schätze, er hat was Ernsthafteres am Laufen.«

»Aber nicht mit dir?«

»Nicht mit mir, nein. Für mich bleiben immer die, die's eher nicht so ernst meinen.«

»Wann hast du zum letzten Mal Kontakt mit ihm gehabt?«

»Kontakt? Wie meinst du das jetzt?«

»Na, wann du ihn das letzte Mal gesehen hast.«

»Ach so. Also, das wird schon drei, vier Wochen her sein.«

»Und telefoniert? Er hat doch bei dir angerufen?«

»Was, das weißt du auch schon? Aber stimmt, du rufst ja dienstlich an. Das war wegen seinem Geburtstag. Da hat er ein paar Leute eingeladen, Kollegen, Freunde, und wir haben die Feier ausgerichtet. Wieso fragst du eigentlich nach dem Jörg? Ist ihm was passiert?«

»Er ist tot.«

»Was?«

»Kirsti, seit wann bist du heute schon im Café?«

»Das glaub ich jetzt nicht, Stefan. Fragst du mich wirklich nach meinem Alibi?«

»Seit wann, Kirsti?«

»Seit elf. Und vorher war ich daheim, im Bett. Und dafür hab ich leider, leider keinen Zeugen, nicht einen einzigen. Wie ist denn der Jörg ...?«

»Kann ich dir jetzt mitten in den Ermittlungen nicht sagen. Also dann, Kirsti, servus, gell?« Er ahnte schon, dass er nicht so leicht davonkommen würde.

»Sieht man sich mal wieder?«

»Ich ruf dich an«, hörte er sich sagen, dann würgte er ihr bitter klingendes Gelächter ab und legte auf.

Meißner ging zum Kollegen Elmar Fischer hinüber, der die verbliebenen Nummern auf der Liste durchtelefonierte.

»Wie sieht's aus, Elmar?«

»Kollegen, Bekannte, die Klinik, die Zugehfrau.«

»Und wer ist das hier? Auch ein Kollege?« Er deutete auf eine Nummer, hinter die Fischer mehr als bei den anderen geschrieben hatte.

»Professor Bayer. Er sagt, er kenne keinen Dr. Kuttner. Wir müssten uns mit der Nummer geirrt haben.«

»Professor für was?«

»Volkswirtschaft.«

»An der Uni?«

»Wirtschaftswissenschaftliche Fakultät. Katholische Uni Eichstätt-Ingolstadt.«

»Ist das seine Privatnummer?«

Fischer nickte. »Du meinst, Kuttner wollte vielleicht mit jemand anderem sprechen als mit dem Professor, mit jemandem, der auch noch dort wohnt?«

»Frau, Sohn, Tochter, Hausmädchen, wenn es eins gibt. Ist der Professor verheiratet?«

»Hab ich jetzt nicht gefragt, ich Depp.«

»Dann fahren wir doch mal zu ihm hin, oder gibt's sonst noch was Interessantes auf der Liste?«

Fischer schüttelte den Kopf. »Nicht wirklich.«

Als sie an der Tür des Einfamilienhauses an der Paul-Klee-Straße im Stadtteil Ringsee klingelten, öffnete ihnen die Zugehfrau. Professor Bayer sei nicht da, seine Gattin auch nicht. Ob sie trotzdem reinkommen dürften, fragten die beiden und stellten sich vor. Von innen sah das Haus weitaus prächtiger aus, als man aus der eher biederen Fassade hätte schließen können. Es war älteren Baujahres, aber wohl mehrmals um- und ausgebaut worden. In den großen, hellen Räumen wurden moderne Designmöbel mit wertvollen Erbstücken kombiniert, alles machte einen sehr gediegenen und geschmackvollen Eindruck. Frau Pechlaner war dreimal wöchentlich im Haus, machte sauber, kümmerte sich um die Wäsche, um Haus und Garten, kochte an diesen Tagen für die Herrschaften und manchmal auch zusätzlich, wenn Gäste kamen. Wenn die Herrschaften keine Zeit hatten, kochte sie häufig auch vor und fror das Essen dann ein. Der Herr Professor sei viel unterwegs, die Frau Doktor auch. Sie reise häufig zu Kongressen und Symposien in ganz Europa.

»Ist die Frau Doktor Medizinerin?«, fragte Meißner.

»Psychologin. Sie arbeitet in einer Klinik in Neuburg. Einer Privatklinik.«

»Wie die Klinik heißt, wissen Sie nicht zufällig?«

»Doch. Von-Andert-Klinik.«

Meißner und Fischer sahen sich an. Sie war eine Kollegin von Dr. Kuttner!

Beim Hinausgehen fiel Meißner ein gerahmtes Foto in der Diele auf. »Ist das die Frau Doktor?« Abgebildet war eine sehr schlanke dunkelhaarige Frau Ende zwanzig in Shorts und Sandalen. Das Foto war an einem Strand aufgenommen worden.

»Ja, das Bild ist aber schon älter. Ich glaube, das war in Italien.«

»Schwester Izabela?«

»Die hat heute frei. Kann ich Ihnen vielleicht weiterhelfen?«

Eine jüngere Schwester stellte gerade die Pillenmischungen für die Patienten der Station zusammen.

»Rosner, Kripo Ingolstadt.«

»Sie sind sicherlich wegen Dr. Kuttner da. Ich bin Schwester Nicole. Ist das nicht furchtbar?«

»Sie haben schon davon gehört?«

»Dass er verschwunden ist? Wir reden ja über nichts anderes mehr. Keiner kann es sich erklären.«

»Gibt es hier Fotos von den Mitarbeitern auf der Station? Von den Ärzten, Schwestern, Pflegern?«

»Hm, kommen Sie mal mit.« Mit kleinen, aber energischen Schritten ging sie voran in die Teeküche. Marlu folgte ihr und beobachtete dabei die Speckröllchen an Schwester Nicoles Hüften, die bei jedem Schritt leicht erschüttert und durchgerüttelt wurden. Sie zeigte auf die Fotos an einer Pinnwand.

»Das war bei der Abschiedsfeier von Schwester Julia. Und das hier beim Geburtstag von Dr. Bruni. Da gab's ein Weißwurstfrühstück. Mei, des war nett. Schaun Sie, Dr. Kuttner ist auch dabei.«

»Sagen Sie mal, der ist doch Single. Hat er eigentlich viele Verehrerinnen?«

»Sie meinen hier auf der Station?«

Marlu nickte.

»Na ja, das kann schon sein.« Sie lachte verschmitzt.

»Gehört Dr. Bruni auch dazu?«, fragte Marlu.

»Die nicht, die ist doch verheiratet.«

»Aber das heißt ja heutzutage nichts mehr. So etwas passiert selbst in den besten Familien, dagegen ist niemand gefeit, oder? Sogar unser Ministerpräsident hat sich nach vielen Ehejahren nicht dagegen wehren können.«

»Aber verheiratet ist er immer noch. Na, na, ich bitte Sie! Wir sind zwar auch nur Menschen, aber eine Klinik ist kein Sodom und Gomorrha.«

»Es ist Ihnen also nicht zu Ohren gekommen, dass es möglicherweise eine Affäre gegeben haben könnte?«

»Dr. Kuttner und Dr. Bruni? Nein, also davon weiß ich nichts.«

»Könnte ich das Foto mitnehmen?«

Schwester Nicole nahm es von der Pinnwand.

»Ein Foto, auf dem Frau Dr. Bruni allein abgebildet ist, haben Sie nicht zufällig?«

»Nein, hab ich nicht.« Sie marschierte zurück in die Küche und widmete sich wieder den Tablettencocktails. »Die Patienten warten auf ihre Medikamente«, sagte sie.

Marlus Fragen hatten ihr nicht gepasst. Der Doktor sollte eine Affäre mit der verheirateten Psychologin haben? Ausgeschlossen! Das wäre den Krankenschwestern, Ergotherapeutinnen, Physiotherapeutinnen und Putzfrauen auf der Station auf keinen Fall verborgen geblieben. Nein, das konnte einfach nicht sein.

Als Marlu ins Auto stieg, hörte sie beim Starten ein seltsames Geräusch. Kam das von dem Motor oder von den Rädern? Sie lauschte eine Zeit lang, bis sie endlich begriff, dass es ihr Handy war. Sie hatte es im Auto liegen lassen, und nun ging eine SMS ein, die sie über einen gerade verpassten Anruf informierte. Stefan Meißner hatte schon mehrfach versucht sie zu erreichen. Sie wählte seine Nummer.

»Mensch, Marlu, wo steckst du denn wieder? Hast du den Fall in der Zwischenzeit etwa allein aufgeklärt?«

»Nein, aber ich habe eine Spur. Kommst du gleich in die Goethestraße?«

»Zum Hotel?«

»Ja, ich warte auf dich.«

»Bitte, wenn dir das möglich wäre.«

Sie wartete vor dem Hotel im Auto auf ihn.

»Gehn wir«, sagte sie, als er eintraf, und rannte los. Meißner lief hinterher. Er hatte keine Ahnung, was sie vorhatte.

»Könnte das die Frau sein, die den Toten, Herrn Dr. Kuttner, hier im Hotel aufgesucht hat?«

Marlu hielt dem Rezeptionisten das Foto aus der Klinik unter die Nase.

»Schwer zu sagen«, meinte er, »bei der Verkleidung. Ich konnte nicht viel von ihr sehen.«

»Aber sie könnte es sein?«, fragte Meißner, der noch nicht einmal wusste, von wem überhaupt die Rede war.

»Schon. Sie war schlank, mittelgroß, eher ein dunkler Typ, also weder blond noch rothaarig, und sie hatte so was Elegantes, Feines an sich.«

»Aha«, machte Meißner und sah sich das Foto genauer an. Er hatte die Frau auf dem Foto noch nie gesehen, was aber aufgrund seiner Gesichtserkennungsschwäche auch kein überzeugendes Argument war.

»Ihren Wagen haben Sie nicht gesehen?«, fragte Marlu.

»Tut mir leid.«

Als sie wieder auf dem Parkplatz waren, fragte Meißner endlich: »Wer ist diese Frau?«

»Dr. Stella Bruni, Psychologin und Kollegin von Dr. Kuttner. Arbeitet in derselben Klinik auf derselben Station.«

»Italienerin?«

»Hundert Punkte!«

»Und wie kommst du gerade auf sie?«

»Ich habe sie gesehen, als ich das erste Mal in der Klinik war und mit Schwester Izabela gesprochen habe. In der Klinikumgebung wirkte sie auf mich ziemlich auffällig. Schön wie eine Renaissance-Madonna und von einer lässigen Eleganz. Italienerin eben, passte so gar nicht in dieses Umfeld. Als ich die Videoaufnahmen aus der Tiefgarage sah, musste ich gleich an sie denken. Vielleicht liegt es an der Art, wie sie sich bewegt, oder an ihrer Körperhaltung, ich kann es nicht genau sagen. Als ich in der Klinik war, trug sie außerdem einen roten Schottenrock, wie ein College-Girl aus den Sechzigern oder Siebzigern. Der Rock war aus genau so einem Karostoff, wie er unter dem Trenchcoat der Tiefgaragen-Dame herausschaute.«

»Du meinst also, die Bruni hatte was mit Dr. Kuttner?«

»Ich weiß es nicht. Aber es wäre doch möglich.«

»Ist sie auch ledig?«

»Nein, verheiratet.«

»Oha«, sagte Meißner. »Dann schaun wir uns die Dame doch einmal näher an, was meinst du?«

»In der Klinik war sie nicht. Wir werden direkt zu ihr nach Hause fahren müssen.«

»Weißt du, wo sie wohnt?«

»Paul-Klee-Straße.«

»Paul Klee? Ringsee?«

»Genau. Warum siehst du mich jetzt so an, als hätte ich Sanskrit oder Kisuaheli mit dir gesprochen?«

»Da war ich gerade eben schon. Bei Professor Bayer. Seine Privatnummer war auf der Anruferliste von Dr. Kuttners Handy. Er hat gesagt, dass er den Doktor nicht kenne.«

»Dann ist er der Ehemann von Dr. Bruni. Schwester Izabela hat mir gesagt, sie sei mit einem Uni-Professor verheiratet.«

»Ich weiß nicht, ob ich mich irgendwann daran gewöhnen werde, dass Frauen nicht mehr wie ihre Männer heißen und Männer nicht mehr wie ihre Frauen.«

»Ja, die ganze Welt gerät aus den Fugen, seit das Namensrecht geändert wurde. Ich finde das auch echt schlimm.«

»Mach du dich nur lustig über mich.« Grummelnd stieg er zu Marlu ins Auto.

Dr. Bruni war zu Hause. Eine blasse, dünne Frau öffnete den Beamten die Tür, die der lachenden Dotoressa auf dem Klinikbild kaum ähnelte.

Die Frau ist wie ein Chamäleon, dachte Meißner. Die kann man gar nicht wiedererkennen, selbst wenn man nicht unter meinem Problem leidet.

Als sie sie fragten, in welchem Verhältnis sie zu Dr. Kuttner stehe, erwiderte sie, sie seien Kollegen. Auf Meißners Frage »Mehr nicht?« schüttelte sie den Kopf. Als er wissen wollte, wo sie den heutigen Vormittag verbracht habe, sagte sie, dass sie spazieren gewesen sei. Am Auwaldsee, allein. Und nachmittags? Nachmittags habe sie in der Innenstadt einen Schaufensterbummel gemacht. Ob sie da niemand gesehen habe, fragte Meißner. Sie habe in einer Espresso-Bar einen Kaffee getrunken. »Wo genau?«, fragte Meißner. In der Theresienstraße. Wann das ungefähr gewesen wäre? Am Nachmittag eben, an eine genaue Uhrzeit könne sie sich nicht erinnern. Ob sie ein Handy habe und ob sie es sehen könnten. Einer eleganten italienischen Handtasche, Stefan Meißner hätte sie eher als Handbeutel bezeichnet, entnahm Dr. Bruni ein ebenso schickes iPhone 4 und reichte es dem Kommissar.

»Würden Sie es bitte anschalten?«, fragte er.

»Natürlich«, antwortete sie und gab die PIN ein.

»Dürfte ich es mitnehmen?«

»Wenn es sein muss«, sagte sie und blickte den Hauptkommissar an. Sie sah traurig aus oder erschöpft.

Es dämmerte schon, aber sie machte keine Anstalten, das Licht einzuschalten. Die weiße Ledersitzgarnitur sah aus wie mit Schneegriesel bestäubt. Dr. Bruni stand in ihrem eleganten Wohnzimmer wie eine dieser melancholischen Figuren, die in den Bildern des amerikanischen Malers Hopper aus den vierziger Jahren in Restaurants, Cafés und Hotelzimmern verloren herumsaßen und -standen. Dr. Bruni hätte hervorragend in eins dieser Bilder gepasst. Eine einsame, verlassene Frau.

»Dr. Bruni, Sie wissen, was mit Ihrem Kollegen Dr. Kuttner passiert ist?«

»Er ist verschwunden«, sagte sie.

»Nein«, sagte Meißner. »Wir haben ihn gefunden.«

Sie stand am Fenster, und Meißner beobachtete ihr unbewegtes Profil mit der feinen Nase, dem eleganten Schwung ihrer Brauen und den vollen Lippen. Nur an ihren verschränkten Händen konnte man ihre innere Anspannung ablesen.

»Er ist tot.«

»Tot?«, fragte sie.

»Er ist von einem Balkon gestürzt.«

Sie schlug die Hände vors Gesicht.

»Vom Balkon eines Hotels an der Goethestraße. Kennen Sie das Hotel vielleicht?«

Sie schüttelte den Kopf. Die Scheinwerfer eines Wagens leuchteten grell auf und verwandelten das Zimmer in eine Bühne, auf der nun eine weinende Frau mit zwei stummen Komparsen im Hintergrund stand.

Der Wagen fuhr in die Einfahrt, das Tor der Doppelgarage schwang auf, und die große Audi-Limousine verschwand darin. Dann wurde die Haustür aufgesperrt. Der Professor trat ins Wohnzimmer, sah die Gestalten im Halbdunkel und schaltete die indirekte Deckenbeleuchtung ein.

»Wieso machst du denn kein Licht, Stella? Und wer sind Sie, wenn ich fragen darf?«

Meißner stellte sich und Marlu vor.

»Sie hatten heute schon das Vergnügen, mit einem meiner Kollegen zu sprechen.«

»Wegen dieser Telefonsache kommen Sie jetzt auch noch extra her?«

»Dr. Kuttner, auf dessen SIM-Card Ihre Telefonnummer abgespeichert war, ist ein Kollege Ihrer Frau.«

»Ach so? Na, dann hat sich ja alles aufgeklärt, oder?«

»Noch nicht ganz, befürchte ich. Dr. Kuttner ist heute auf eine nicht alltägliche Art zu Tode gekommen, und wir sind dabei, die Umstände seines Todes aufzuklären.«

»Das tut mir wirklich leid, aber wie können wir Ihnen dabei helfen?«

»Wo waren Sie heute am späten Vormittag, Herr Professor?«

»Das meinen Sie doch nicht ernst, oder? Ach so, ich weiß schon, das ist nur reine Routine, sagen die in den Fernsehkrimis ja auch immer.«

»Genau«, sagte Meißner und versuchte sogar freundlich zu lächeln.

»Nun, ich hatte morgens eine Vorlesung, und anschließend habe ich ein Seminar für den Nachmittag vorbereitet.«

»Gibt es Zeugen für diese Vorbereitung, Ihre Sekretärin vielleicht?«

»Die war heute krank. Einer meiner Doktoranden hat kurz mal vorbeigeschaut, wenn das für Sie wichtig ist.«

»Name? Uhrzeit?« Marlu hatte ihr Notizbuch gezückt.

»Sebastian Bauer. Uhrzeit? Vielleicht so gegen elf. Genau weiß ich das nicht mehr.«

»Hatte er keinen Termin bei Ihnen?«, fragte Meißner.

»Nein. Für meine Doktoranden bin ich immer da, wenn es sich einrichten lässt, auch spontan.«

»Danke. Frau Dr. Bruni?«

Sie drehte sich langsam zu ihm um. Sie war noch blasser geworden, was nicht an der indirekten Beleuchtung lag. Sie wirkte völlig apathisch.

»Können wir etwas für Sie tun? Brauchen Sie einen Arzt?«, fragte Meißner.

Sie schüttelte den Kopf. »Es geht schon.«

»Ich muss Sie bitten, morgen früh aufs Präsidium zu kommen. Ist Ihnen acht Uhr dreißig recht?« Er gab ihr seine Karte. »Sie wissen, wo Sie uns finden?«

Sie schüttelte den Kopf.

»Esplanade 40, gleich neben dem Finanzamt. Halb neun?«

Sie nickte und streckte ihm ihren Arm wie in Trance entgegen. Meißner erschrak, als er ihr die Hand gab. Sie war kalt wie Schnee.

»Was denkst du?«, fragte Meißner draußen.

»Ich wäre jetzt gern ein Mäuschen im Haushalt der Doctores Bruni-Bayer. Ich schätze, da geht jetzt richtig die Post ab. Lindenstraße ist dagegen kalter Kaffee.«

»Sie hat schlecht ausgesehen.«

»Stimmt. Hoffentlich kommt sie morgen.«

»Wenn nicht, holen wir sie. Mein Auto steht übrigens noch vor dem Hotel in der Goethestraße.«

»Ich fahr dich hin, hol auf dem Weg nur noch schnell meine Sportsachen zu Hause ab. Heute ist Volleyballtraining.«

»Ach so«, sagte Meißner so beiläufig wie möglich.

VIERUNDZWANZIG

Der weiße A1, das war Fischer. Natürlich brauchte er fünf Versuche, bis er in der Parklücke war. Hatte der sich überhaupt schon einen Audi verdient? Silberner A3, das war Holler. Hätte man ihm gar nicht zugetraut, wie elegant und mit welch einem Schwupp der einparkte. Weißer Benz, der Chef? Seit wann fuhr der einen Benz und hatte wieder angefangen zu rauchen?

Hauptkommissar Stefan Meißner stand seit acht Uhr morgens am Fenster und beobachtete jedes einzelne Fahrzeug, das auf den Parkplatz des Präsidiums einbog. Die Verwertbarkeit seiner Erkenntnisse über das Einparken seiner Kollegen war gleich null. Aber es war eine willkommene Ablenkung von seiner Nervosität. Würde sie kommen? Gestern Abend konnte sich in der Espresso-Bar niemand an die elegante Italienerin erinnern, die am Nachmittag dort ihren Kaffee getrunken haben wollte. Der Doktorand der Volkswirtschaft, den Meißner ausfindig gemacht hatte, hatte ihm am Telefon erzählt, er sei nur kurz bei Professor Bayer gewesen, der während seines Besuchs einen Anruf bekommen und dann gleich weggemusst habe. Das Gespräch über die Doktorarbeit sei schon vor halb zwölf beendet gewesen.

Zwanzig nach acht. Jetzt war es für sie eigentlich an der Zeit aufzutauchen. Meißners Telefon klingelte. Es war der Hotelrezeptionist, dem noch etwas eingefallen war. In dem Moment bog ein dunkler BMW auf den Parkplatz. Das ist sie, dachte Meißner und spürte, wie sich seine Muskeln entspannten. Ein zufriedenes Lächeln huschte über sein Gesicht. Das Auto blieb stehen, aber niemand stieg aus.

»Ich rufe Sie zurück«, würgte Meißner den Anrufer ab. War das Dr. Bruni? Natürlich war sie es. Sie trug eine Sonnenbrille, keine sehr große, aber eine mit dunklen Gläsern. Sie sah an der Rückseite des Backsteingebäudes hinauf. Als sie zum Portal des Präsidiums ging, leuchteten die Blinker ihres Wagens kurz auf. Sie hatte den Wagen abgesperrt. Dann sah Meißner, wie die Lichter noch einmal aufleuchteten und Dr. Bruni sich umdrehte.

Meißner sprintete los, die fünf Stockwerke hinunter, doch als er den Parkplatz erreichte, konnte er nur noch das Heck ihres Fahrzeugs und das Nummernschild erkennen. Er sprang in seinen Wagen und setzte ihr nach. Auf der Esplanade war sie rechts abgebogen, und als er die Straße erreicht hatte, konnte er sie stadtauswärts fahren sehen. Er folgte ihr vorbei an den Glasfassaden des Audi-Forums. Sie passierte das gesamt Audi-Werksgelände, vor dem eingezäunten Gelände lagen die großen Parkflächen für die Angestellten und die beschrankten Einfahrten für die Lkws und Zulieferer. Meißner versuchte unentdeckt zu bleiben, doch als der letzte Wagen zwischen ihr und ihm auf einen der Parkplätze abbog, bemerkte sie ihn mit einem Blick in den Rückspiegel und gab Gas. Die Reifen quietschten, sie fuhr nach rechts, immer entlang des Werksgeländes. Meißner setzte das Blaulicht auf und preschte hinterher. Plötzlich ein Haken, fast wäre das Heck ihres Wagens ausgebrochen und hätte sich um hundertachtzig Grad gedreht, und sie bog in eine der Lkw-Zufahrten zum Werksgelände ein. Ein Lkw passierte gerade das Tor. Sie hielt sich dicht hinter ihm und schlüpfte gerade noch so durch die geöffnete Schranke hindurch. Der Pförtner kam aus seinem Häuschen gerannt. Als er Meißner mit Blaulicht auf die Schranke zurasen sah, blieb er stocksteif stehen. Einen Augenblick lang wusste er nicht, ob er zur Schranke oder wieder zurück in sein Häuschen laufen sollte. Er entschied sich fürs Häuschen, schlug mit der Hand auf den Schalter, der die Schranke öffnete, die sich gerade noch rechtzeitig hob, um nicht von Meißners Dienstwagen zertrümmert oder aus den Angeln geschleudert zu werden.

Aus dem Augenwinkel sah Meißner den Pförtner hastig eine Nummer in sein Handy tippen. Wahrscheinlich die des Werkschutzes.

Brunis Wagen raste auf einem schmalen Weg zwischen den Hallen hindurch. Wenn jetzt einer mit seinem Stapler aus der Halle fahren würde, gäbe das eine Riesensauerei. Schon hörte Meißner das Quietschen ihrer Reifen wie bei einer Notbremsung. Grund war jedoch kein Gabelstapler, sondern die Sackgasse, in die Dr. Bruni eingebogen war. Der Wagen brach aus und schlingerte. Es krachte, und das Fahrzeug kam zum Stehen. Zwei Müllcontainer rollten davon, ein dritter stürzte um und entleerte seinen Inhalt auf Meißners Wagen, der ebenfalls quietschend bremste. Meißner sah Dr. Bruni aus ihrem verbeulten Auto springen und hinter dem Gebäude verschwinden.

Als Meißner um die Ecke bog, fiel an der Rückseite der Halle eine Tür ins Schloss. In der Halle roch es nach Lackierarbeiten, aber es sah aus wie im Jurassic-Park der Roboter. Kein Mensch war weit und breit zu sehen, Roboter hoben ihre Arme, aus ihren Händen, eigentlich den Fingern, stob feiner Farbnebel. Es zischte und brodelte, es war, als kommunizierten die Maschinen auf eine eigene, für Menschen unverständliche Art miteinander. Meißner fand es geradezu unheimlich. Was, wenn die Maschinen plötzlich ihrer Fronarbeit überdrüssig wurden, sich verbündeten und gegen ihn, den Eindringling, wandten, weil sie ihn fälschlicherweise für ihren Unterdrücker hielten? Weiter hinten tauchten die halb fertigen Audis unter rotierenden Bürsten hindurch und kamen nach einigen Metern auf Hochglanz poliert wieder zum Vorschein.

Meißner hörte etwas, das ihn an eine Trillerpfeife erinnerte. Der Werkschutz. Da sah er Bruni an einem der Roboter vorbeilaufen, die Maschine sah aus wie eine Riesenfigur aus der Geisterbahn, mit einem Rumpf und zwei beweglichen Armen, an jedem fünf Spritzdüsen wie Finger. Aber das hier war weder eine Geisterbahn noch Frankensteins Laboratorium, sondern modernste Technik, und die einzigen Menschen in der Halle waren eine flüchtende Psychologin, ein Hauptkommissar mit Seitenstechen und endlich zwei Männer vom Werkschutz, denen Dr. Bruni geradewegs in die Arme lief.

Sie führten die nach Atem ringende Frau zum Ausgang. Vor der Halle nahmen sie Meißners Kollegen in Empfang, die er während der Hetzjagd schon verständigt hatte.

»Schönen Platz habt ihr euch für eure kleine Verfolgung ausgesucht«, sagte einer der Uniformierten zu Hauptkommissar Meißner.

»Die reinste Science-Fiction-Welt da drinnen. Ich würde es nicht glauben, wenn ich es nicht mit eigenen Augen gesehen hätte. Arbeiten hier eigentlich noch irgendwo Menschen?«

Der Wachmann deutete nach oben. Auf einer Galerie gab es

einen Glaskasten, in dem tatsächlich ein Mann saß, der Meister der Roboter, der die Hightech-Wesen anscheinend besser unter Kontrolle hatte als Frankenstein damals sein Monster aus Fleisch und Blut.

»Als wir mal eine Werksführung gemacht haben, haben sie uns diese Halle vorenthalten«, sagte Meißner beim Hinausgehen.

»Hier kommt man im Normalfall auch nur mit Schutzkleidung rein, ist ein Reinstraum, damit auch ja keine Haarschuppe im Lack eines neuen Audis landet«, sagte der Mann vom Werkschutz.

»Und jetzt haben hier gleich vier Unreine auf einmal ihre Keime hinterlassen.«

Meißner verabschiedete sich von ihm. Er brauchte zehn Minuten, um zu seinem Wagen auf der anderen Seite der Halle zu gelangen.

Bevor Meißner Dr. Bruni vernahm, klärte er sie über ihre Rechte auf. Ob sie ihren Mann anrufen wolle oder einen Anwalt, fragte er die Psychologin. Die langatmige Prozedur, die in amerikanischen Spielfilmen immer zu sehen war, lag Meißner nicht, und er hielt sie auch nicht für nötig.

»Ich möchte einen Dolmetscher«, sagte sie.

»Was möchten Sie?« Meißner atmete tief durch. »Jetzt lassen Sie den Zirkus. Sie sprechen so gut Deutsch wie ich. Zumindest haben Sie's gestern noch getan. Und hören Sie: Es gibt einen Zeugen, der Sie in Begleitung von Dr. Kuttner vor seinem Haus gesehen hat. Er hat Sie bereits anhand eines Fotos identifiziert, aber wir können ihn gern auch noch herbestellen. Außerdem hat Sie jemand gestern am späten Vormittag am Fenster des Hotelzimmers und dann auf dem Balkon beobachtet, von dem Dr. Kuttner gestürzt ist. Wir wissen, dass Sie ein Verhältnis mit Ihrem Kollegen hatten.«

»Und?«, sagte sie. »Wird man dafür vielleicht eingesperrt? Dann würden nicht mehr viele Leute frei herumlaufen.«

»Wir sprechen fürs Erste ja auch noch gar nicht von einer Straftat. Erzählen Sie uns einfach, was im Hotelzimmer passiert ist. Wieso ist Dr. Kuttner schon tags zuvor dort untergetaucht?«

Er wartete. Nichts. Dann klopfte es an der Tür des Vernehmungsraums, und Holler streckte seinen Kopf herein. Meißner ging zu ihm, und Holler drückte ihm eine Zusammenfassung der kriminaltechnischen Untersuchung des Wagens von Dr. Kuttner in die Hand. Meißner setzte sich wieder und las. Er spürte, dass Dr. Bruni ihn beobachtete.

»Wir haben den Q7 untersuchen lassen«, sagte er. »Und raten Sie mal, was wir auf dem Beifahrersitz gefunden haben? Spuren einer unbekannten Person, wahrscheinlich von Ihnen. Viel wichtiger aber sind die Spuren des verschwundenen Jungen, Gabriel Tanner. Wir haben Blut- und Haarpartikel des Buben sichergestellt. Sie wissen, was das heißt?«

Dr. Bruni knetete jetzt nervös ihre Finger, die mehrere Goldringe zierten, darunter auch ein Brillantring, der bestimmt nicht von Swarovski stammte.

»Das heißt, dass der Junge wahrscheinlich schwer verletzt in dem Auto transportiert wurde. Was ist passiert? Hat Dr. Kuttner es Ihnen erzählt?«

»Ja, er hat es mir erzählt«, gab sie endlich ihr Schweigen auf. »Es war ein Unfall.«

»Wo?«

»Im Westen. Richtung Antoniusschwaige. Der Junge ist ihm ins Auto gelaufen.«

»Und warum hat er nicht die Polizei und den Notarzt gerufen?«

»Der Junge war sofort tot, Genickbruch. Jörg kam von einer Geburtstagsfeier in der Klinik. Er hatte als Clown einen Auftritt bei einem schwer kranken Mädchen gehabt. Er hatte etwas getrunken, trug sogar noch sein Clownskostüm.«

Meißner erinnerte sich an das gereinigte Faschingskostüm aus Kuttners Kleiderschrank, die rot-weißen Rauten, die weiße Halskrause, die fleischfarbene Glatze mit dem roten Haarkranz.

»Jörg war nicht nüchtern und ist durchgedreht.«

»Wann hat er Ihnen davon erzählt? Im Hotel?«

Dr. Bruni nickte.

»Und was ging in Ihnen vor, als Sie das hörten?«

»Ich war schockiert, konnte ihm nicht helfen. Ich konnte ihn nicht mehr ansehen, ich wollte nur noch weg, einfach davonlaufen vor dem, was geschehen war. Ich wusste nicht, was ich tun sollte.«

Meißner wartete. »Und dann?«, fragte er schließlich.

»Ich habe ihn allein gelassen und bin abgehauen. Er ging auf den Balkon, um eine Zigarette zu rauchen. Als er draußen stand, habe ich meine Sachen gepackt und bin weg.«

»Und was glauben Sie, ist dann passiert?«

»Dann ist er gesprungen. Währenddessen saß ich im Auto in der Tiefgarage und habe geheult.«

»Wir müssen Sie hierbehalten, Frau Dr. Bruni.«

Sie reagierte nicht.

»Möchten Sie vielleicht Ihren Mann anrufen?«

»Nein!«

FÜNFUNDZWANZIG

Er stellte den Wagen am Rand des Feldwegs ab, zwischen zwei große Schlaglöcher, in denen sich Regenwasser gesammelt hatte. Es war fast dunkel. Sein Auto war jetzt das einzige hier draußen. Jogger und Spaziergänger hatten die Au mit Einbruch der Dunkelheit verlassen. Sein Wagen war ein dunkles Ungeheuer, eine Hightech-Maschine aus der Stadt. Er erschrak über die Stille, die ihn umgab, als er ausstieg. Das Land war ohne Geräusche, als sei es leer und unbewohnt, während es in ihm tobte und in seinen Ohren das Blut rauschte. Es klang wie ein Sturzbach im Gebirge. Obwohl er von hier aus nicht zu hören war, wusste er den Fluss ganz nah. Es war, als wollte sich die Donau still davonmachen und vor ihm und der Rolle fliehen, die er für sie vorgesehen hatte.

Er ging um das silbrig glänzende Maschinen-Ungeheuer herum, das nun wie die Landschaft schwieg, die es umgab. Als er die Beifahrertür öffnete, rutschte ihm das Kind entgegen. Mit dem Knie stoppte er den leblosen Körper, sodass er abgestützt auf seinem Oberschenkel ruhte. Er hätte schreien mögen, hinein in diese kalte Stille, stattdessen legte er die Hände auf das noch warme Dach des Wagens und spürte den Wunsch in sich wachsen, seinen Schädel gegen den Türrahmen zu schlagen, so lange, bis er brach.

Der Himmel war bedeckt, und er meinte, vom Wasser schon langsam den Nebel aufsteigen zu sehen. Er packte den Jungen unter den Armen und versuchte mit dem Knie die Autotür zu schließen. Sie blieb angelehnt. Er trug das Kind auf den Armen, schlug den Weg zum Wasser ein. »Er hat den Knaben wohl in dem Arm / Er fasst ihn sicher, er hält ihn warm.« *Tränen liefen ihm übers Gesicht, als er den Feldrain überquerte. Ihm war, als trüge er einen anderen auf den Armen. Aber den Gedanken wollte er verdrängen. Nicht ihn brachte er zum Wasser, nicht den Bruder, sondern ein anderes totes Kind. Einen Jungen nur, irgendeinen. Nicht einmal seinen Namen wusste er.*

Er trug ihn weiter durch lichtes Unterholz. Er war leicht und wurde immer leichter, bis er das Ufer erreichte. Eine Weide stand da, nickend, ihre Zweige berührten fast die Oberfläche des schwarzen

Bandes, das in ständiger Bewegung dahinfloss. »Pánta chorei kaì oudèn ménei.« Alles bewegt sich fort und nichts bleibt.

Niedrigere Büsche duckten sich unter den Weidenarmen. Die Äste weinten, ihre Tränen tropften in den fliehenden Fluss. Er ließ den Körper des Kindes mit den Füßen voran ins Wasser gleiten. Bis zuletzt hielt er den Kopf in seinen Händen. Als er ihn schließlich losließ, hörte er ein Platschen wie von einem Säugetier, das fliehend abtauchte. Von einem Biber oder einer Wasserratte. Der Körper trieb dicht am Ufer, die Zweige des Weidenbaumes strichen sanft über ihn hinweg.

Er verharrte nicht. Nicht hier. Er sah nicht zu, wie der Junge mit der Strömung davontrieb, wie er langsam unterging und der Spiegel der Wasserfläche sich über ihm schloss.

Er ging zurück und besah sich den Schaden an seinem Fahrzeug. Dann kratzte er die feuchte Erde aus der Ritze zwischen Absatz und Sohle seiner Schuhe und fuhr zurück ins Leben. In die Stadt. Er war nun vollkommen nüchtern. Die Panik hatte sich gelegt. Die Geräusche waren wieder da: Motor, Lüftung, Scheibenwischer. Der berechenbare Lärm der Technik war ihm willkommen.

Er fuhr direkt zur Werkstatt und stellte den Wagen auf dem Parkplatz ab. Den Schlüssel legte er ins Handschuhfach. Mike kannte das Fahrzeug. Er würde ihn gleich morgen früh anrufen und ihm sagen, er habe einen Unfall gehabt. Ein Reh sei ihm draußen auf der Landstraße ins Auto gelaufen. Auf freiem Feld habe es gestanden, in einem ganzen Rudel. Er habe die Tiere nicht gleich gesehen, erst als eins von ihnen auf die Fahrbahn gesprungen sei, und dann habe er ihm nicht mehr ausweichen können. Ja, so würde er es Mike erzählen.

Von der Werkstatt aus ging er zu Fuß nach Hause. Als er die Haustür der Wohnanlage aufsperrte, sah er einen Streifenwagen durch die Querstraße fahren.

SECHSUNDZWANZIG

Fast hätte Meißner vergessen, dass er dem Hotelportier versprochen hatte, ihn zurückzurufen. Am Tag des Sturzes sei ihm ein Auto aufgefallen, das gegenüber dem Hoteleingang geparkt hatte. Ein Mann sei ausgestiegen und um das Gebäude herumgegangen. Er habe dann zu tun gehabt und den Mann nicht mehr weiter beachtet. Ob es ein großer oder eher ein Kleinwagen gewesen sei? Ein Golf vielleicht? Golf könne hinkommen, meinte der Portier, das Kennzeichen habe er sich nicht gemerkt. Meißner tippte auf IN-AL-30XX.

»Stefan, da ist einer am Apparat, der dich unbedingt persönlich sprechen will. Ein Andreas Leiminger. Ich leg ihn dir rüber.« Fischer legte auf.

Leiminger? Meißner kannte den Namen. War der nicht bei der Bundespolizei?

»Servus, Leiminger, was gibt's? Bist du noch bei der Bupo?«

»Stefan, Servus. Nein, ich bin schon länger nicht mehr beim Staat. Lange G'schichte, erzähl ich dir ein anderes Mal. Ich schlag mich jetzt auf dem freien Ermittlermarkt durch, bin aber seit einem halben Jahr wieder in Ingolstadt.«

»Bist jetzt also in der Privatwirtschaft. Erbschleicher und Ehebrecher aufspüren?«

»Stimmt, das ist jetzt mein Metier. Ist an sich gar nicht so uninteressant. Nur wird's mit dem Pensionsanspruch jetzt nix G'scheites mehr werden. Aber wir wissen ja eh nicht, was sich da noch alles tun wird, oder?«

»Aber deswegen rufst du mich bestimmt nicht an, oder? Ich bin nämlich grad –«

»– ziemlich im Stress, ich weiß. Ich bin, also ich war da an einem Fall dran ...«

»Andreas Leiminger!«, brüllte Meißner, bei dem es endlich klick machte. »AL! Der Golf!«

»Genau, der Golf bin ich – sozusagen.«

»Dann bist du gar nicht bei ›Alfa 1‹?«

»Ich bin mein eigener Herr, Stefan, aber jetzt pass auf: Ich hab von dem Toten im Hotel g'hört, und der Fall lässt mir jetzt keine Ruh mehr.«

»Ist auch deine verdammte Pflicht, dich bei uns zu melden. Du warst anscheinend ziemlich nahe dran. Wie nahe eigentlich? Hast du zugeschaut, wie er runtergefallen oder gesprungen ist? Und wer ist dein Auftraggeber?«

»Bist du da noch nicht selbst draufgekommen? Früher warst du aber wirklich schneller, Stefan.«

Sie holten den Professor mitten aus einer Vorlesung. Er leistete der schriftlichen Vorladung Folge.

»Sie sind als Zeuge geladen, Professor Bayer, nicht als Beschuldigter«, belehrte Meißner ihn.

»Ich mache nur Angaben zur Person. Ansonsten verweigere ich die Aussage. Ich muss niemanden belasten, der mir nahesteht.«

»Sie müssen auch sich selbst nicht belasten, das ist richtig. Also werde ich reden und Sie schweigen, okay?«

Meißner rückte das Aufnahmegerät näher zu sich. »Vor einiger Zeit haben Sie entdeckt, dass Ihre Frau ein Verhältnis hat. Vielleicht hat sie sich vor Ihnen verschlossen, vielleicht haben Sie irgendwelche Hinweise gefunden. Ein Anrufer, der auflegt, wenn Sie ans Telefon gehen, oder Sie erreichen Ihre Frau länger nicht, sie hat ihr Handy ausgeschaltet, auch wenn sie nicht in der Klinik ist, oder sie behauptet, sie hätte keinen Empfang gehabt.«

»Ach, hören Sie doch auf mit dem Quatsch.«

»So ein Quatsch kommt in den besten Ehen vor. Vielleicht haben Sie sie auch darauf angesprochen, und sie hat alles abgestritten. Ich weiß nicht, warum Leute das manchmal tun, aber ich weiß, dass sie es tun. Okay. Sie wollten also Gewissheit und haben einen Privatdetektiv engagiert.«

Meißner meinte, eine gewisse Unruhe bei dem Zeugen zu bemerken. »Leiminger, der Detektiv – übrigens ein alter Polizeikollege von mir –, lieferte Ihnen die entscheidenden Informationen, und Sie bekamen Gewissheit. Ihre Frau traf sich mit einem anderen Mann. Sie stellten sie zur Rede, und sie versprach, die Beziehung aufzugeben. Vielleicht hat sie es sogar getan oder versucht es zu tun. Aber dann gingen die Treffen wieder los, und Sie schickten ihr wieder den Schnüffler hinterher.«

Je genauer Meißner die Abläufe rekonstruierte, die Leiminger ihm geschildert hatte, desto mehr sank Professor Bayer auf seinem Stuhl zusammen.

»Leiminger rief Sie gestern Vormittag an und informierte Sie darüber, dass Ihre Frau sich mit ihrem Liebhaber in einem Hotelzimmer an der Goethestraße befände. Sie fuhren sofort los. Wozu? Wollten Sie sie in flagranti erwischen? Wollten Sie Ihrer Frau das Messer auf die Brust setzen? Wollten Sie Ihren Nebenbuhler zur Rede stellen?«

Meißner wartete, aber Bayer ließ sich nicht provozieren. Noch nicht. »Vielleicht wussten Sie selbst nicht genau, was Sie dort wollten. Trotzdem fuhren Sie hin. Irgendetwas würde passieren und vielleicht etwas in Gang bringen. Zumindest würden Sie sich über Ihre Gefühle klarer werden. Stimmt's?«

Der Professor sah an ihm vorbei zum Fenster. Meißner wusste, es würde nicht mehr lange dauern, bis er redete.

»Als Sie im Hotel eintrafen, wussten Sie immer noch nicht, was Sie eigentlich vorhatten. Aber im sechsten Stock stand die Tür zu dem Zimmer offen, dessen Nummer Leiminger Ihnen genannt hatte. Sie stießen sie auf, doch Ihre Frau war nicht mehr da. Der Mann war allein. Er stand auf dem Balkon, mit dem Rücken zu Ihnen, eine Zigarette in der Hand. Und er hatte getrunken. Eins Komma vier Promille, wir haben mittlerweile das Untersuchungsergebnis. Haben Sie bemerkt, dass er betrunken war? Hat er gelallt? Hat er Sie angemacht oder Sie aufgefordert zu gehen?«

Der Zeuge schwieg.

»Bei Ihnen kamen Hassgefühle hoch. Die Ängste und Schwächegefühle des Betrogenen schlugen in Wut um. Er sollte dafür büßen, dass Sie sich so schlecht fühlten und dass Ihre Ehe kaputtging. Sie traten auf ihn zu, er schwankte. Sie drückten ihn gegen die Brüstung und gaben ihm dann einen Stoß. Vielleicht wehrte er sich noch, aber die Überraschung war auf Ihrer Seite. Sie waren nun der Entschlossenere. Sie stießen ihn weg, als er versuchte sich an Sie zu klammern. Ich stelle mir das vor wie bei einem Ertrinkenden. Er klammerte sich an Sie, aber Sie stießen ihn fort und sahen dabei zu, wie er nicht unterging, sondern stürzte.«

»Ich wollte ihn doch nicht umbringen!«, brach es endlich aus Bayer heraus. »Ich bin auf ihn zugegangen, er hat das Gleichgewicht verloren, ohne dass ich ihn berührt habe, und ist gestürzt. Ich wollte ihn noch festhalten, habe ihn aber nicht mehr halten können. Er ist mir unter den Fingern weggerutscht. Ich wollte ihn nicht töten.«

Meißner schob das Telefon zu ihm hinüber. »Rufen Sie Ihren Anwalt an.«

Es würde keinen Prozess im Fall Gabriel Tanner geben. Sie würden nie erfahren, wann und wo genau es geschehen war. Kuttner hatte den Jungen irgendwo flussaufwärts ins Wasser geworfen, wahrscheinlich noch am selben Abend, als Gabriel als verschwunden gemeldet worden war. Als sie angefangen hatten, nach ihm zu suchen, war er vermutlich schon tot gewesen.

»Haben die in der Klinik denn nicht bemerkt, dass Dr. Kuttner ein Alkoholproblem hatte?«, fragte Marlu.

»Was denkst du denn, wer einem Arzt sagen sollte: Jetzt bring mal dein Alkoholproblem in Ordnung? Oder wer ihn bei der Klinikleitung anschwärzen sollte? Kannst du dir vorstellen, was das für einen Pfleger oder eine Schwester zur Folge haben kann? Wenn außerdem alle Ärzte, die ein Alkoholproblem haben, auf Entzug müssten, dann bräche wahrscheinlich unser gesamtes Gesundheitssystem zusammen. Ist halt auch kein leichter Job«, sagte Holler.

Meißner stand auf. »Also, Kollegen, ich mache dann Schluss für heute.« Im Hinausgehen hob er die Hand.

»Hat ihn ganz schön mitgenommen, der Fall«, sagte Fischer.

Hauptkommissar Meißner hatte noch eine Verabredung mit dem Lehrer Landenberg. Er traf ihn am späten Nachmittag in der Hauptschule.

»Wie geht's?«, fragte ihn Meißner. »Was haben Sie so spät denn noch in der Schule zu tun?«

»Ich bereite alles für morgen vor. Daniel und Philipp werden den ersten Tag wieder zum Unterricht kommen. Sie waren bis heute krankgeschrieben. Ich möchte, dass es ein schöner Tag für sie wird.«

Meißner half ihm, ein Willkommensschild über der Tür zum Klassenzimmer aufzuhängen. Drinnen waren die Stühle in einer Ecke zusammengeschoben worden, und am Boden lagen japanische Strohmatten und bunte Sitzkissen. Meißner schaute Landenberg fragend an.

»Wir machen morgen keinen üblichen Unterricht«, sagte der Lehrer. »Wir werden uns über alles unterhalten, was passiert ist. Die anderen in der Klasse möchten gern wissen, was die beiden erlebt haben. Vielleicht hilft es ihnen ja, wenn sie darüber reden. Wird ihnen denn strafrechtlich etwas passieren?«

»Philipp bestimmt nicht viel, er war ja nur Mitläufer. Vielleicht ein paar Sozialstunden im Altersheim. Daniel wird schon ein Verfahren wegen der Brandstiftung bekommen, aber es wird nicht so schlimm werden. Die beiden standen unter Schock, weil sie davon ausgingen, dass ihr Freund Gabriel sich umgebracht hatte. Außerdem geht es im Jugendstrafrecht nicht an erster Stelle um Strafe, Härte und Sühne, sondern um Besserung. In diesem Fall vertrau ich den Richtern, dass sie den beiden keine Steine für ihr weiteres Leben in den Weg legen.«

»Ich möchte alles dafür tun, dass es wieder einen Alltag für die beiden gibt, auch wenn nichts mehr ist wie vorher. Ich glaube, dieser Conny hat ihnen schon auch imponiert.«

»Wahrscheinlich. Was können *wir* denn tun, wie können *wir* unsere Kinder besser schützen?«

»Ach, das wissen Sie doch selbst«, sagte Landenberg. »Wir wissen es alle, aber wir tun es nicht, jedenfalls nicht ausreichend: sich Zeit nehmen, zuhören, wissen wollen, womit sie sich beschäftigen und was ihnen durch den Kopf geht. Alles nichts Neues. Und diese Verpflichtung gegenüber den Kindern und Jugendlichen sollten wir als Gesellschaft nicht nur bei den Eltern und den Pädagogen abladen. Die nächste Generation geht uns doch alle an.«

»›Das Geheimnis der Erziehung liegt in der Achtung vor dem Schüler‹«, sagte Meißner. »Ich weiß jetzt nicht mehr, wer das gesagt hat. Pestalozzi vielleicht?«

»Da kann ich Ihnen leider auch nicht weiterhelfen. Jedenfalls ein schönes Motto für eine Schule«, meinte Landenberg. »Sollen wir?« Er deutete auf ein Stück Plakatkarton und eine Packung Folienstifte. Hauptkommissar Meißner zog die Lederjacke aus und krempelte die Ärmel hoch.

SIEBENUNDZWANZIG

»Du brauchst in nächster Zeit nicht mehr wiederzukommen.«

Der Satz dreht sich in Gabriels Kopf im Kreis, als er das Schulgebäude verlässt. Draußen dämmert es schon. Es ist kühl, aber er merkt es nicht. Er hat sich die Jacke über die Schultern gehängt. Sein Kopf wird immer schwerer. Seine Füße und Beine bewegen sich ohne sein Zutun.

Er hat immer gedacht, dass der Herr Lenzen ihn gernhat. Einfach so, wegen ihm, weil er eben nett ist und gern Computerspiele spielt. Jetzt fühlt er sich klein und unnütz.

Er stapft die Friedhofstraße entlang und unter dem Ring hindurch. Er kann jetzt nicht in einen Bus steigen. Er denkt, alle würden es ihm ansehen, dass er gerade weggeschickt worden ist. Er schämt sich.

Seine Mutter wird noch in der Arbeit sein, sein Vater sitzt wahrscheinlich schon bei der Kathi im Stüberl. Er kann sich also Zeit lassen. Muss nicht auf direktem Weg nach Hause.

Er kommt auf der anderen Seite der Ringstraße heraus und wendet sich stadteinwärts, geht auf die Glacisbrücke zu, biegt aber vorher in den Brodmühlweg ein. Hinter der Brodmühle und den letzten Häusern der Siedlung beginnt die Au zwischen der Schutter und der Donau. Wiesen und kleine Auwaldstücke, ansonsten nur Fahrradwege und Forststraßen. Gabriel steht neben sich, sieht sich von außen zu. Er beginnt zu rennen. Der halb leere Rucksack schlägt gegen seinen Rücken. Er schwitzt und fühlt sich schmutzig und schlecht. Aber was hat er denn angestellt? Er hat sich die Spielanleitungen und Lösungshilfen aus dem Internet heruntergeladen und dann vergessen, seine Daten wieder zu löschen. Er hat nicht gewusst, dass das so schlimm ist. Warum ist Herr Lenzen so gemein zu ihm gewesen? Würde er es seinen Eltern erzählen? Würde der Lehrer sich in der nächsten Stunde vor den anderen darüber lustig machen, dass Gabriel beleidigt weggelaufen ist? Dass er eine Mimose ist, eine Heulsuse?

In Höhe der Linnéstraße läuft er über den Brodmühlweg. Er überquert die Straße ohne zu schauen, als ein großer heller Wagen um die Kurve schießt, der aus der Großen Zellgasse kommt. Ein Clown sitzt am Steuer des Geländewagens, ein roter Haarkranz steht um die Glatze herum ab, die Augen sind geschminkt, die Nase ist rot angemalt. Als der Clown die Augen aufreißt, platzt die dicke weiße Schminke in seinen Augenwinkeln. Es kracht. Ein dumpfer Schlag, als der Wagen ihn erfasst. Sein Körper rutscht über die Motorhaube und prallt gegen die Windschutzscheibe. Nach einigen Metern kommt der Wagen zum Stehen. Der Junge gleitet von der Motorhaube und fällt rückwärts in den flachen Graben neben der Straße. Als der Fahrer in seinem Rautenanzug aus dem Auto springt, rührt sich der Junge nicht mehr. Der Mann beugt sich zu ihm hinunter. Er hebt seinen Oberkörper an und sieht, dass der Kopf des Jungen nach hinten hängt. Dem Mann bricht der Schweiß aus, er sieht sich um. Kein Haus steht hier an der Straße, es gibt keine Anwohner, die den Aufprall gehört haben könnten. Er fasst den Jungen unter den Armen, hebt ihn hoch und schleppt ihn zum Auto. Das Kind ist so leicht. Er setzt ihn auf den Beifahrersitz, greift sich Jacke und Rucksack, die noch auf der Straße liegen, und wirft sie ins Auto. Als der Wagen endlich anfährt, als die Automatik zum ersten Mal schaltet, knallt der Kopf des Jungen auf das Armaturenbrett und bleibt dort liegen.

Der Mann krallt sich am Steuer fest, schluchzt, zieht sich die Maske vom Kopf und zerrt an der engen Halskrause. Ganz plötzlich ist dieser Junge mitten auf der Straße aufgetaucht. Ist er zu schnell gefahren? Hat er zu spät gebremst? Wahrscheinlich hätte er den Unfall auch dann nicht vermeiden können, wenn er nichts getrunken hätte. Der Junge ist ihm einfach vor das Auto gelaufen. Er ist tot. Er muss weg.

Er biegt in die Kleine Zellgasse ein und fährt stadtauswärts über die Antoniusschwaige, anschließend auf die Gerolfinger Straße und dann wieder zurück Richtung Neuburg. Bei Bergheim überquert er die Donau. Am Schloss Grünau verlässt er die Straße und nimmt einen Feldweg, der ihn nahe an den Fluss bringt. Er sieht nicht viel im grauen Zwischenlicht der Dämmerung. Der Mond ist ein blasses Stück Apfel.

ACHTUNDZWANZIG

Meißner verließ die Hauptschule und fuhr noch einmal hinaus nach Haunwöhr. Er stellte das Auto am Baggersee ab und ging zu Fuß hinüber zum Wehr. Nicht nur ihn trieb es zurück an diesen Ort, der von Wasser umgeben war. Meißner kam der schlurfende Gang des Mannes vor ihm bekannt vor. Als zöge er seine großen und schweren Füße über den Boden. Am Auffangbecken blieb er stehen und starrte auf das braune Wasser und die Flussfundstücke hinunter, die sich neu angesammelt hatten.

Als Meißner auf Leimingers Höhe war, streckte der ihm seine kräftige Hand entgegen. »Was ist eigentlich schlimmer: Genickbruch oder Ertrinken?«, fragte Leiminger.

»Ertrinken«, antwortete Meißner. »Dauert länger.«

»Hab ich mir gedacht«, sagte Leiminger.

Ein Arbeiter setzte den Fahrkran in Bewegung. Die Kabine fuhr über das Auffangbecken, und der Greifer packte den ersten Baumstamm, den die Strömung gegen den Rechen presste, und hob ihn hoch. Von links näherte sich ein Lkw über den Kiesweg, um das geborgene Treibgut aufzunehmen und dann abzutransportieren. Der Himmel hatte sich bewölkt. Dunkle Regenwolken türmten sich im Westen auf. Der Fluss glänzte silbern in der tief stehenden Sonne, die immer noch Wolkenlöcher fand. Die Wasseroberfläche erzitterte von dem Wind, den Meißner noch gar nicht spürte. Die glatte Oberfläche schuppte sich. Die Bäume auf der Insel im Stausee wurden im Vorregenlicht ganz grau. Sie sahen aus wie mit Asche bestäubt oder von Flechten überwachsen – wie ein Zauberwald.

Die roten Plastikbälle, die vor der Gefahr im Wehrbereich warnten, hüpften aufgeregt im Wasser. Meißner begann zu frösteln. In seinem Rücken surrte der Elektrokran, und ein Baumstamm krachte auf die leere Ladefläche des Lkws. Meißner stellte den Kragen seiner Jacke auf und steckte die kalten Hände in die Taschen. Er spürte sein Handy vibrieren. Als er es aus der Tasche zog, sah er, dass es Carola war.

»Servus, Leimi«, sagte er, wandte sich ab und nahm das Gespräch an.

»Stefan, es geht los«, sagte sie aufgeregt. »Tom ist noch nicht aus Frankfurt von diesem blöden Marathon zurück. Ich kann ihn einfach nicht erreichen.«

»Bist du dir sicher? Ich meine, dass es losgeht?«

»Ich hab schon seit Stunden Wehen, aber jetzt kommen sie ganz regelmäßig und sind auch schon ziemlich heftig. Au, ich ruf dich gleich noch mal an.«

Stefan Meißner musste tief durchatmen. Hatte er das jetzt geträumt? Er ließ sich die letzten Anrufer auf dem Display anzeigen: Carola stand tatsächlich ganz oben auf der Liste. Er beschleunigte seine Schritte und musste sich zwingen, nicht zu rennen. Dabei wusste er noch überhaupt nicht, was er jetzt machen sollte. Carola lag in den Wehen. Allein zu Hause. Natürlich musste er hinfahren und sie in die Klinik bringen. Anscheinend hatte sie niemand anderen, sonst hätte sie ihn nicht angerufen. Und Tom in Frankfurt, was würde sie ihm sagen, wenn sie ihn doch noch erreichte? Dass er schnell nach Ingolstadt laufen sollte? Und Marlu! Wenn sie davon erfuhr, würde sie ihn fertigmachen. Jetzt rannte er wirklich. Als Carola ein zweites Mal anrief, war er außer Atem.

»Geht's wieder?«, fragte er.

»Bei mir schon, aber was ist mit dir los? Hast du auch Wehen?«

»Blödsinn! Ich habe mich nur beeilt, zum Auto zu kommen. Du willst doch ins Krankenhaus gefahren werden, oder dachtest du an eine Hausgeburt, nur wir zwei, ganz allein?«

»Hausgeburt? Bloß nicht. Ich befürchte, die ganze Angelegenheit wird eine ziemliche Schweinerei, und ich rede jetzt nicht von den Schmerzen. Oh Gott, es geht schon wieder los.«

»Halt durch, Carola, in fünf Minuten bin ich da!«, rief er ins Telefon. Er war sich nicht sicher, ob sie ihn überhaupt noch gehört hatte.

Er brauste durch Ingolstadt und widerstand der Versuchung, das Blaulicht aufzusetzen. Das wäre zu auffällig gewesen, er hätte ja einem der Kollegen begegnen können – oder einer Kollegin. Brav blieb er an der roten Ampel stehen und hielt die Geschwindigkeitsbegrenzungen im Großen und Ganzen ein.

Carola wohnte jetzt im Bezirk Nord-West, in einer der Musiker-Komponisten-Straßen. Ihr Name fiel ihm gerade nicht ein, aber er würde sie schon wiederfinden, wenn er in der Gegend war. Von dort war es nicht weit ins Klinikum.

Lehár, genau der war's. Als Carola ihm die Tür öffnete, hatte sie schon einen Mantel übergeworfen. Die gepackte Tasche stand neben ihr im Flur.

»Hast du alles?«

Sie nickte, er nahm die Tasche und schloss hinter ihr die Tür. Es war gar nicht so leicht, Carola auf den Beifahrersitz zu platzieren. Der A4 war zwar ein geräumiges Auto, aber eben doch kein Sanka und auch keine mobile Entbindungsstation.

Er nahm die Richard-Wagner-Straße, auch nicht sein Musikgeschmack, Richtung Westen. Es waren nur ungefähr vier Kilometer bis zum Klinikum, doch am Audi-Kreisel krümmte sich Carola auf dem Beifahrersitz zusammen und fing an, eine Serie von durchdringenden »Aaahhhs«, »Iiihhhs« und »Ooohhhs« auszustoßen, die ihn aus der Fassung brachten und daran zweifeln ließen, das Krankenhaus noch rechtzeitig zu erreichen. Er griff nach ihrer Hand, aber sie entzog sie ihm gleich wieder und presste sie gegen den Bauch, dem, Meißner konnte es durch das geblümte Umstandshängerchen sehen, ein Ausbruch bevorstand. Eine Eruption.

Er krampfte die Hände ums Lenkrad und passte auf, am Kreisel die richtige Abfahrt zu erwischen. Am Klinikum hielt er direkt vor dem Haupteingang und lieferte Carola erst einmal am Empfang ab. Die Klinikmitarbeiter schienen alles unter Kontrolle zu haben. Schneller als Meißner zu normalen Dienstzeiten seine Pistole zog, stand schon ein Zivi mit einem Rollstuhl neben Carola parat, die sichtlich erleichtert war, sich nun in der Obhut von ausgebildetem Personal zu befinden. Plötzlich fühlte sich Meißner unwichtig. Er sah noch, wie ihr schon wieder ein Schmerz von unten nach oben durch den Körper fuhr, aber sie war so konzentriert auf die Bewältigung der Wehe, dass sie gar nicht bemerkte, dass er sich Richtung Ausgang entfernte und wieder ins Auto setzte.

Er stellte den Wagen im Parkhaus ab und stolperte zurück in die Klinik, fand nach einigem Hin und Her das Mutter-Kind-Zentrum und wusste noch immer nicht, was er jetzt tun sollte. Sie hatten nie darüber gesprochen, und Meißner war immer davon ausgegangen, dass Tom bei der Geburt dabei sein würde. Tom, der jetzt gerade gemütlich zwischen ein paar tausend anderen Läufern seine zweiundvierzig Komma irgendwas Kilometer runterriss.

Meißner hatte noch nie einen Kreißsaal von innen gesehen und konnte sich nicht erinnern, dass er jemals gedacht hatte, durch diesen Umstand etwas verpasst zu haben.

»Da sind Sie ja«, begrüßte ihn die Hebamme, die sich ihm als Silke vorstellte, und schob ihn auf eine Tür zu. »Carola hat schon nach Ihnen gefragt.«

In einem Vorraum zog er seine Straßenschuhe aus und wusch sich die Hände mit Desinfektionslösung. Er betrachtete sich kurz im Spiegel über dem Waschbecken und dachte: Was zum Teufel tue ich hier?

»Keine Angst«, sagte Silke, als sie ihn abholte. »Wir bringen hier ungefähr tausendachthundert Babys im Jahr zur Welt, da müssen Sie um Ihres keine Angst haben. Ihre Frau ist übrigens ganz tapfer. Sie will keine Schmerzmittel. Sehr konzentriert und zielstrebig ist sie, Ihre Carola.«

Resolute Frauen wie Silke warteten nie auf eine Antwort von einem Mann, und das war in diesem Fall auch gut so, dachte Meißner, denn offensichtlich war Zeit im Augenblick ein rares Gut. Es hätte einfach zu lange gedauert, um alles richtigzustellen, außerdem war er einfach zu durcheinander für die korrekte Reihenfolge der Ereignisse: der Marathon, seine Faschingsaffäre, die folgende Trennung von Carola und dann noch Marlu! Er hätte wirklich nicht gewusst, wie er Silke die Lage zufriedenstellend hätte erklären können. Und schon gar nicht in wenigen Worten. Dann spielen wir eben jetzt Mann und Frau und stolzer Papa, dachte er. So wie sich das gehört. Und hinterher sehen wir weiter.

Mit diesen Gedanken gelangte Stefan Meißner in einen Kreißsaal, der aussah wie der Wellnessbereich eines Luxushotels. Gedimmtes, freundliches Licht, dunkelroter Teppichboden, in der Mitte eine gigantische rote Sofaliege, die Silke ihm stolz als »Geburtsinsel« präsentierte. Darauf lag Carola. Sie hatte ihr Umstandshängerchen gegen ein kochfestes weißes Krankenhaushemd ausgetauscht und streckte ihm den Arm entgegen.

»Komm her«, sagte sie, »oder traust du dich nicht?«

Er trat zu ihr an die Geburtsinsel, Silke schob ihm einen praktischen Hocker in die Kniekehlen, er setzte sich und griff tapfer nach Carolas Hand.

»Irgendwie kommt doch immer alles anders, als man denkt«, sagte sie. »Au, verdammt, es geht wieder los.«

Lisa Graf-Riemann
EINE SCHÖNE LEICH
Broschur, 208 Seiten
ISBN 978-3-89705-710-4

Lisa Graf-Riemann
DONAUGRAB
Broschur, 224 Seiten
ISBN 978-3-89705-820-0

Lisa Graf-Riemann/
Ottmar Neuburger
HIRSCHGULASCH
Broschur, 304 Seiten
ISBN 978-3-89705-960-3

Lisa Graf-Riemann
EISPRINZESSIN
Broschur, 256 Seiten
ISBN 978-3-95451-072-6

Lisa Graf-Riemann/Ottmar Neuburger
111 ORTE IM BERCHTESGADENER LAND, DIE MAN GESEHEN HABEN MUSS
zahlreiche Abbildungen
Broschur, 240 Seiten
ISBN 978-3-89705-961-0